위대한 시인들의 사랑과 꽃과 시 ③

내 운명 어떻게 바꿀까?

위대한 시인들의 사랑과 꽃과 시 ③

내 운명 어떻게 바꿀까?

서동인

목차

계절과 삶의 기억, 꽃을 노래하다

산야의 초목은 살아 있는 생명의 특별한 몸짓으로서 꽃을 피운다. 그것은 처절한 생존의 몸부림인 동시에 번식을 위한 자기 복제 과정이다. 꽃이 지고, 열매를 맺어 씨를 퍼트림으로써 꽃은 영속성을 이어간다. 삶을 이어가는 수단으로 꽃을 피우지만, 그 과정에서 꽃은 우리에게 기쁨을 준다. 사람들은 꽃을 보며 위안을 얻는다. 그래서 꽃은 치유의 힘을 갖고 있다.

꽃은 곱고 아름답다. 아름다운 것을 보면 마음도 고와진다. 게다가 좋은 향기까지 있으니 심신을 즐겁게 해준다. 아름다운 모습과 향기로써 사람들을 즐겁게 하므로 예로부터 사람들은 '꽃은 어진 사람'(花曰仁人)이라고 하였다. 여기서 '어질다'는 것은 '베푼다'는 의미이다. 덕德을 베푸는 것을 최고의 이상으로 여겼다. 대신 꽃은 사람들에게 향기를 주고 즐거움을 주며 눈과 마음을 상쾌하게 하니 그 역시 사람에게 무한히 '베푸는 존재'이다. 쉽게 말해서 남에게 무언가를 베푸는 이를 인자仁者라고 하는데, 그 정점에 있는 꽃들이 이른바 사군자이다. 『맹자』에 '군자는 성인의 총칭'(聖人之總稱也)이라 하였듯이 꽃 역시 군자의 무리에 든다고 본 것이다. 꽃은 사람이나 미인을 대신하는 것이지만, 어느 경우든 꽃을 평범하지 않은 인물로 본 것은 꽃이 가진 특별함 때문이다.

꽃은 혹독한 추위가 지난 뒤에 핀다. 바람과 서리, 눈 같은 혹독한 추위와 인고의 시간을 견딘 뒤에 피어서 사람들에게 즐거움을 준다. 그것이 주는 세 가지 즐거움을 삼락三樂이라 해도 좋을 것이다. 그 즐거움 가운데 첫째는 질긴 생명력에 대한 경외감이다. 눈·서리 채 가시기 전에 피는 꽃들을 보며 음양의 갖가지 심술에도 생명을 이어가는 자연의 섭리에 경탄하게 된다. 그들의 화려한 모습에 눈이 호사하고 가슴이 열리는 신세계를 경험하는 것이 두 번째 즐거움이다. 그것만

일까? 코를 벌름거리게 만드는 아찔한 향기로 정신이 번쩍 들게 만드니 이것이 꽃으로 말미암아 갖게 되는 세 번째 즐거움이다.

그러나 빛이 있으면 그림자도 있는 법. 꽃을 보며 갖게 되는 슬픔도 세 가지가 있다. 그것을 삼비三悲라 해도 되겠다. 먼저, 꽃으로 말미암아 갖게 되는 비애미이다. 옛사람들은 꽃을 보며 인생무상을 느꼈다. 꽃과 봄을 청춘으로 여겨 삶을 돌아보며 회한의 감정을 가졌으니 그것을 흔히 수심愁心이라는 말로 표현하였다. 뿐만 아니라 사람들은 꽃을 보며 이별이나 죽음을 떠올리기도 하였다. 이별의 정한情恨은 물론 생사의 경계에 선 자신을 그려보기도 하였던 것이니 이 점에서 꽃은 그냥 꽃이 아니었다. 꽃을 대하고 느끼는 즐거움과 비애미, 그 양면성으로 말미암아 옛사람들이 시문 속에서 꽃을 다양한 모습으로 그려냈다.

꽃은 씨를 퍼트리기 위한 번식 과정의 일부다. 벌이나 개미, 진딧물, 새와 같은 것들을 유혹해야 하니까 색깔과 모양, 향기가 매우 자극적이다. 꽃은 그 모양이 예쁘다. 예쁘지 않으면 몹시 도발적인 모습을 지녔다. 색깔은 또 화려하거나 담백하다. 바꿔 말해서 채도와 명도가 높다. 그 다음으로 향기는 대개 좋다. 그러나 구리거나 비리거나 코를 찌르는 고약한 냄새로 구역질 나게 하는 꽃도 있다. 꽃가루를 옮겨주는 매개체들을 필사적으로 불러들여야 하니 그들을 자극하기 위해 제각기 독특한 모양과 색깔, 향기를 갖게 된 것이다. 그러나 꽃은 말이 없다. 그냥 보는 것이고, 보다 지치면 쉽게 버릴 수 있으니 예로부터 꽃을 무어화無語花라 하였다. 꽃은 말이 없다는 뜻이다. 그래서 사람들은 꽃을 좋아한다. 하지만 꽃은 사람으로부터 무한히 정을 받기만 하는 쪽이다. 그러므로 꽃에 대한 사랑은 짝사랑이다. 그런데도 우리는 꽃과 대화가 가능하다고 믿는다. 말하자면 '꽃과의 말 없는 대화'를 무수한 이들이 시도하였다.

겨울과 봄으로부터 가을로 이어지는 계절의 변화는 그야말로 꽃들의 향연이다. 겨울을 지나면 어느새 하나둘 꽃이 핀다. 서양의 시인 라첼 카슨은 "대지는 꽃을 통해 웃는다"고 말한 바 있다. 바꿔 말해서 '꽃은 대지의 웃음'이라는 것인데, 그 표현 또한 그럴듯해 보인다.

꽃으로 그린 한과 죽음

그러면 해마다 꽃은 언제 처음 필까? 전통적으로 중국에서는 음력 2월 12일을 꼽았다. 이날을 기다려서 비로소 꽃을 피운다고 믿었다. 그러니까 해마다 처음 피는 꽃의 생일을 2월 12일이라고 믿었던 것이다. 그래서 모든 꽃의 생일이라 하여 이날을 화조花朝라고 불렀다. 봄꽃이 처음 피는 날이니 글자 뜻 그대로 새기면 '꽃의 아침'이다. 일 년을 하루로 계산하여 이날부터 피었다가 차례로 지는 게 해마다 되풀이되는 꽃의 운명이라고 믿었던 것이다. 그러나 중국과 달리 우리나라에서는 2월 15일을 화조로 여겼다.(『제요록提要錄』). 정월대보름에 이어 2월 보름에 봄맞이 채비에 한층 분주했던 까닭도 거기에 있었다.

꽃은 피면 지게 되어 있으니 꽃마다 지는 때를 화석花夕이라고 불러도 좋을 것 같다. 그러나 한겨울에도 어딘가에선 피는 꽃이 있으니 사계절 꽃 없는 때가 없고, 지는 꽃이 없는 때가 없으니 화조와 화석이 따로 있는 건 아닐 것이다.

일 년 중 가장 먼저 피는 꽃으로 사람들은 매화를 꼽았다. 예로부터 매화를 '꽃의 우두머리'라 하여 화괴花魁라 하였으니 아마도 눈 속에 피는 매화를 기준으로 화조를 정했을 것이다. 눈 속에 매화가 피고, 얼음 녹으면 산수유가 노란 꽃망울을 터트리며, 개나리와 벚꽃·진달래·목련이 그 뒤를 잇는다. 봄 뒤로는 여름꽃, 그리고 가을꽃, 겨울엔 겨울꽃이 차례로 핀다. 제각기 때를 알아서 순서대로 피는 그 모습은 장쾌한 드라마이다. 그것은 뭇 생명들의 경연인 동시에 계절의 변주곡이다.

꽃과 아름다운 계절의 아스라한 기억은 해마다 봄이면 늘 신선한 모습으로 되살아난다. 그 신선함과 생명력에 홀려 얼마나 많은 시인들이 오랜 세월을 두고 꽃을 노래했는가. 꽃으로 나를 표현하는 옛사람들의 화법 속에는 우리가 닮고 싶은 무언가가 있다. 꽃의 기억을 찾아 옛사람들이 읊은 시와 노래. 그 세계로의 유락遊樂은 어지럽고 혼탁한 세상을 살아가는 우리들의 가슴과 머리를 잠시라도 맑게 해주는 청량제가 될 수 있다.

여기서 잠시 조선의 시인 이행李荇(1478~1534)의 꽃길[花徑 화경]이란 시를 음미해보자. 봄바람 속에 만개한 꽃들 사이로 길을 따라 꽃구경에 나선 시인의 모습이 마치 신선처럼 느껴진다.

그윽한 꽃은 철마다 무수히 피고

오솔길을 돌고 돌아 산을 오르네

남은 향기 봄바람 따라 쓸지 말게나

한가한 이가 술 지고 찾아올지 모르니

無數幽花隨分開

登山小逕故盤廻

殘香莫向東風掃

倘有閑人載酒來

조선 후기의 문인들이 평가하기를 '조선의 시는 이행으로부터 시작되었다'고 할 정도로 그는 조선 전기의 시단에 신선한 활력을 가져다준 이였다.

이번에는 중국 시인 왕석王錫의 춘강화월야春江花月夜란 시이다. '봄 강에 꽃 핀 달 밝은 밤'을 읊은 노래이다.

봄 강 양 언덕에 온갖 꽃이 피어 있고

밝은 달빛 날아내려 숲이 온통 눈빛

대낮처럼 밝고 맑은 이 밤을 좋아해서

홀로 강둑에 나가 그윽한 봄을 찾아보네

春江兩岸百花深
皓月飛空雪滿林
爲愛良宵淸似晝
獨來江畔試幽尋

봄날의 화려함과 감흥을 아주 격조 있게 읊은 시로서 중국 당나라 때의 시인 설도薛濤(768?~832)가 쓴 춘망사(春望詞, 봄에 바라는 이야기)를 빼놓을 수 없겠다.

꽃 피어도 함께 즐길 이가 없고
꽃이 져도 함께 슬퍼할 수 없네
묻고 싶어라 그리운 임 계신 곳
꽃이 피고 꽃 지는 이 계절에

花開不同賞
花落不同悲
欲問相思處
花開花落時

풀을 뜯어 같은 마음 매듭지어

임에게 보내려고 마음 먹다가

그리운 마음에 정말 애타는데

봄 새가 다시 와 애타게 우네

攬草結同心

將以遺知音

春愁正斷絶

春鳥復哀吟

바람에 꽃잎은 날로 시들고

아름다운 기약 되려 아득해

그대와 한 마음 맺지 못하고

공연히 동심초만 맺고 있네

風花日將老

佳期猶渺渺

不結同心人

空結同心草

어찌할 거나 가지에 가득히 핀 꽃

날리는데 두 사람 서로 그리워하며

옥 같은 두 줄기 눈물 거울에 지네

봄바람은 아는지 모르는지

那堪花滿枝

飜作兩相思

玉箸垂朝鏡

春風知不知

이 시로부터 남녀 사이, 또는 친한 사람 사이에 한마음으로 진한 사랑이나 우정을 맺는 것을 동심결(同心結)이라 하였고, 동심초는 그와 같은 행위를 상징하는 말이 되었다. 그리하여 이 설도의 시를 바탕으로 동심초라는 우리의 노래가 탄생하였다.

꽃잎은 하염없이 바람에 지고

만날 날 아득타 기약이 없네

무어라 맘과 맘은 맺지 못하고

한갓되이 풀잎만 맺으려는고

한갓되이 풀잎만 맺으려는고

바람에 꽃이 지니 세월 덧없어
만날 날은 뜬구름 기약이 없네
무어라 맘과 맘은 맺지 못하고
한갓되이 풀잎만 맺으려는고
한갓되이 풀잎만 맺으려는고

꽃이 없었으면 이런 시와 노래들이 나왔겠는가. 그러므로 꽃은 사람들의 삶을 노래하기 위한 것이었고, 꽃시는 우리보다 앞서 산 이들이 남긴 삶의 이력서라고 해도 될 것이다.

시에 소리를 담다

봄의 주연은 단연 꽃이다. 꽃 중에서도 무리 꽃이 중심에 있다. 매화, 산수유, 개나리, 진달래, 배꽃, 오얏꽃, 복사꽃, 앵두꽃, 벚꽃, 살구꽃, 철쭉, 라일락, 목련, 등나무꽃…. 모두가 무리를 이루어 피는 꽃, 군화群花이다. 흰색, 노란색, 홍색, 보라색 등 여러 가지 색으로 꽃들은 휘황하게 봄을 장식한다. 자연이 베푸는 이 화려한 연출에 우리는 늘 감사한다. 일 년 삼백육십오일 모두가 봄꽃 찬란하게 핀 날과 같다면 더 바랄 게 없겠다.

여기에 신록新綠은 배경이다. 다양한 꽃, 다채로운 색의 변화에 관객은 열광한다. 그러나 그것만이 아니다. 봄을 최고의 무대로 완성해주는 것이 있으니 그것이 새소리이다. 새 중에서도 소쩍새는 단연 봄의 제왕이다. 봄밤의 지배자이며, 어찌 보면 봄을 완성하는 최고의 음향전문가이다. 봄이 무르익었음을 알리는 조향사調響士가 바로 소쩍새다. 봄밤을 가득 채우는 소쩍새 소리가 없으면 봄의 여운은 그만큼 줄어든다. 주연보다 화려한 조연. 예로부터 시문에 등장하는 봄의 소리꾼으로 소쩍새 외에도 두견새가 더 있다. 자규나 두우,

두견이라고도 부르는 두견새는 소쩍새와 어떻게 다른가.

예로부터 사람들은 주변 경치와 사물을 읊은 시에 그 형상만이 아니라 소리를 담기 위해 무던히 노력하였다. 시각적 효과 외에 청각 효과를 극대화함으로써 시의 분위기를 한층 돋우려 한 것이다. 그래서 옛날의 문인들은 한결같이 시를 '소리가 있는 그림'이라고 하였다. 계절과 꽃을 노래하면서 시인들은 꾀꼬리나 개똥지빠귀, 종달새나 두견새 또는 소쩍새를 시에 불러들였다. 두견새와 소쩍새는 한恨과 이별, 그리움의 화신. 원한에 맺힌 두견새가 한 번 울 때마다 토해내는 피가 꽃잎을 물들여 진달래 한 송이씩 피운다 하여 두견새와 두견화(진달래)의 궁합을 만들어 냈다. 이렇게 하여 두견새는 한의 정서를 대신하는 새가 되었다. 그리하여 이별의 한이라든가 슬픔과 같은 애조의 정서는 소쩍새로 굳어졌지만, 이 땅에서는 오래도록 두견새와 소쩍새를 혼동하였다.

중국의 춘추시대, 촉蜀 나라 망제望帝가 임금의 자리에서 쫓겨나 돌아가지 못하고 죽어서 그의 혼이 두견새가 되었다는 전설이 있어, 두견새는 일찍부터 여러 가지 이름을 얻었다. 촉조蜀鳥, 촉혼蜀魂, 망제혼望帝魂, 두백杜魄, 불여귀不如歸, 귀촉도歸蜀道, 원조怨鳥로도 불린다. 이 외에도 두견杜

鵑, 두우杜宇라고 하거나 자규子規로도 부른다. 촉 나라 망제望帝의 다른 이름이 두우杜宇인데, 죽은 뒤에 그의 혼이 두견새가 되었으므로 두우가 두견새를 이르는 이름으로 쓰이게 되었다고 한다. 이런 전설이 있어 한과 이별을 그릴 때 반드시 불러오는 새로, 군밤타령에서는 "공산야월 두견이는 짝을 잃고 밤새워 운다"거나 고려 시대 정서鄭敍의 정과정곡鄭瓜亭曲에는 "내 님을 그리사와 우니다니 산접동새 이슷ᄒᆞ요이다."와 같은 표현이 나왔다. '님 그리워 우는 나는 산에 사는 접동새와 비슷하다'는 뜻으로, 임과 이별한 연인의 정한情恨을 대변하는 접동새도 두견새의 우리말 다른 이름이다.

두견새는 5월에나 우리나라에 찾아오는 여름 철새이다. 9월이 지나기 전에 동남아시아로 되돌아간다. 빼꾸기와 마찬가지로 두견이과에 속하는 새로서 영어명은 리틀쿡쿠(Little Cuckoo). 두견새는 '촉촉촉촉촉촉…' 하는 소리로 운다. 마치 촉조蜀鳥라는 이름을 계속 반복해서 부르는 것처럼 들린다. 빼꾸기도 두견이도 똑같이 오목눈이나 휘파람새의 둥지에 알을 낳는 탁란 습성을 갖고 있고, 생태적으로는 사촌 간이다. 다만 빼꾸기는 낮에 우는 새인 반면, 두견새는 밤에만 운다.

이와 달리 소쩍새는 올빼미과의 사나운 새이다. 그 울음소리가 깊은 원한에 사무친 것 같아서 중국에서는 원금怨禽이라고 불렀다. 원망과 원한을 토해내는 새라는 뜻이겠다. 우리 식의 한자 표기로는 소쩍새를 鼎小鳥(정소조)라고 한다. 정鼎은 우리말로 솥이고 소小는 작다(적다)이며 조鳥는 새이니 이것을 가지고 '솥적새'로 발음하도록 한 것이다. 그것이 우는 소리가 '소쩍(솥적)'이어서 우리말 소리를 나타내기 위해 한자를 빌어 표기한 것이다. 따라서 소쩍새를 '정소조鼎小鳥'라고 한 것은 일종의 향찰표기이다.

그러나 조선 전기의 유명한 문인과 유학자들조차 임진왜란 직후인 17세기 초까지도 두견새와 소쩍새를 구분하지 못하였다. 명나라 사신 주지번이 우리나라에 와서 그 둘이 종류가 다른 것임을 알려준 뒤에야 비로소 두견새와 소쩍새의 차이를 알게 되었다고 한다.(『어우야담』)

고려의 시인들은 물론 조선 전기의 문인들조차도 두우杜宇·두견새와 소쩍새를 구분하지 못하였다. 그것이 어떻게 다른지를 몰랐으니 차라리 구분하지 않았을 수도 있다. 그래서 이런 이야기가 『어우야담』에 전해오고 있다.

"소쩍새 또는 두견이에 대해서는 이런 이야기가 전한다. 우리나라 사람은 소쩍새鼎小鳥를 두견杜鵑이라고 한다. 그래서 두견이를 시로 많이 읊었는데, 『황화집皇華集』에 있는 중국 사신의 시 앞뒤로 봄의 경물을 읊은 시에 두견이를 언급한 것이 한 구절도 없다. 사람들이 모두 두견은 촉조蜀鳥라고 한다.…… 우리나라는 땅이 추워서 두우杜宇가 없는 것이 분명하다. 두성령杜成令이라는 사람이 그림을 잘 그렸는데, 중국 화공의 백금도百禽圖를 얻어다 그것을 모사하였다. 그중에 두견새는 모양이 늙은 새와 같고 우리나라의 소쩍새와 같지 않아서 우리나라 사람들의 의심이 더러 풀렸다. 중국(명나라) 사신 주지번朱之蕃이 왔을 때, 마침 소쩍새가 누각에서 울길래 접반사가 저것을 무엇이라 하는지 물었더니 그가 말했다. "중국에도 있는데 이 새는 원금怨禽이지 두견이 아닙니다."라고 하였다. 두견새는 모양이 작은 비둘기와 같은데 두 날개가 조금 붉다."

인간이 아무리 영특한 존재라 하여도 새들이 하는 말은 알아들을 수 없다. 그래서 중국에서도 오랜 옛날부터 새들은 인간의 길흉화복과 미래를 알고 있어서 울음소리로 알려주지만, 사람이 그 소리를 알아듣지 못하므로 자신의 운명을 알 수 없다고 믿어왔다. 새소리를 이해할 수 없으니 나의 앞날을 알 수 없다는 것이다. 그러나 사람들은 일찍부터 두견새와 소쩍새의 울음소리만은 알아들었다. 다만 그것은 인간의 주관적 인식이었을 뿐이다. 소쩍새의 울음소리를 피맺힌 한으로 이해하는 것은 사람의 감정에 바탕을 둔 것이지 새의 언어를 이해하는 것은 아니다.

한과 비련의 지존, 두견새냐 소쩍새냐?

조선의 유학자와 문인들이 두견새와 소쩍새를 구분하게 된 시대가 바로 유몽인이 살던 때였음을 알려주는 자료이다. 그렇지만 그 이후로도 한동안 문인들은 대부분 두견새와 소쩍새를 구분하지 못했던 것 같다.

위 내용 가운데 『황화집』은 중국 사신이 조선에 와서 쓴 시와 거기에 응답한 조선 접반사接伴使들의 시를 모아놓은 책이다. 중국 사신은 평안도 압록강변의 의주를 거쳐 조선에 들어왔다. 조선 조정에서는 소위 '글발'이 엄청난 문장가들을 고르고 골라서 국경 의주로 보내 중국 사신을 맞았다. 이들은 중국 사신을 만나 한양에 이르도록 접대하면서 시재(詩才)와 실력을 마음껏 펼쳤다. 문장과 실력으로 중국 사신을 눌러놓아야만 모든 일이 순조롭게 풀렸기 때문이다. 중국의 눈치를 보며 살아야 했던 조선의 정치가들은 이렇게 시를 통해 외교를 벌였다. 『황화집』은 명나라 사신과 조선의 문장가들이 주고받은 시를 묶어놓은 것인데, 지금 남아 있는 것은 1450년부터 1633년까지의 기록을 바탕으로 한 것이다.

자규 또는 두견새는 일찍부터 이름 있는 문인들의 시문 속에 등장하였다. 고려 충렬왕 때 조계방曺係芳이라는 인물이 있었다. 그의 벼슬은 직제학에 이르렀는데, 은퇴한 뒤에 청산으로 돌아가 시를 지으며 안빈낙도의 삶을 살았다. 그의 시 '산거山居'(산에 살다)에서 자규는 달 밝은 밤에 애타게 우짖는 새로 그려져 있다.

자고 가자 문 두드리는 나그네 손 저을 일
산가의 기이한 일을 알게 하지 말지어다
집 모퉁이 배꽃은 하얗게 가득 피었는데
자규는 달 밝은 때 찾아와 애타게 우네

敲門宿客直須揮
莫使山家寄事知
屋角梨花開滿樹
子規來叫月明時

하얀 배꽃이 가득 핀 달밤, 그의 베갯머리 친구는 자규이다. 시인은 자신이 사는 산속 자규 우는 달 밝은 봄밤의 배꽃을 혼자만이 독차지하고 싶다. 그래서 '산가의 기이한 일을 산 밖에서 알지 못하게 하라'고 말하고 있다. 제목을 '산에 살다'는 뜻에서 산거山居라 하였으니 산에 사는 것은 나 혼자이다. 산 밖의 사람들에게는 알리고 싶지 않은 것이 봄밤의 자규와 하얀 배꽃이다. 그래서 시인은 하룻밤 묵어가기를 청하며 문 두드리는 나그네를 아예 문에 들이지 않겠노라고 말한다. 그런다고 자규가 우는 산속 달밤의 배꽃 풍경이 밖에 알려질 리가 없을까?

고려 시인 이인로李仁老(1152~1220)의 작품에도 두견새가 등장한다. 그 역시 조계방의 시 제목과 똑같이 '산에 살다'는 뜻의 '산거山居'이다. 늦봄도 이울어버린 어느 초여름 날의 산속 풍경을 읊은 시이다. 깊은 산, 외진 숲속, 몇 잎의 꽃이파리가 남은 골짜기. 꽃이 지고 잎이 우거지니 날은 밝은데 골짜기는 숲 그늘로 어둑하다. 숲이 얼마나 우거졌으면 두견새가 밤인 줄 알고 울어댈까? 아하, 시인은 그제서야 자신이 깊고 깊은 산속 골짜기에 살고 있음을 비로소 깨달았다.

봄은 지나갔어도 꽃은 아직 남아 있고
하늘은 갰어도 골짜기엔 그늘이 졌네
두견새가 처량하게 대낮에 울어대니
깊은 곳에 사는 줄 내 비로소 알겠네

春去花猶在
天青谷自陰
杜鵑啼白晝
始覺卜居深

이 시는 고려 시인 이인로가 경상도 고령에 있는 반룡사盤龍寺를 찾아가 지은 것이라고 전한다. 그로부터 몇백 년 뒤 김종직(1431~1492)은 반룡사의 벽에 쓰여 있는 그 시를 직접 보았다고 하였다. 고령읍내에서 가까운 고령군 쌍림면에 있는 반룡사가 그곳이다.

아직 남은 꽃은 있으나 이미 봄은 떠나가고 있었다. 녹음이 우거져서 두견새가 밤인 줄 알고 처량하게 울어댄다고 과장해 놓고 보니 조금은 겸연쩍은 듯, 시인은 "아, 깊은 숲에 내 집이 있는 줄 몰랐네" 하고 능청을 떨었다. 반룡사가 마을에서 멀리 떨어진 깊은 산속에 있었음이다. 시끄럽고 아수라 같은 세상에 사는 우리는, 어느 날 이런 곳에 깃들 수 있을까? 아마도 평범한 사람들에겐 그저 꿈만 같은 이야기일 수도 있다.

조선 시인 이행李荇(1478~1534)은 어느 해 봄엔가, 경남 합천으로 내려갔다가 그곳에서 자규 우는 소리를 들었다. 그리고 후에 그 경험을 바탕으로 '합천에서 자규(두견이) 소리를 듣다'는 뜻의 '합천문자규(陜川聞子規)'라는 시를 남겼다.

강양 땅에 봄빛이 드니 밤이 쓸쓸하다
잠 깨니 나그네 심사 아득하기도 해라
만사 제쳐두고 돌아감만 못하다고 하네
숲 너머 자규 우는 소리 자꾸만 들리네

江陽春色夜凄凄
睡罷無端客意迷
萬事不如歸去好
隔林頻聽子規啼

참고로, 陜이라는 글자의 소릿값은 본래 '협'이다. 그러나 지명으로 쓸 때만은 '합'으로 읽는다. 또 강양(江陽)은 강의 북쪽을 가리킨다. 합천이 황강 줄기의 북쪽에 있는 마을임을 나타내고 있다.

고려 시인 김구金坵(1211~1278)의 시에도 두견새가 있다. '분수령도중分水嶺途中'이라는 제목을 가진 시이다. 산마루에 빗방울 떨어지면 그 물이 좌우로 나뉘어 서로 다른 강이 된다는, 분수령 고갯길을 넘던 길에 본 산속 풍경. 돌고 돌아도 만나는 건 시냇물. 몇 굽이를 돌아도 앞을 막아서는 푸른 산 우거진 숲, 그 숲을 감싸는 두견새 소리. 숲속 어둠에 하루 종일 두견새 울어 산 깊고 무성한 숲이 굽이굽이 끝없이 이어지고 있음을 알게 한다.

두견새 울음소리 속에 보이는 건 푸른 산뿐
온종일 우거진 푸르름 속을 뚫고 걸어간다
시냇물을 거듭 돌아 몇 번이나 건넜는가
흐르는 물 보내고 나면 또 다시 흐르는 물

杜鵑聲裏但青山
竟日行穿翠密間
渡一溪流知幾曲
送潺潺了又潺潺

이 시를 읽다 보니 왠지 당나라 시인 왕유의 '청계淸溪'라는 시가 떠오른다.

저 황화천으로 들어갈 양이면

매번 청계 시냇물을 따라간다

청계 시냇물 산 따라 수만 번 굽이돌아 흐르건만

내 가는 길은 백 리도 못 된다

어지러이 흩어진 돌 틈새로 물소리 요란하고

깊은 솔숲 경치는 고요하다

출렁이는 물결엔 마름과 어리연꽃 떠 있고

맑은 물엔 갈대 그림자가 비친다

내 마음 소박하고도 한가로운데

맑은 시내 평온함이 이와 같으니

이 청계의 기슭 너럭바위 위에서

그저 낚시나 드리우며 살아가고파

言入黃花川

每逐淸溪水

隨山將萬轉

趣途無百里

聲喧亂石中

色靜深松裡

漾漾汎菱荇
澄澄映葭葦
我心素已閒
清川澹如此
請留盤石上
垂釣將已矣

황화천 물가, 물이 멈춘 곳에 마름이며 노랑어리연꽃 같은 풀꽃들이 다소곳이 반기는 산속. 물가에 너럭바위가 있어서 낚시나 드리우고 조용히 사색할 수 있는 공간으로 그리고 있는데, 그 길은 청계로부터 시작하여 황화천으로 이어지고 있다. 시냇물 따라 굽이굽이 펼쳐진 선경仙景.

시인 김구도 아마 왕유의 이 시를 떠올리며 썼으리라. 김구의 '분수령도중分水嶺途中'은 1240년 그가 한창인 시절에 지은 시이다. 당시 몽골(후일의 원나라)에 서장관書狀官으로 가면서 강원도 철원 평강의 분수령을 넘으면서 보았던 풍경을 떠올리며 지은 시인데, 너무도 빼어난 걸작인지라 『동문선』(제20권)에도 실려 있다. '우거진 푸른 숲을 하루 종일 뚫고 간다'(行穿翠密間행천취밀간)고 한 표현에서 시인의 빼어난 내공을 엿볼 수 있다. 시인은 온통 푸른 산을 두견새 울음소리가 뒤덮고 있는 것으로 그렸다. 밤에만 우는 두견이가 낮에, 그것도 하루 종일 운다는 것으로, 분수령의 우거진 숲길이 낮에도 어두움을 충분히 나타내었다.

경주에서 태어난 신라 6두품 출신으로서 후에 고려로 들어가 관료를 지낸 최승로崔承老(927~989)에게도 산새 소리 반가운 시를 한 편 남겼다.

밭이 있으니 누가 곡식을 뿌릴까
술이 없으니 누가 술병을 잡겠나
산새는 대체 무슨 마음으로
봄이 되면 공연히 부르는 걸까

有田誰布穀
無酒可提壺
山鳥何心緖
逢春謾自乎

'봄만 되면 대체 산새는 무슨 심사로 누군가를 불러대는가?'라는 구절에서 사람 냄새가 나지 않는다. 사용한 시어가 맑고 독특하다.

그런가 하면 조선 시대 유생으로서 홍한인洪漢人이라는 사람이 있었는데, 그는 시도 잘 지었지만 워낙 놀기를 좋아했다. 그것도 산과 물을 찾아다니며 몹시 즐겼는데, 그가 언젠가 경기도 천마산으로 놀러 갔다가 지은 시라고 전하는 게 있다.

아침엔 백운봉 정상에 올라가 놀다가
석양에 봉우리 아래 외딴 초가에 자네
밤 깊어 중은 말 없고 나그네 잠 못 이룬다
두견새 울음 소리에 산에 뜬 달이 지네

朝上白雲峯頂遊
暮投峯下孤菴宿
夜深僧定客無眠
杜宇一聖山月落

홍한인은 어찌나 이곳저곳으로 유람을 다니는 것을 좋아했던지, 깊은 못을 찾아가 즐기다가 그만 실족하여 물에 빠져 죽었다고 한다. 노는 일에도 주의가 필요하다.

조선 중기의 문인 백호白湖 임제林悌(1549~1587)가 남긴 '두견새를 읊다'[咏子規영자규]라는 시에는 진달래 대신 해당화가 달빛에 젖어 있는 가운데 두견새가 운다.

내쫓긴 임금이 파촉을 그리워해도
강남에서 원통하게 못 돌아가네
한 마디 울음소리 숨이 끊어질 듯
해당화 가지에는 달빛만 밝아라

帝子思巴國
江南怨未歸
一聲啼欲斷
明月海棠枝

촉蜀 나라로 돌아가고파도 가지 못하는 두견새는 서러워 밤을 새워 운다. 강남땅의 원통한 혼이 되어 숨이 끊어질 듯 울음을 토해내는 밤. 달은 밝아 해당화 가지마다 환히 보인다. 녹음이 짙어가는 초여름 가시나무 덤불에 피는 꽃, 해당화는 두견새가 갖고 있는 한의 또 다른 분신이다.

그런데 여기서 의문이 있다. 해마다 5~8월 두견새 소리를 들어보아도 그 소리가 처량하다거나 슬프다고 느껴본 적이 없다. 낮에 우는 뻐꾸기는 소리의 높낮이가 있어서 시원하기나 하지, 두견새 소리는 슬픔과는 거리가 멀다. 그래서 혹시 자규나 촉조·귀촉도와 같은 새는 우리나라엔 오지 않는 새가 아닐까 하는 생각을 갖게 만든다. 아마도 임제는 소쩍새를 자규로 알았던 게 아닐까?

"백호 임제는 양반사대부 출신의 문인이다. 그러나 그는 편한 길을 버리고 전국을 유람하며 살았다. 고려 말 개성 두문동 72현 중의 한 사람인 임탁林卓이 그의 8대조라고 한다. 그는 호걸다운 기풍이 있는 선비였다. 일찍이 평안도 평사評事가 되어 송도를 지나다가 닭 한 마리와 술 한 병을 갖고 황진이의 무덤에 가서 글을 지어 제사 지냈다. 그 글이 방탕하다 하여 지금까지 전해오고 있는데, 임제는 문재文才가 있었고, 의협심도 있었으며 남을 깔보는 성질이 있었다. 이 점 때문에 다른 사람들에게 미움을 받아 벼슬이 겨우 정랑正郎(정5품)에 이르렀을 뿐, 뜻을 이루지 못하고 죽었으니 애석한 일이다."(『송도기이松都記異』).

물론 그에게는 조선 팔도를 유람하면서 남긴 훌륭한 시들이 상당히 많다. 율곡 이이(1517~1584), 봉래 양사언(1517~1584), 하곡 허봉(1551~1588) 등은 임제의 시풍을 높이 평가하였다. 비록 39세의 짧은 삶을 살았지만 조선의 문인들에게 강렬한 인상을 남긴 인물이다. 임제는 본래 5형제로 그들 모두 당대에 이름을 날렸다. 임제는 4남3녀를 두었는데 그의 셋째 딸이 낳은 아들(외손자)이 후일 남인의 영수이자 우암 송시열과 예송 논쟁으로 유명한 미수眉叟 허목許穆(1595~1682)이다.

임제의 자는 자순子順이며 호는 백호白湖이다. 금성인錦城人이라고 하였으니 지금의 나주 사람이다. 즉, 나주임씨라는 말이다. 선조 때 과거에 급제하여 관직이 예조정랑에 이르렀다. 임제는 당나라 두목杜牧의 시풍을 추구하였다. 임제와 같은 시대를 산 이달은 임제의 시작 능력을 능수能手라고 평가하였으며, 당시 사람들은 그것이 훌륭한 비유라고 여겼다 한다. 허균은 임제를 '인품이 훌륭하였고 시 또한 그러하였다'고 평가하였다.

임제와 같은 시대를 산 백록白麓 신응시辛應時(1532~1585)란 인물이 있다. 그가 홍문관 수찬이라는 벼슬자리에서 당직을 설 때 선조가 '해당화 아래 두견이 운다(海棠下杜鵑啼)'라는 제목을 내려주고 홍문관의 관리들에게 시를 지어 바치게 하였는데 그때 신응시가 읊었다는 시가 다행스럽게 다음과 같이 전한다.

봄이 다 가고 해당화는 늦게 피어
공연히 촉에 머물러 새만 울어댄다
창 너머로 들으려니 늙어버리겠네
베개에 의지하니 꿈마저 쓸쓸하다
원한 서린 피가 소리소리 떨어지네
밤마다 돌아가고픈 마음 서쪽 향해
우리 임금님 지금 심기 불편하시니
임금 계신 금원 가까이엔 살지 마라

春盡棠花晚
空留蜀鳥啼
隔窓聞欲老
倚枕夢猶凄
怨血聲聲落
歸心夜夜西
吾王方在疚

莫近上林棲

선조가 내려준 시제詩題가 두견이고, 원문에는 촉조라 하였으니 이것을 두우 또는 두견이로 해석해야 한다. 그러나 "피맺힌 원한, 우는 소리 소리마다 떨어진다"(怨血聲聲落)는 구절로 보아 두견새보다는 소쩍새라야 더 어울릴 듯하다. 해당화 피는 때로 판단할 때 소쩍새가 분명하다. 한창 소쩍새 우는 시기라면 해당화, 장미, 모란이 피는 때이니 양력으로 따지면 6월이다. 선조 임금이 이 시를 보고 마지막 행에 큰 점수를 주고 칭찬했다고 한다. 임금의 거처 가까이의 상림원上林園에는 가지 말라는 구절이 마음에 쏙 들었을 것이다. 상림上林은 임금님의 정원을 이른다. 선조가 당시 상을 당했으므로 마지막 구절을 보고 아름답다고 칭찬했단다. 어디든 아부는 적시에 해야 출세길이 열린다. 그러나 마지막 2행은 접어두고 보자. 우리가 살펴보려는 것은 그 구절이 아니니까. 해당화 피는 시기에 비로소 두견새가 우는데, 창을 사이에 두고 밤새 두견새 우는 소리를 듣자니 꿈마저 처량하다고 하였다. 원한에 사무친 두견새의 붉은 피가 소리소리 떨어지므로. 그 소리 듣는 이의 가슴을 적시는 것이라고 말하고 싶었을 것이다. 5행에서 怨血聲聲落(원혈성성락)이라 하여 '원한에 맺힌 피가 소리 소리마다 진다'고 한 것으로 보아 이 시인이 말한 두견새는 소쩍새였음이 분명하다. 사람들은 예로부터 두견새의 피가 두견화(진달래)가 되었다고 믿어왔으나 울음소리가 절절한 원망의 소리로 들리려면 소쩍새라야 할 것이니, 원금冤禽이라고도 하는 소쩍새가 이 시의 분위기에 한층 더 어울리는 것이다.

장미도 그렇지만, 찔레꽃이나 해당화처럼 가시덤불 속에 피는 꽃들은 대개 여름의 시작을 알린다. 그 무렵의 해당화를 근세의 만해卍海 한용운韓龍雲(1879~1944)은 눈물 맺히게 할 만큼 아름다운 꽃으로 그려내었다.

당신은 해당화가 피기 전에 오신다고 하였습니다.
봄은 벌써 늦었습니다.
봄이 오기 전에는 어서 오기를 바랐더니
봄이 오고 보니 너무 일찍 왔나 두려워합니다.
철 모르는 아이들은 뒷동산에 해당화가 피었다고
말하기로 듣고도 못 들은 체 하였더니
야속한 봄바람은 다른 꽃을 불어서

경대 위에 놓입니다 그려

시름없이 꽃을 주워서 입술에 대이고

'너는 언제 피었니' 하고 물었습니다.

꽃은 말도 없이 나의 눈물에 비쳐서

둘도 되고 셋도 됩니다.

김삿갓[1)]이 지었다고 전하는 시에도 자규가 운다. 김삿갓의 '낙화음落花吟(낙화를 읊다)'이다. 그러나 이 시가 과연 김삿갓이 지은 것인지는 분명치 않다.

새벽에 보니 놀랍게도 온 산이 빨갛게 물들었구나

꽃은 모두 다 가랑비 속에 피었다 져서 돌아가니

꽃의 끝없는 창조의 뜻은 옮겨 다시 돌 위에 붙고

또는 제 가지 그리워 바람 따라 거꾸로 오른다

이 때 두견새는 청산에서 낙화의 혼을 조상해 울고

제비는 향기로운 진흙 길에서 헛되이 꽃잎을 차보는데

번화하게 피었다 지는 꽃으로 한 차례 봄은 꿈만 같아

◇◇◇◇◇◇◇◇◇◇◇◇◇◇◇◇◇◇◇◇◇◇◇◇◇◇◇◇

1) 본래의 이름은 김병연(金炳淵)이다. 후에 김립(金笠)으로도 불렸다. 호는 난고(蘭皐).

머리 흰 늙은이 성 남쪽에 앉아 세월을 탄식하노라

曉起翻驚滿山紅

開落都歸細雨中

無端作意移黏石

不忍辭枝倒上風

鵑月青山啼忽罷

燕泥香逕蹴全空

繁華一度春如夢

坐嘆城南頭白翁

온 산이 모두 빨갛게 물들어 있고 낙화가 바닥에 가득하다. 하룻밤 새 내린 봄비에 꽃이 모두 진 것이다. 가지가 그리운 듯 더러는 바람에 거꾸로 날아오르기도 하고. 질퍽해진 진흙 길에도 꽃잎이 자욱하다. 그 길에서 제비가 꽃잎을 차고 노는 모습을 매우 섬세하고도 서정적으로 그려내고 있다. 청산 숲속에서 두견새는 꽃이 지는 걸 서러워 울고 있다며 마치 '지는 꽃을 조상弔喪하여 우는 것'으로 그려냈으니 정말 기발한 발상이다. 지는 봄꽃들을 슬퍼하며 낙화의 혼을 조문하는 두견새란 엄밀히 따지면 착각이다. 엄청난 의미 부여이며 더 이상의 표현이 없다. 그 점에서 훌륭한 시이다. 한시가 갖는 최대의 장점은 의미의 함축성이다. 56자의 글자로 표현한 이 시의 내용은 56자를 제외하고 우리가 구사할 수 있는 모든 언어로 표현해도 할 수 없는 것들을 다 했다.

다음 시 또한 김삿갓이 지었다고 전해오는 것인데, 확실치는 않다. 일찍이 김응수씨가 김병연의 시라고 전해지는 것들을 모아놓은 시집에서 뽑아본 것인데, 쓸만한 수작이다.

봄은 가는데 늙은 몸은 어떤지 알 수 없어
문을 나서는 때는 적고 닫아놓은 때가 많아
두견새야 너는 뭐가 그리워 애만 태우느냐
네 울음 소리에 못 다 핀 꽃이 지지 않겠나

春去無知老客何
出門時少閉門多
杜鵑空有繁華戀
啼在青山未落花

김삿갓이 전국을 그저 유랑 걸식하고 놀기만 한 것 같지만, 실제로는 오랜 세월 스스로 많은 공부를 했음을 알 수 있다. 도산서원 아래 동네에서는 몇 년 동안 훈장 노릇도 했고, 전국을 돌아다니며 괜찮은 학부모가 있으면 머물러서 훈장 노릇을 했다. 그 천재성과 재치와 해학이 조선 팔도에 잘 알려져 있었으므로 글 좀 한다 하는 집이나 부잣집에서는 선생으로 대환영이었다. 비록 향시일망정 그가 과거에 붙었던 전력도 있어 최고의 강사로 알아 모셨다. 그때의 가정교사는 먹고 자고 입고 쓰는 것을 모두 책임져 주었으니 어딜 가나 걱정 없는 몸이었다. 이것저것 볼 책이 많은 집이면 오래 머물렀다. 계약기간도 따로 없었으며 머물고 싶으면 더 머물고, 가고 싶으면 언제든 떠날 수 있었다. 이름깨나 있고, 행세깨나 한다는 사람의 집에서 가정교사로 오랜 세월 지내다 보니 이 집 저 집에 있는 여러 가지 서적도 두루 보았다. 세월을 두고 익힌 실력에 총명한 자질, 시적 재능이 보태져서 나름의 경지를 세웠던 것이다.

김삿갓에게 낙엽은 두견새의 곡소리조차 받지 못하는, 서러운 주검이다. 그래서 그의 '낙엽落葉'은 더 서럽고 처절하다.

우수수 지며 산을 덮고 골을 묻으며

시내를 가득 덮어 메우는 낙엽들

새처럼 위로 날았다 다시 아래로

바람 따라 동으로 서로 잎새가 나네

푸른 제 빛깔이 누렇게 된 건 병든 탓

서리가 원수라 찬비 또한 스산하구나

어이해 두견새 너는 지는 잎엔 무정하며

지는 꽃을 위해선 일생을 우짖는 것이냐?

蕭蕭瑟瑟又齊齊

埋山埋谷或沒溪

如鳥以飛還上下

隨風之自各東西

錄其本色黃猶病

霜是仇緣雨更凄

杜宇爾何情薄物

一生何爲落花啼

다음의 5언절구는 이관명李觀命(1661~1733)의 시이다. 역시 자규(두견새)를 대상으로 한 작품으로, 제목은 '자규의 울음소리를 듣다'[聞子規문자규]이다.

한밤 텅 빈 산속에서 홀로
자규가 목 놓아 울어대네
한 소리에 나그네 꿈 깨니
창밖엔 삼경 달이 밝아라

獨夜空山裏
子規咽咽鳴
一聲警客夢
窓外月三更

'자규가 목청껏 운다'고 하였으니 이관명이 말한 자규 또한 실제로는 소쩍새였을 것이다. 자규는 목청껏 시원스레 울 수가 없는 새이다. 여하튼 '목 놓아 우는 자규'의 울음소리에 잠을 깨어 부스스 일어나 내다본 창밖은 달 밝은 삼경이다. 저녁 7시부터 2시간이 1경(一更)이니 삼경은 자정을 전후한 시간. 이관명의 시에는 딱이 더 보태거나 깎아낼 곳이 없다. '빈 산에서 홀로 자규가 울어댄다'(空山子規獨鳴)고 하여 외로운 분위기를 극대화함으로써 똑같은 자규를 읊었는데도 시가 주는 울림이 크다.

이것과 흡사한 상황을 고려 시인 정지상(?~1135)은 달리 표현하였다.

소리소리 우니 산속 대나무가 갈라지고
들꽃을 피로 물들이니 붉기도 하여라
聲催山竹裂
血染野花紅

정지상의 이 구절을 후일 조선 시인 성간이 표절하여 '밤에 자규의 울음소리를 듣다'[夜聞子規야문자규]는 시에서 "소리소리 우니 산속 대나무가 꺾이고 피는 들꽃을 짙게 물들인다"[聲催山竹折 血染野花深]고 살짝 고쳐서 내놓았다.

정렴鄭𥖝(1506~1549)의 아우 고옥古玉 정작鄭碏(1533~1603)은 청평사문자규(淸平寺聞子規, 청평사에서 자규 소리를 듣다)라는 시에서 자규를 이렇게 노래했다.(『소화시평』)

전설상으로는 황제라 하고
인간세상에선 자규라 하네
배꽃 핀 옛절의 달빛 아래
5경이면 와서 울어대는데

떠도는 나그네의 천년 눈물

외로운 신하 재배하며 시를 쓴다

시름에 울 때마다 애간장 끊으니

무엇으로 그 슬픔을 누를 것인가

劍外稱皇帝

人間託子規

梨花古寺月

啼到五更時

遊子千年淚

孤臣再拜詩

愁腸一叫斷

何用苦催悲

"자규는 촉蜀 나라 황제의 죽은 혼이라 해서 망제혼望帝魂이라는 전설이 있고, 인간 세상에서는 자규라고 부르고 있다. 오래된 절의 달빛 아래 배꽃이 핀 곳에 와서 하필이면 오경(五更, 새벽)에만 울어대는 이놈은 천년 떠돌이 나그네의 눈물인가, 그 소리 듣는 이는 모두 신하. 나는 외로운 신하가 되어 재배하며 시를 쓰자니 너도나도 애간장 끊어진다."고

한 표현에서 시인은 이미 하고 싶은 말을 다 하였다.

정작이 살아 있던 당시에 이 시가 널리 사람들의 입에 오르내렸다고 한다. 그의 형 정렴은 장악원(지금의 국립국악원 정도에 해당)과 관상감(현재의 기상청)에도 재직하여 음률에도 정통하였다. 동생 정작과 함께 기재(Genius)로 소문난 형제였다. 선조가 정작의 위 시 가운데 이화고사梨花古寺란 구절을 보고 매우 훌륭한 시라며 찬탄하였다고 한다. 정작이 본 자규는 5경 즉, 인시(寅時, 새벽 3~5시)에 운다. 그것도 꼭 꽃이 한창인 달빛 속에.

그런데 옛 절의 배꽃이 지는 곳에 우는 두견새를 그린 시가 더 있다. 조선 명종 때 김충렬金忠烈(1508~1560)의 시라고 한다. 그는 이십 대의 어린 나이에 과거에 합격하여 중앙정계에 진출하였다.

옛 절에 배꽃이 지는데
깊은 산에는 두견새 운다
한밤이 지나도 그치지 않고
온 산봉우리마다 달이 지네

梨花古寺落

深山蜀魄啼
宵分聽不盡
千嶂月高低

이화고사梨花古寺로써 '배꽃 핀 오래된 절간'이라는 시공간을 제시한 것은 두 시가 같다. 그러나 정작은 새벽달이 떠 있는 시간 배꽃이 한창 피어 있는 가운데 자규가 우는 것으로 무대를 설정한 반면, 김충렬의 시는 겹겹이 산으로 에워싸인 곳에 봉우리마다 달이 지고, '배꽃이 지는 가운데 두견새 우는 모습'을 그렸다. 즉, 두 시인은 배꽃이 한창 핀 때와 지는 때를 택해 그것도 달이 지는 새벽녘이 되도록 두견새가 그치지 않고 우는 것으로 그리고 있다.

달밤을 생각하자니 이규보의 정중월(井中月, 우물 속의 달)이란 시가 떠오른다.

산속 스님이 달빛을 탐하여
병 하나에 물과 함께 담아갔네
절에 와서야 비로소 깨달았다네
병을 기울이면 달도 없어지는 걸

山僧貪月色
竝汲一甁中
到寺方應覺
甁傾月亦空

'산속 스님이 달빛을 탐한 것'인지, 아니면 정말로 배꽃을 탐한 것인지, 두견새 울음소리를 탐한 것인지는 알 수 없다. 겹겹의 봉우리들이 세상 밖으로 우리를 데려간다. 아마 그 중은 달밤의 배꽃과 두견새 소리에 한껏 취했을 것이다.

산사의 달을 노래한 시로, 송강松江 정철鄭澈(1536~1593)의 산사야음(山寺夜吟, 산속 절에서 밤에 읊다)이란 절품을 빼놓을 수 없다.

우수수 나뭇잎이 지는 소리
성근 빗소리로 잘못 알고서
중을 불러서 나가 보게 했더니
시내 남쪽 나무에 달이 걸렸다네

蕭蕭落木聲
錯認爲踈雨

呼僧出門看
月掛溪南樹

남쪽에 있는 나무가 배나무인지, 매화나무인지는 알 필요가 없다. 그리고 그것은 별로 중요하지 않다. 밝은 달밤에 나뭇잎이 우수수 지는 모습을 자연스레 전달하기 위해 다른 사람을 시켜서 남쪽 나뭇가지에 달이 걸려 있다더라고 전해 듣는 방식도 고수답다. 하지만 여기에는 분위기를 돋우는 어떤 새도 등장하지 않는다.

시에 소리를 담기 위해 새를 등장시키는 것은 아주 오래된 수법이다. 그래서 퇴계 이황은 봄날 배꽃이 지는 것을 슬퍼하여 두견새가 우는 것으로 표현하고 있다. 퇴계 이황은 배꽃이 눈처럼 쏟아지는 어느 해 봄 제천 청풍에 들렀다. 그 당시 청풍은 남한강 상류의 운치 있는 강변 마을이었다. 충주댐이 생기면서 지금은 한벽루도 산꼭대기로 옮겨갔지만, 한벽루에 묵던 날, 그가 바라본 청풍 고을의 정경을 다음 '청풍 한벽루에 묵으면서'[宿淸風寒碧樓]라는 7언율시에 담았다. 퇴계는 그 시의 끝을 "두견아 네 울음은 무엇을 참소하는 것이냐! 눈처럼 하얀 배꽃은 어두운 빈 뜰에 가득한데"(杜宇聲聲何

所訴 梨花如雪暗空庭)라고 맺었다. 두견이의 아픈 속사정을 하소연으로, 그가 우는 밤의 배경을 뜨락에 가득한 배꽃으로 표현하였다.

반평생이 북산 신령님께 너무 부끄러워!
베갯머리 청운의 꿈 아직 깨지 않았는데
저물녘 황혼에 역마를 타고 달리다가
맑은 밤 좋은 관사에서 구름 병풍 맞네

半生堪愧北山靈
一枕邯鄲久未醒
薄暮客程催馹騎
淸宵仙館對雲屛

경치 좋은 땅에서 다시 즐기니 학을 탄 것 같아
좋은 시에 화답을 하려니 점점이 반딧불 켠 듯해
두견새 우는 소리마다 무슨 하소연을 하는 것인가
눈빛처럼 배꽃이 어느새 빈 뜨락에 가득 피었는데

重遊勝地如乘鶴
欲和佳篇類點螢

杜宇聲聲何所訴
梨花如雪暗空庭

배꽃이 필 무렵은 반딧불이 나올 시기가 아니다. 반딧불은 아마도 청풍읍내 민가들의 불빛으로 볼 수 있을 것이고, 강 건너 금수산 줄기에는 아직 밝은 달이 떠오르기 전이었을 것이다. 과거 남한강 강변 마을이었던 청풍淸風에서 강 건너(동편) 금수산 줄기 위로 뜬 보름달이 얼마나 마음을 시원하게 하는지 가서 보라. 그것을 보아야만 비로소 청풍명월淸風明月이란 말이 바로 이 지명에서 유래한 까닭을 알게 될 것이다.

퇴계 이황은 자신이 묵고 있는 한벽루 관사의 넓은 뜰에 배꽃이 활짝 피고, 거기에 밤안개가 자욱하게 걸쳐 있는 모습을 보았던 것 같다. 배꽃을 눈처럼 흰 것으로, 그리고 그것이 빈 뜨락을 가득 채우고 있음을 배경으로 제시하면서 두견새 소리가 무엇을 호소하려는 것인지 모르겠다고 대충 얼버무렸다. 그것은 의도된 것이었다. 감정을 터트리지 않고, 꼭꼭 눌러놓아 읽는 이로 하여금 북받치는 감정으로 몰아가기 위한 일종의 '감정몰이'였다.

똑같은 두견새를 읊었건만 소재蘇齋 노수신盧守愼(1515~1590)에게 비친 두견새는 이인로나 김구, 이행, 퇴계 이황 등, 앞에 소개한 시인들의 시와는 좀 다르다. 노수신의 '두견杜鵑'이다.

새벽까지 원망하며 울 것 없어라
고향 산은 오히려 돌아갈 만하니
처음 소리는 나그네로 들었기에
깊은 뜻이 지금과는 서로 달랐지
쇠하고 병든 두 어버이 계시는데
만 리 먼 길이라 소식조차 드물어
이 나그네 넋 또한 곧 죽게 되거든
네 피 젖은 옷 전해 받게 되리라

노수신은 을사사화 때 파직당했고, 1547년 전남 순천으로 유배되었다. 이어 서울 양재역良才驛 벽서사건으로 죄가 추가되어 전남 진도로 옮겨, 그곳에서 19년 동안 유배 생활을 하였다. 양재역 벽서사건은 정언각鄭彦慤이 고변하여 당시 선비들의 죄가 크게 미쳤다. 당시 진복창陳復昌 및 윤춘년尹

春年이 힘써 노수신을 구해주었으므로 겨우 살생부에서는 벗어나 진도에 귀양 가는 것으로 그쳤다.

유배에서 풀려난 뒤로 1585년에 영의정이 되었으나 곧 사임하였다. 곧바로 또다시 영중추부사領中樞府事라는 벼슬자리에 올랐으나 이듬해 기축옥사 때 대간의 탄핵을 받고 다시 파직되었다. 과거 정여립을 추천한 것이 죄가 되었던 것이다. 진도에 유배된 시절에 지은 '두견'이란 위 시에서 노수신이 나타내고자 한 뜻은 대략 이런 것이었다.

> **"처자식은 물론이고 늙고 병든 부모님을 두고 멀리 와 있는 죄인의 몸. 내 죽으면 원망 또한 너와 같으리라. 두견새 너는 그래도 자유로운 몸이니 고향 산을 찾아 헤매지 않나. 나는 돌아갈 고향이 있지만 유배지에 있으니 돌아갈 수 없다."**

자신의 처지를 한탄하고 있는 것이다. 자신이 죽는다면 두견이처럼 원통한 넋이 되리라며 내 처지가 이리 되고 보니 네 깊은 속뜻을 이제 알겠노라는 절절한 심경을 말하고 있는 것이다. 물 설고 땅 설은 진도 땅에서 오래도록 유배죄인으로 살았으니 그 답답한 심정이야 오죽했겠는가. 그가 가진 재주에 비해 인생 잘 풀리지 않았던 것이다.

양재역 벽서사건에 연루된 진복창과 어떤 관계인지 몰라도 개성에 꽤 행세깨나 했다는 인물로서 진복창이라는 자가 있었다. 아마도 동일인물이 아닌가 싶지만, 그가 언젠가 화담 서경덕徐敬德(1489~1546)에게 시 한 편을 부치면서 화담이라는 호를 송암으로 고치라고 주문하였다.

봄날의 좋은 꽃들은 피었다가 지고
비온 뒤 못물은 흐렸다가 맑아진다
푸른 솔 앙상한 바위 모양 기이한데
어이해 송암이라 이름하지 않는가?

春半好花開又落
雨餘潭水濁還清
蒼髯瘦骨多奇態
盍取松岩以記名

진복창은 이 시에 화담 서경덕을 은근히 낮춰 보는 뜻을 넣어 전달하였다. 월정月汀 윤근수尹根壽(1537~1616)는 이 시를 전하면서 "진복창 그놈이 어떤 자이기에 감히 화담에게

호를 고치라고 하는가. 제 분수를 몰라도 한참 모르는 놈"이라고 호통을 쳤다. 중앙 정계에서 이름깨나 알린 윤근수가 발끈했을 정도면 진복창이라는 자는 제 분수도 모르고 서경덕을 만만하게 여겼던 모양이다.

성간成侃(1427~1456)이 들은 두견새 소리 또한 노수신이나 이관명이 들었던 두견새 소리와 다를 게 없다. 그러나 성간은 두견새 소리를 듣고 문득 헤어져 있는 그리운 이를 떠올리며 '그대도 한 맺힌 이 소리를 듣고 있겠지?' 하고 자신의 마음을 누군가에게 전한다. 이미 자규와 성간은 하나가 된 것이다. 성간의 '밤에 두견새 소리를 들으며'[夜聞子規야문자규]는 '두견새 피눈물이 들꽃을 짙게 물들인다'는 두견새의 전설을 따다 쓰면서 '빈 산에 홀로 숨어 사는 사람의 한'을 말하고는, '그대도 이 소리를 듣고 있겠지?'라며 자신이 그리고 있는 대상과의 교감을 시도한다.

빈 산에 두견새 소리 들리니
근심스런 생각 정녕 견디기 어려워라
잠 못 이뤄 등잔불 돋우고 앉아

아득해라 홀로 밤을 지새우는 마음

두견새 소리 산대山竹 꺾기를 재촉하고

두견이 피눈물 들꽃을 짙게 물들인다네[2)]

숨어 사는 이의 한을 일으키는데

그대도 달 아래서 이 소리를 듣겠지

空山聞蜀魂

愁思政難任

耿耿桃燈坐

悠悠獨夜心

聲催山竹折

血染野花深

偏起幽人恨

君聽月下音

바람이 이따금 지나가며 귀 간지럽게 솔바람 소리를 던져주는 봄. 해 기울고 밤이 이슥해지면 바람도 자고 산은 빈 듯. 곧이어 애끓는 두견새 소리가 빈산을 채운다. 두견새 울

2) 두견새가 피눈물을 흘릴 때마다 두견화가 붉게 핀다는 뜻이다.

며 새는 달밤, 그 소리에 잠자리가 온통 불편하다. 도무지 '네가 우는데 왜 내 가슴이 답답한지 모르겠다'며 중얼대다가 도로 일어나 앉아 등불 심지를 돋우는데, 그 소리 하도 애절해서 속이 터질 듯하다.

"한 소리 울 때마다 산야의 들꽃 진달래 피어나리. 한밤 내내 울부짖는 두견새는 산림에 묻혀 사는 내게 깊은 한을 쌓아주어 더는 못 견디겠다. 두견새 저 소리가 바로 내 마음인데 '이 달밤에 그대 또한 저 소릴 듣고 있겠는가?'"

이런 마음으로 시인은 뜬금없이 상대를 불러낸다. 시인 성간이 새벽녘에 불러낸 그대는 과연 누구였을까?

성간의 자는 화중和仲이다. 호는 진일재眞逸齋. 동생은 대제학을 지낸 성현成俔이며, 형은 성임成任. 아버지는 지중추원사를 지낸 성염조成念祖이다. 조선 중기 사대부가의 문인으로, 15세의 나이(1441년)에 진사시에 합격한 수재였다. 단종 1년(1453) 27세의 나이로 문과 과거시험에 3등으로 합격하였다. 이해 10월에 계유정난이 일어났다. 성간은 당대의 문사인 김수온金守溫, 서거정, 이승소李承召(1422~1484), 강희맹

姜希孟(1424~1483), 노사신, 임원준任元濬, 이분李坌 등과 교유하였다. 그에 대한 평가가 있다.

"성간은 어려서부터 널리 보고 많이 기억하여 읽지 않은 글이 없었다. 집현전에 들어가서도 밤이 새도록 날마다 책을 읽었다. 하지만 어려서는 요란하게 놀았다. 막대기를 들고 거리를 누비면 사람들이 막지를 못했다. 그런데 나이 13세가 되자 공부하기로 결심하였다. 그는 일찍이 '나는 문장과 기술에 능하지만 음악만은 모른다'고 하였다. 그리고는 이내 거문고를 배워 익혔다."(『연려실기술』).

그러나 그는 1456년 30세의 나이에 병으로 요절하였다. 성간이 일찍이 자신의 운명을 점치고는 '내 나이 삼십만 넘으면 족하다'고 말한 바 있는데, '말대로 된다'는 속설처럼 자신의 말이 사실이 되었다. 그래서 사람은 평소 말조심을 해야 한다.

서거정 등과 교분이 깊었던 김시습金時習(1435~1493)의 시 중에도 두견새를 읊은 작품이 있다.

두견이 사람더러 돌아가라 재촉하여
사람들이 눈물로 옷을 적시게 하네
일만 봉우리 천 겹 두른 산속에서
백 번 부르짖다 한 번 날곤 하는데
봄 산의 대나무를 퉁겨 쪼개는 듯
울다 보니 새벽달이 휘영청 밝아
원통함 호소해도 원한 끝나지 않아
네 소리 들을 때면 마냥 안타까워라

杜宇促人歸
令人淚濕衣
萬峰千疊裏
百叫一番飛
迸裂春山竹
啼殘曉月輝
訴冤冤不盡
聞爾正依依

김시습의 '두견새 소리를 듣고'[聞杜宇문두우]라는 시이다. 시인은 두견새의 다른 이름을 '두우'로 알고 있다. 귀촉도歸

蜀道라고도 하는데, 귀촉도는 '촉으로 돌아가라는 의미'. 두견새가 울면서 사람더러 돌아가라고 재촉하니 듣는 이마다 눈물짓게 한다는 것이다. "네가 우는데 왜 내가 슬퍼지냐?"고 시인은 말하고 싶었던 거다. 밤새 슬픈 두견이 소리 어둠에 묻힐까 새벽을 밝혀주는 달빛. 아무리 울부짖은들 그 원통함을 네 스스로는 풀 수 없을 것이고, 괜시리 사람들의 애간장만 녹인다는 게 시인의 생각이다. 시를 따라 읽다 보면 두견새 울음소리가 귓속으로 파고드는 듯한 착각에 빠진다.

김시습의 또 다른 작품. 역시 시의 제목은 자규이다.

천첩 산봉우리에 달이 지려 하는데

소리소리 한편 귓가를 향해 운다

돌아감만 못하다는데 어디로 가야 하나

고국 하늘 아득하나 마음은 서쪽에 있어

千疊峯頭月欲低

聲聲偏向耳邊啼

不如歸去將何去

故國天遙只在西

옛사람들은 두견새가 '불여귀 불여귀' 하면서 운다고 믿었다. 불여귀不如歸는 '돌아감만 못하다'는 뜻. 돌아감만 못하다고 밤새 우짖건만, 도무지 어디로 돌아가야 한다는 것인가. 그러나 두견새 울음소리는 아무리 들어보아도 '불여귀'는 아니다. 암튼, 서쪽 촉나라의 고혼孤魂(외로운 혼)이 두견새라 하니 서쪽으로 가야 하는데 마음은 서쪽에 있지만, 몸은 그렇지 못함을 한탄하는 것으로 이해하였다.

석주石洲 권필權韠(1569~1612)의 다음 시에도 자규가 심란하게 운다.

강가 못엔 향기로운 풀 우거져 푸르고
이별의 한 하도 심란해 길을 잃겠네
생각해보니 산골의 봄은 적막했었지
살구꽃 떨어지고 두견새 울었으니

江潭芳草綠萋萋
別恨撩人路欲迷
想得洞房春寂寞
杏花零落子規啼

시인은 일부러 자신의 경험과 시제를 거꾸로 배치하였다. 치밀한 의도에 따라 상구와 하구를 뒤집어놓은 것이다. '살구꽃 지고 소쩍새 울어 산골의 봄이 적막했던' 것은 며칠 전의 일이다. 이제 강가의 웅덩이, 냇물 떨어지는 곳에도 풀이 우거져 길을 막고, 게다가 마음 또한 심란해서 길을 모르겠다는 것이다. 이 상황을 뭐라 설명해야 할까. 생각해보니 말로 할 수도 없겠다. 그래서 시의 제목을 달지 않았다. 그것마저도 시인의 계획적인 의도 아닐까. 시 자체를 좀 더 세밀하게 음미하도록 하기 위한 수단이었을 것이다.

고려의 문인 이견간李堅幹(?~1330)이 빚어낸 자규는 날이 새도록 울면서 산꽃을 피워내고 있다. 이견간은 "나는 관동지방에 자주 놀러 갔는데, 두견이라는 것이 소쩍새의 한 종류였다"고 하였다. 그 역시 소쩍새와 두견새를 구분하지 못했다. 다만 그의 시에 등장하는 두견이가 소쩍새였음을 알아두면 되겠다. 아무튼 '관동으로 벼슬살이를 살러 가다가 두견새의 울음소리를 듣고'[奉使關東聞杜鵑]라는 긴 제목의 이 시를 두고, 후일 서거정은 '우리 동방에서 두견새를 읊은 것 중에 가장 뛰어난 시'라고 평가한 바 있다.

여관 등잔불 가물거려 심지 돋우니
나의 풍미가 스님보다 더 담박하네
창밖에선 두견새가 밤새 울어대니
산꽃은 어느 봉우리서 울고 있을까

旅館挑殘一盞燈
使華風味淡於僧
隔窓杜宇終宵聽
啼在山花第幾層

두견새가 우니 산봉우리 너머 들꽃은 이제 곧 질 것이 서러워 울게 되었는데, 몇 번째 봉우리에 있는 꽃부터 울 것인가를 묻고 있다. 봄꽃이 질 때 두견새가 울더라는 경험을 바탕으로 쓴 시라 하겠다.

이와 달리 조선 후기 이희李熹(1691~1733)의 시에서 울고 있는 소쩍새는 우리가 봄~여름 흔히 듣는 그 새이다. 이희가 열다섯 살 때 지은 잡체시 '소쩍새 노래'인데, 시의 제목은 정소조가鼎小鳥歌이다. 이것은 한자를 빌어서 우리말 소리를 저장한 것으로, 앞에서 잠깐 설명한 대로 그 구성법은 이렇다. 솥[鼎]+적다[小]+새[鳥]+노래[歌]. 그러니까 우리

말로 풀면 '소쩍새 노래'이다. 제목 옆에 그가 '15세 때 지었다'[十五歲作]고 적었다.

새가 동쪽 산에서 울기를
내 솥이 작다고 하네
나는 바로 작은 솥을 물어주고
큰 새 솥을 사 가지고 왔다네
솥은 크나 풍년은 들지 않으니
새가 하는 말은 정말 못 믿겠네
솥을 씻어 좁쌀죽을 끓이자니
작은 솥도 채우지 못하네

有鳥東山鳴
言儂鼎小也
儂便賠小鼎
買取新鼎大
鳥言誠誑多
洗鐺煎粟粥
小鼎亦不足

소쩍새가 흔히 '솥 적다 솥 적다' 하고 울면 그 해는 풍년이 든다는 속설을 배경으로 쓴 시이다. 풍년이 들어서 솥에다 넣자니 솥이 적다고 새가 운다는 것이다. 대신 '솥적' 하고 2음절로 울어대면 그 해는 흉년이라는 말이 있다.

이희李熹의 『지재유집支齋遺集』에 실려 있는 시인데, 그는 성호 이익의 조카인 이서李漵(1662~1713)의 제자로 알려져 있다. 이희는 남인 계열의 문인으로, 29세 때 문과에 급제하였으며 43세에 세상을 떴다. 짧은 삶을 사는 동안 그래도 꽤 많은 시를 남겼다. 그의 시와 산문, 특히 잡체시가 문학적 수준이나 작품성에서 뛰어나다.

영재泠齋 유득공柳得恭(1748~1807) 또한 이희의 소쩍새 노래와 똑같이 '솥 적다'고 우는 새를 이렇게 읊었다.

솥 적다 솥 적다

지난해 솥이 금년엔 작다네.

금년엔 솥이 작다니 풍년 들겠네

농가 둘레에는 꽃나무 숲

호미 메고 돌아올 때 잘도 들리네

鼎小鼎小

去年鼎今年小
今年鼎小豊年兆
田家四面花木深
荷鋤歸來聽了了

봄철 시골 농촌 마을의 풍경을 그리고 있다. 집 주변은 온통 꽃세상이다. 한창 씨 뿌리고 밭에서 김을 매야 할 때이다. 농부들에겐 하루 일을 마치고 돌아갈 시간을 알려주는 새였다. 하루 노동 후의 귀가 시간을 알리는 소쩍새. 이놈이 솥이 작다고 할 만큼 거둘 게 많아 올해도 풍년이라고 미리 알리고 있으니 듣기 즐거워 귀에 쏙쏙 박힌다고 말한 것이다.

소쩍새 울음소리에 가슴 미어지는 밤

습재習齋 권벽權擘(1520~1593)은 뛰어난 시인이었다. 그가 남긴 시편들은 모두가 절창이라고 하겠다. 권벽은 정3품 벼슬인 참의參議를 지냈으나 그다지 잘 알려진 인물은 아니다. 중종 시대부터 선조 때까지 활동한 시인으로, 그의 5대조가 양촌 권근이다. 권벽은 을사사화 때 아주 절친했던 친구인 안명세安名世와 윤결尹潔이 죽임을 당하는 것을 본 뒤로, 입을 닫고 세상을 등지다시피 살았다. 허균이 전하는 바에 의하면 권벽은 젊어서 안명세·윤결 등과 아주 가깝게 지냈는데, 을사사화에 연루되어 두 사람이 희생된 뒤로 어떤 말도 하지 않으면서 집에 머물렀고, 사람들과 이야기하거나 웃지도 않았다고 한다. 예나 지금이나 입 잘못 놀려 패가망신하는 일들이 많았다. 누구든 혀를 잘못 굴려서 한 방에 가는 걸 직접 경험하고 나서야 사람이 달라진다.

권벽은 서울 신문新門 밖(지금의 종로구 신문로 서편) 반송방盤松坊에서 출생하여 현재의 마포구 현석동인 현석촌玄石村에서 죽었다. 현석동은 현재 마포구 신수동과 6호선 광흥창역 남쪽 한강변에 있는 마을. 그는 중종 말년에 문과에 급제하여 관리로 나갔으나 곧 을사사화를 겪었다. 30대 중반 내직에 있다가 외직으로 나가 여러 곳으로 돌아다녔다. 을사사화가 일어나기 전만 해도 그의 시풍엔 현실에 대한 비판적인 시각이 없었다. 을사사화가 일어나기 한 해 전인 1544년에 쓴 시 '두견화를 읊다'[咏杜鵑花영두견화]를 보면 그것을 알 수 있다.

두견새 피울음 향기로운 가지를 물들이고요
홀로 시 읊자니 한가한 달빛은 창을 비추네요
취중엔 바람 불고요 깨면 비가 들이치네요
아주 새로운 얼굴은 많지 않은 때이지요

醉裏風吹醒雨打
杜鵑啼血染芳枝
照我閑窓獨咏詩
斬新顏色不多時

권벽이 안명세·윤결을 잃기 전에 쓴 시인데, 단순히 자신의 일상을 그려내고 있다. 을사사화 뒤로도 크고 작은 옥사가 많이 일어났다. 그러나 이 시는 을사사화 이전에 쓴 것이니 사화에 연루되어 무고하게 죽은 이들을 대신한 분노라든가 친구를 잃은 슬픔, 현실에 대한 부정적이거나 회의적인 시각 같은 것은 있을 수 없다. 그저 두견새의 소리가 빚어낸 진달래를 얘기하고 있다. 이 시에서 시인이 진정 드러내고자 한 함의는 다른 데 있다. 즉, 꽃 밖의 현실을 그리고 있는 것이다. 물론 눈부시도록 아름다운 꽃과 속절없이 밤새 애만 태우는 두견새는 시인 권벽의 대리인이자 이 시의 또 다른 화자이다. 한가한 가운데 읊조리는 시라는 것은 세속으로부터의 탈피를 상징하는 화두일 뿐이다.

그렇지만 보는 이에 따라 다른 해석도 가능하다. 창밖의 아름다운 진달래와 두견새는 수많은 원귀이다. 바람이 불고 비가 때리는 궂은 날씨는 조선이 처한 정치적 현실을 감안한 표현으로 이해할 수도 있다. 바꿔 말해서 조선의 정치를 한꺼번에 바꿀 수 있는 새로운 인물의 부재, 그로 말미암아 갖게 되는 절망감 같은 것을 드러낸 것으로 이해할 수도 있겠다.

시에 소리를 얹은 작품으로, 심언광沈彦光(1487~1540)이 지었다는 '두견시杜鵑詩'가 있다. 이것은 허균許筠의 『국조시산國朝詩删』에도 전해오고 있다.

춘삼월 임금이 없어 이 몸의 죽음을 조상하니
두견새 울음 속에 더욱 슬프고 쓰라리다
산속에서라도 신하 된 의리 끊지 않으니
서천을 본받아 다시 절을 올린다

三月無君弔此身
杜鵑聲裏更悲辛
山中不廢爲臣義
準擬西川再拜人

심언광은 조선 중기의 문신으로 어촌漁村이라는 호를 사용하였다.[1)] 강릉 바닷가에서 대대로 살았으므로 그와 같은 호를 갖게 된 것 같다. 그는 중종 때 관리로 나가 이조판서에까지 올랐다.

참고로, 조선 숙종 때 이유李瑈가 지었다는 자규 노래가 더 있다. 세조의 이름과 같아서 혼동될 수 있는 인물인데, 그가 남긴 이 시의 제목은 '자규제후강子規啼後腔'이다.

---

1) 그의 문집으로 『어촌집(漁村集)』이 있다

자규야 울지 마라 울어도 속절없다

울거든 너만 울지 남은 어이 울리느냐

아마도 네 소리 들을 제면 가슴 아파하노라

寄語子規休且哭

哭之無益到如今

云何只管渠心事

我淚翻教又不禁

이것은 본래 한시가 아니라 우리 시조를 한역한 것이다. "울려면 너만 울지 왜 나까지 울리느냐"며 자규를 탓하고 있다. 그렇지만 내 가슴도 아프고 서러운데 네 소리 들으니 더욱 더 가슴이 미어진다는 뜻이 얹혀졌다.

한편 최경창崔慶昌(1539~1582)의 시에도 자규가 우는 작품이 있다. 그가 광릉을 찾아갔을 때 산에는 꽃이 가득하였다. 그러니까 광릉을 다녀온 뒤로, 다시 지금의 강남구 삼성동에 있는 봉은사를 찾았다. 그리고 거기서 나와 배를 타고 돌아오는 저녁 무렵, 두견새가 울고 있다. 최경창과 손님 몇을 떠나보낸 스님은 돌아서서 절문을 닫고 있다. 화려함 속에 해지는 저녁나절의 고즈넉한 모습을 그린 시인데, 시의 제목은 '봉은사 스님의 시축에 쓰다'[奉恩寺僧軸봉은사승축]이다. 아마도 이 시는 선조 8년(1575) 사명당 유정이 봉은사 주지로 있을 때 찾아간 기억을 바탕으로 쓴 것이 아닌가 싶다.

삼월이라 광릉에는 꽃이 산에 가득했는데
비 갠 뒤 강물 흰 구름 사이로 돌아왔네
배 안에서 뒤돌아보며 봉은사를 가리키니
두견새 울음소리에 스님은 문을 닫네

三月廣陵花滿山
晴江歸路白雲間
舟中背指奉恩寺
蜀魂數聲僧掩關

당시 봉은사는 광주에 속해 있었다. 그때만 해도 봉은사는 강과 개울로 격리되어 배가 아니면 찾아가기 어려운 곳이었다. 음력 삼월, 강변 산과 언덕에는 꽃이 가득 펼쳐져 있다. 두견새도 꽃도 아우성이다. 마침 봄비가 개고, 흰 구름이 두둥실 떠 있다. 강에 내려앉은 구름 사이로 배를 저어 돌아가는 길. 시인은 봉은사를 돌아보며 손으로 가리킨다. 날은 저물어 이윽고 두견새 울기 시작하자 절 문이 닫히는 모습까지 보고 돌아와 이런 시를 남긴 것이다. 울긋불긋 온 산의 꽃과 푸른 강, 흰 구름의 색조 대비와 배치가 사뭇 의도적이다. 시인은 아름다운 풍경에 소리를 담기 위해 두견새를 불러들였다.

최경창은 중종 34년 태어나 선조 15년에 세상을 떴으니 45세의 길지 않은 삶을 살았다. 그는 백광훈과 더불어 송천 양응정(1519~1581)에게서 공부하였다. 또 청련靑蓮 이후백李後白(1520~1578)으로부터도 배웠다. 나중에 박순朴淳에게서도 배웠는데, 박순은 본래 화담 서경덕의 문인이다. "박순은 훈구파로서 가장 오랫동안 재상의 자리에 있었지만 혼탁한 세상을 맞아 미리 초야로 돌아가 은둔하였다." 최경창은 고경명과도 상당한 친분이 있었다. 『조선왕조실록』「선조수정실록宣祖修正實錄」권20, 선조 19년 10월 기록은 "서경덕이 화담花潭에 은둔하고, 김인후가 벼슬에 뜻을 끊은 것이나 조식과 이항이 바닷가에 숨어서 산 것은 모두 을사사화 때문"이었다고 전한다.

최경창이 가고 나서 2백여 년 뒤에 다산 정약용이 봉은사에 들러 하루 저녁을 묵었다. 지금은 빌딩 숲에 어지러운 불빛, 매연으로 머리 아픈 강남의 중심가가 되었지만, 그 당시에는 광주廣州 땅 물 동네 옆의 숲속에 인적 드문 고찰이었다. 다산 정약용이 봉은사에서 하룻밤을 묵고 돌아와서 남긴 '봉은사에서 자다'[宿奉恩寺숙봉은사]라는 시는 그 내용이 의외로 간단하다.

신선이 사는 임궁琳宮은 깊고 조용해
푸른 물이 굽이져 흐르고 있다
노랫소리 앞세우고 찾아오니
자못 금의환향한 것 같아라

窈窕琳宮迥
逶迤碧中灣
故從絲管至
頗似錦衣還

임궁琳宮은 절이나 사원寺院이란 뜻. 봉은사를 이른다. 시인 다산은 봉은사를 신선이 사는 곳으로 표현하였다. 당시에는 조용하고 푸른 한강 물이 굽이져 흐르는 물을 끼고 있는 절이었다. 정약용은 경기도 광주 땅에 있는 봉은사(서울 강남구 봉은사로)를 찾아가며 너무도 즐거워서 흥얼흥얼 노래하였다. 아마도 봄이 한창 무르익은 때였던가 보다. 그래서 그가 찾아간 절을 감싸고 있는 신록과 봄꽃을 새로 지어 입은 금의錦衣라는 말로 치환하였을 것이다.

북창北窓 정렴鄭磏(1506~1549)에게도 봉은사奉恩寺를 노래한 시가 있다.

아지랑이 외로이 누워있는 옛 나루터
차가운 해 아득히 먼 산 너머로 지고
나룻배 노를 저어 돌아오는 저녁나절
아스라이 안개 사이로 절이 보이네

孤烟橫古渡
寒日下遙山
一棹歸來晚
招提杳靄間

북창의 이 시는 '주과저자도향봉은사'(舟過楮子島向奉恩寺)라는 제목을 갖고 있다. '배를 타고 저자도를 지나 봉은사로 향하다'라는 뜻. 저자도는 지금의 서울 성동구 성수동의 중

랑천과 한강이 만나는 합수머리로부터 영동대교 가까이까지 길게 이어져 있는 강변 섬이었다. 지금과 달리 예전에는 상림(桑林)이 저자도 상류 쪽, 현재의 뚝섬유원지 일대에 있었다. 현재의 한양대학교 앞 성동교 바로 아래에 있는 살곶이다리를 건너면 강변 너른 벌판이 성수동 일대의 살곶이벌[箭串坪전곶평]로부터 펼쳐졌다. 한강 북안 성수동 일대 강변 가까이, 둑도(纛島, 뚝섬) 바깥쪽에 저자도가 있어서 거기서 배로 강을 건너 봉은사를 오고 갔던 것이다.

최경창과 같은 해에 태어난 동갑내기로서 일인지하一人之下 만인지상萬人之上의 자리에까지 오른 아계 이산해(1539~1609)의 시 세계도 무시할 수 없다. 그가 새벽에 일어나 앉아서 읊은 시에도 자규가 운다. 초여름 날의 새벽녘인 모양이다. 장미꽃에는 새벽이슬이 싸늘하게 맺혀 있다. 은하수는 기울었고, 달도 진다. 새벽잠을 깨어 주렴 밖을 내다본 아계鵝溪 이산해李山海. 새벽 내내 울어대던 소쩍새 소리는 멎고 어느새 꾀꼬리가 울고 있다. 그의 '새벽에 읊다'[曉吟효음]는 시는 울타리에 장미꽃이 가득 핀 초여름날의 조용한 정경을 그렸다. 그중에서도 새벽 시간, 밤에서 낮으로 바뀌는 시간의 변화를, 달라지는 새소리로 표현하고 있다. 두견새는 밤에 우는 새이고, 꾀꼬리는 낮에 우는 새이다. 두견새 소리 멎으면서 날이 밝자 꾀꼬리가 대신하고 있다. 처량한 소리에서 밝은 소리로 바뀐 순간의 반가움을 표현한 것으로 보아 오랜 기간 경북 평해에서의 유배로부터 풀려나 중앙 정계로 복귀한 무렵에 지은 것이 아닐까?

어느새 장미꽃에 맺힌 싸늘한 이슬
은하수 서쪽으로 기울고 달은 지는데
작은 난간 성긴 주렴 그윽한 꿈 깨니
두견새 소리 그치고 새벽 꾀꼬리 우네

薔薇花畔露凄凄
銀漢西傾月欲低
小檻疎簾幽夢罷
子規聲歇曉鶯啼

『임원십육지』 예원지(藝畹志)에는 장미를 여러 가지 이름으로 소개하고 있다. 자홍(刺紅), 산조(山棗), 우자(牛刺), 우근(牛勤), 매소(買笑)와 같은 이름들을 기록해놓았는데, 이 중에서 자홍은 가시가 있는 붉은 꽃이라는 점을 강조한 이름이고, 매소는 '웃음을 사다'라는 뜻으로 보아 그것을 보고 사람마다 즐거워할 수 있는 꽃임을 드러낸 이름인 것 같다. 장미를 심을 수 있는 계절도 아울러 소개했는데, "망종과 3월, 8월에는 모두 삽목을 할 수 있고, 입춘 역시 삽목을 할 수 있다(芒種及三八月皆可揷 立春亦可揷)"고 하였다. 이때에는 그저 대략 1자[尺] 남짓한 길이로 장미 줄기를 잘라다 땅에 잘 꽂기만 하면 한 해 뒤에는 탐스런 꽃을 볼 수 있다는 것이리라.

자규(두견새) 소리는 대략 양력으로 5월 초순 이후~8월에 들을 수 있다. 초여름이 되기까지는 띄엄띄엄 운다. 그러다가 여름을 끝으로 자규 소리를 들을 수 없다.

이산해는 중종 14년(1538) 한양 황화방皇華坊[2]에서 출생하여 광해군 원년인 1609년 71세로 생을 마쳤다. 토정 이지함李之菡의 큰집 조카인데, 『토정비결』로 잘 알려진 이지함은 서경덕에게서 글을 배웠다. 한때 그는 서울 마포구 토정동 한강변에 살면서 장사를 해서 많은 돈을 벌었고, 그 돈으로 빈민을 구제하였다. 절대로 장사를 하면 안 되는 조선 시대의 양반 출신이 금기를 깨고 빈한한 사람들을 돕기 위해 그

2) 현재의 서울 중구 서소문동~회현동 일대

리하였던 것인데, 그는 영남지방에 가서도 빈민을 구제한 기록이 있다.

"선조 3년(1569)에 영남에 심한 기근이 들었다. 이때 이지함이라는 사람이 있었는데, 세상 사람들이 그를 이인異人[3]이라고 하였다. 그는 유랑하는 백성들이 누더기를 걸치고 밥을 구걸하는 꼴을 불쌍히 여기고서 커다란 집을 지어 그들을 머물게 하고 수공업을 가르쳐 각자 자기의 의식을 해결하도록 하였는데, 그 가운데 가장 무능한 자에게는 볏짚을 주어 짚신을 삼도록 하고는 그 일을 감독하니, 하루에 능히 열 켤레를 만들어 냈다. 그것을 내다가 팔자, 하루에 일한 것으로 쌀 한 말을 마련하지 못하는 사람이 없었다. 그 남은 이익을 미루어 그들의 옷가지를 만들도록 하니, 서너 달 사이에 옷과 식량이 모두 충분해졌다."[4]

『선조수정실록宣祖修正實錄』 권 12, 11년 7월 기록에 이지함에 대하여 다음과 같이 기록하였다.

◇◇◇◇◇◇◇◇◇◇◇◇◇◇◇◇◇◇◇◇◇◇◇◇◇◇◇◇

3) 재주가 뛰어나고 비범한 사람.

4) 『임하필기(林下筆記)』 권22, 문헌지장편(文獻指掌編), 이지함구활(李之菡求活)

“이지함은 일찍이 마포항구麻浦港口에 흙을 쌓아 언덕을 만든 다음, 그 아래에는 굴을 만들고 위에는 정사亭舍(집)를 지어 스스로 부르기를 토정(土亭)이라고 하였다. 그 뒤에 비록 큰물이 사납게 할퀴고 지나갔으나 흙으로 쌓은 언덕은 완연하게 그대로 남아 있었다.”

이처럼 오늘의 마포구 토정동이 그의 노력에서 탄생하였다. 기록에 따르면 이산해의 막내아버지 이지함은 율곡 이이와도 친했다. 또 『성호전집星湖全集』 권8, 해동악부(海東樂府) ‘철관행(鐵冠行)’이라는 시에 이르기를 “토정 이지함은 자가 형백이다. 길을 다닐 때 무쇠로 만든 갓을 쓰고 다니다가 벗어서 밥을 해 먹은 다음, 씻어서 다시 쓰고 다녔다.(李土亭之菡字馨伯 行爲鐵冠 脫而炊飯 洗而冠之)”고 하였다.

그러나 이지함은 천문과 산수, 과학 등 두루 통하지 않는 데가 없었다. 그는 포천군수로 있을 때 만언소(萬言疏)를 올려 사람을 쓸 때 각자의 능력과 재주를 잘 헤아려서 적재적소에 기용해야 함을 주장하였는데, 지금에도 꼭 필요한 이야기일 것이기에 간단히 소개한다.

"해동청(海東靑, 우리나라 큰 매의 일종)은 천하의 훌륭한 매이지만 그에게 새벽을 알리는 일을 맡긴다면 늙은 암탉만 못하고, 천리마는 좋은 말이지만 그로 하여금 쥐를 잡게 한다면 늙은 고양이만 못할 것입니다. 하물며 닭으로 사냥할 수 있겠으며 고양이로 수레를 끌 수 있겠습니까?"

토정 이지함은 수학에 뛰어난 재주를 갖고 있었다. 지금도 한산이씨 문중에서는 이지함을 수학 천재로 기억한다. 머리를 좌우로 갸우뚱 한두 번 흔들면 아무리 어려운 수학 문제도 척척 풀어냈다는 그는, 자신의 풍수비기를 조카 이산해로 하여금 현실에 적용하도록 했다는 게 한산이씨들 사이에 전해오는 이야기이다. 이산해의 아버지는 이지번李之蕃으로서 이지함의 형이다. 목은 이색의 후손 가운데 조선의 인물로 이름이 가장 잘 알려진 이가 이지함과 이산해일 것이다. 이산해는 현재 충남 예산군 대술면 방산리에 잠들어 있다. 대술은 조선의 몇몇 대가 세족들이 살았던 동네인데, 그곳엔 이남규, 이광임 같은 그의 후손들이 살았던 고가古家가 남아 있다.

이제, 이쯤에서 장미를 읊은 시 두 편을 보고 가자. 먼저 최경창의 '우연히 읊다'[偶吟우음]는 제목의 시는 늦봄, 뜰에 가득 핀 장미를 그리고 있다.(『고죽유고孤竹遺稿』). 한양 낙산의 인가를 읊은 시인데 그림 하나를 보는 것 같다.

동쪽 봉우리 안개구름 아침햇살 가리니
깊은 숲속의 새는 늦도록 날지를 않네
이끼 낀 고가의 문은 홀로 닫혀 있고
뜰 가득 맑은 이슬이 장미를 적시네

東峯雲霧掩朝暉
深樹棲禽晩不飛
古屋苔生門獨閉
滿庭淸露濕薔薇

한낮에 이르도록 안개가 걷히지 않고, 숲속의 새들이 우짖지도 날지도 않는 초여름날의 풍경이다. 여름날 어디서나 흔히 볼 수 있는 평범한 정경이지만 운무와 깊은 숲, 낡은 고가의 굳게 닫힌 문은 어딘지 자칫 무겁고 우울한 분위기를 전할 수 있다. 그러나 시인은 결구結句에서 분위기를 반전시키고 있다. 뜰에 가득한 운무가 이슬이 되어 장미를 흠뻑 적시고 있는 모습을 그려내어 앞에서 차분하고 조용하면서도 어둑한 느낌의 시어들이 주는 것과는 대조적인 분위기를 연출하였다. 이 시는 한 폭의 채색화를 보는 듯한 느낌을 준다. 고가의 앞마당에 활짝 핀 장미꽃들을 흠뻑 적시고 있는 이슬과 아침 안개 가득한 풍경에서 진한 생명력의 여운을 느끼게 하는 것이다. 시 전편에 흐르는 느낌으로 보건대 이 시를 쓰던 당시에 시인의 앞길이 퍽 순탄하게 열리고 있었을 것이다.

다음은 이규보(1168~1241)의 '집 동산 장미꽃 아래 술을 마시면서 전이지全履之에게 주다'라는 제목의 시이다. 전이지는 이규보의 절친한 친구였던 모양이다.

지난해 막 꽃을 심을 때
그대 마침 이리로 왔었지
두 손으로 진흙을 파내고
마주 술을 따라 마셔서 취했지
금년엔 꽃이 한창 피었건만
그대 또 어디서 왔는가
꽃이 유독 그대에게 후대하니

혹시 과거에 빚진 일이 있는가

심던 그날에도 술을 마셨는데

하물며 다시 한창 꽃핀 뒤이니

그대 이 술을 사양하지 말라

이 꽃을 저버릴 수 없으니

去年方種花

得得君適至

兩手揮汚泥

對酌徑霑醉

今年花盛開

君又從何來

花於子獨厚

豈有前債哉

種日猶擧酒

況復繁開後

此酒君莫辭

此花不可負

함께 꽃을 심으며 술을 마셨는데, 한창 꽃이 필 때 다시 찾아온 친구 전이지에게 술을 사양하지 말라면서 그 꽃이 정작 무슨 꽃인지는 끝까지 말하지 않았다. 그렇다고 계절도 밝히지 않았다. 그렇지만 제목에 이미 '장미꽃 아래서 술을 마셨다'고 했으니 읽는 이마다 그 계절을 대략 어림할 수 있다.

아래는 조선 정조의 딸 숙선옹주淑善翁主(1793~1836)가 남긴 작품 산중모춘(山中暮春). '산속의 늦봄'이라는 뜻을 가진 시이다.

흰 구름 깊은 산에서 옛 친구를 만나니
두견새 우는 밤 버들잎 새로 피어난다
떨어진 꽃 흐르는 물 끝없이 멀리 가고
산에서 술잔 들며 남은 봄 아쉬워하네

白雲深處逢故人
子規啼時柳色新
落花流水路不窮
山中對酌惜殘春

푸른 산 흰 구름, 흐르는 물에 떨어진 꽃이 가득하다. 그 깊은 산 속에 친구가 찾아온 밤, 정다운 이야기로 마음이 즐겁다. 사람을 귀하게 여겼고, 사람마다 인간미 넘쳐나던 시절의 이야기이다. 두견새 소리를 들으며 날마다 버들잎은 새록새록 피어난다. 낙화는 물을 따라 떠나간다. 그것을 시인은 "떨어진 꽃이 흐르는 물 따라 끝없이 흘러간다"고 하였다.

물 따라 낙화가 흐르고

그런 산 깊은 곳에서 옛 친구를 만나는 일은 쉬운 만남이 아니다. 산속에서 마주 앉아 두 사람은 술잔을 기울이며 남은 봄과의 아쉬운 이별을 하고 있다. 그런데 숙선옹주는 2행에서 왜 버들잎을 등장시켰을까? 두견새 우는 밤에 버들잎이 피어나는 것이 자연현상일 수 있다. "꽃이 피고 지는 것은 각기 때가 있다."(花謝花開各有時)는 말처럼. 그러나 조선 시대 버드나무나 버들잎의 꽃말은 이별이었다. 흰 구름 깊은 산에서 오랜 친구를 만났는데, 만나자마자 이별을 걱정한다는 마음을 실은 것이다. 그래서 일본 속담에도 "만남은 이별의 시작"이라는 말이 있다. 일본어로는 "會うは別れの始め(아우와 와카레노 하지메)"라고 한다.

숙선옹주는 정조와 어머니 수빈綏嬪 박씨 사이에서 태어났다. 숙선옹주가 남긴 『의언실권宜言室卷』이라는 문집은 홍현주의 시문집인 『홍현주시문고』 안에 들어 있다.

숙선옹주가 살았던 시절로부터 4백여 년을 거슬러 올라가, 14세기 고려 충숙왕 때로 가보자. 사헌부 집의執義 벼슬을 했다는 최원우崔元祐의 시에는 두견새 우는 공간이 고개

너머 푸른 산 오래된 절 근처에 설정되어 있다.

> 읍을 하며 보낸 스승님 고개 넘어가시니
>
> 봄바람에 지팡이 하나 야인 차림이 가볍다
>
> 푸른 산의 두견새 소리 어디서 들으실지
>
> 옛 절의 배꽃 밭에 달빛이 정녕 밝으리
>
> 揖送吾師嶺外行
>
> 春風一杖野裝輕
>
> 碧山杜宇問何處
>
> 古寺梨花月政明

읍(揖)이란 두 손을 앞에 모으고 허리를 굽혀 상대를 존중하는 마음으로 예를 올리는 것을 말한다.

시인 정작鄭碏이 자규 우는 마당을 배꽃밭 끼고 있는 고찰의 달빛 아래로 제시했듯이 시인 최원우(생몰연대 미상) 역시 밝은 달빛 아래 절 주변 배꽃이 활짝 핀 곳으로 무대를 제한하였다. 그것을 조선 시인 정작은 이화고사월梨花古寺月로 압축했지만 고려 시인 최원우는 고사이화월정명古寺梨花月政明으로 표현하였으니 결국 두 사람 다 오래된 옛 절과 배꽃 밭에 비치는 달빛을 그린 것은 같다. 그래 놓고 자신의 스승은 그곳 어딘가에서 두견새 소리를 듣고 있을 것이라고 미루어 짐작하고 있다. 고개 넘어 절간으로 잠깐 나들이 나가신 스승을 등장시켜 절간 배꽃 밭 근처에 그 스승이 계실 거라는 추측을 틀림없는 사실로 믿게 하는 것이다. 푸른 산의 두견새가 어디쯤에 있을지를 미리 설정하고는 그 어름 어딘가에 스승이 계실 거라는 믿음을 사실로 굳히는 수법이 아주 교묘하다. 산사山寺의 배꽃이 달빛 속에 밝게 빛날 터. 그 분위기가 어둡거나 우울하지가 않다. 꽃구경에 새 소리 들으러 가는 나들이를 '봄바람에 지팡이 하나'로 가볍게 차리고 나서는 야인의 모습으로 그린 것도 고수답다. 잠깐의 나들이, 고개를 넘는 스승은 기대에 차 발걸음도 가벼웠을 것이고, 꽃구경에 온통 마음을 빼앗기고 있을 터.

이들 몇 편의 시로써 남들이 '꽃을 찾아 옛 절로 떠나는 여행'은 볼 만큼 보았다. 조선 성종의 형 월산대군. 그의 본명은 이정李婷이다. 풍월정風月亭이란 호를 즐겨 사용했는데, 그에게도 앞의 시들과 맞먹는 아름다운 시가 있다. 지금의 서울 마포 망원동~성산동 일대로부터 양화진 등을 자신의 낚시터로 삼아 평생 낚시를 즐겼고, 봄이면 꽃을 찾아 유람하는 삶을 산 그는 늦봄 어느 날 자신이 직접 옛 절로 꽃을 찾아갔다. 먼저, 꽃이 모두 진 봄날의 허허로운 정경을 읊은 '옛 절의 꽃을 찾아서'**尋花古寺**(심화고사)란 시이다.

봄 깊은 옛 절에 제비 무수히 날고
깊은 뜨락 중문에 오는 객은 드물어
어제 꽃 찾아왔으나 꽃은 다 졌으니
서러운 꽃을 위해 꽃 찾아 돌아가네

春深古寺燕飛飛
深院重門客到稀
我昨尋花花盡落
尋花還爲惜花歸

월산대군이 꽃을 찾아 방문한 곳은 아주 오래된 절간이었다. 그러나 그가 찾은 절에는 이미 꽃이 다 졌다. 절에서 하룻밤을 묵고, 다음날 그는 돌아왔다. 돌아오는 길에도 그는 꽃을 보지 못했을 것임을 이 시를 읽는 이들은 알 것이다. "좋은 꽃은 늘 피지 않으며 좋은 경치는 언제나 볼 수 없다"(好花不常開 好景不常在)는 말도 있지 않은가!

꽃이 지고 초여름을 맞이할 무렵이 되면 송화가 날리기 시작한다. 깊은 산, 짙은 숲속의 산사(山寺)엔 송화가 익어간다. 그것을 이달李達(1539~1612)은 '산사(山寺)'란 시에서 이렇게 읊었다.

절은 흰 구름 가운데 있어서
흰 구름을 스님이 쓸지 않네
손님이 와서 비로소 문 여니
산속 골짜기마다 송화가 익네

寺在白雲中
白雲僧不掃
客來門始開
萬壑松花老

그러나 이달이 그린 산사 주변의 송화 익는 모습은 한낮의 풍경이다. 이 시에는 어떤 새도 울지 않는다. 새소리까지 담았더라면 이달이 그린 산사는 요란하였을 것이다. 그러나 시를 열면서 '절은 흰 구름 아래에 있으며, 절 주변에 자욱하게 깔린 꽃잎도 흰 구름으로 설정하고, 그 시기를 송화가 익는 때로 제시함으로써 할 말을 다 했다.

한편, 고려 후기의 승려 원감국사圓鑑國師(1226~1292) 충지冲止가 남긴 '한중잡영閑中雜詠'이라는 시에도 두견새가 운다.

주렴을 걷어서 산 빛을 끌어들이고
대나무 통 이어 시냇물 소리 나누네
마침내 아침에 찾아오는 이 드물고
두견새는 홀로 제 이름 부르며 운다

卷箔引山色
連筒分澗聲
終朝少人到
杜宇自呼名

문에 쳐두었던 주렴(=발)을 걷어 올리니 봄빛 푸른 산으로부터 녹음이 스며들어 방에 밴다. 계곡마다 넉넉하게 흐르는 시냇물을 대나무 통을 이어 끌어들여서 초당 앞 연못에 대어 두었다. 그리하여 이제 막 연못에도 봄이 찾아왔다. 봄빛 찬란한 아침, 산속 암자를 찾는 이는 없다. 온종일 오가는 이 드물고, 해지도록 산은 조용하다. 한낮인데도 숲이 우거져 두견새가 운다.

원감국사는 자신이 머물고 있는 절간을 그리면서 두견새 즉, 촉조蜀鳥가 제 이름으로 운다고 표현하였다. 과연 대가다운 솜씨다. 두견새가 제 이름으로 울 듯이 모든 새는 제 이름으로 우는가 보다. 다만 여기서 원감국사 충지는 두견새를 외로움에 절규하는 새로 그리고 있다.

이렇게 예로부터 두견새는 슬픔과 한의 정서로 표현되었다. 이런 전통은 근래까지 이어져 한용운(1879~1944)의 '귀촉도(歸蜀道)'에서도 두견새가 이렇게 운다.

두견새는 실컷 운다

울다가 못 다 울면

피를 흘려 운다

이별한 한이야 너뿐이랴마는

울래야 울지도 못하는 나는

두견새 못 된 한을

또 다시 어찌하리

야속한 두견새는

돌아갈 곳도 없는 나를 보고도
불여귀不如歸 불여귀不如歸

저는 돌아갈 곳이라도 있지, 돌아갈 곳조차 없는 내게 '돌아감만 못하다'고 우짖고 있으니 두견새는 참 야속한 놈이다. 이처럼 두견새는 이별, 한, 불귀不歸를 상징한다. 그렇지만 한용운은 그 자신을 한 마리 두견새조차 되지 못한 이로 그리고 있는 점이 다르다. 자신은 돌아가고 싶어도 돌아갈 수 없는 '불귀의 혼'임을 한탄하였다.

한용운과 대략 같은 시대를 살았던 시인 김소월(1902~1934)의 다음 두 시에도 역시 두견새(접동새)가 울고 있다.

산(김소월)
산새도 오리나무 위에서 운다.
산새는 왜 우노 시메 산골
영 넘어갈려고 그래서 울지
눈은 내리네 와서 덮이네.
오늘도 하룻길은 칠팔십 리
돌아서서 육십 리는 가기도 했소.

불귀(不歸) 불귀 다시 불귀

삼수갑산에 다시 불귀

사나이 속이라 잊으련만

십오 년 정분을 못 잊겠네.

산에는 오는 눈,

들에는 녹는 눈,

산새도 오리나무

위에서 운다.

삼수갑산 가는 길은 고개의 길,

접동새(김소월)

접동

접동

아우래비 접동

진두강 가람 가에 살던 누나는

진두강 앞마을에

와서 웁니다.

옛날 우리나라

먼 뒤쪽의

진두강 가람 가에 살던 누나는

의붓어미 시샘에 죽었습니다.

누나라고 불러보랴

오오 불설워

시새움에 몸이 죽은 우리 누나는

죽어서 접동새가 되었습니다.

아홉이나 남아 되던 오랩 동생을

죽어서도 못 잊어 차마 못 잊어

야삼경(夜三更) 남 다 자는 밤이 깊으면

이 산 저 산 옮아가며 슬피 웁니다.

서정주(1915~2000)의 귀촉도歸蜀道라는 노래 또한 임과의 이별 한恨을 노래한 시다.

눈물 아롱아롱

피리 불고 가신 님이 밟으신 길은

진달래 꽃비 오는 서역 삼만 리

흰 옷깃 여며 여며 가옵신 님의

다시 오지 못하는 파촉巴蜀 삼만 리

신이나 삼아 줄 걸, 슬픈 사연의

올올이 아로새긴 육날 메투리

은장도 푸른 날로 이냥 베어서

부질없는 이 머리털 엮어 드릴 걸

초롱에 불빛 지친 밤하늘

굽이굽이 은핫물 목이 젖은 새

차마 아니 솟는 가락 눈이 감겨서

제 피에 취한 새가 귀촉도 운다

그대 하늘끝 호올로 가신 님아

시인은 '제 피에 취한 새'(두견새)가 울다 홀로 하늘로 간 님을 그리며 운다'고 보았다. 예로부터 현대 시에 이르기까지 자규(두견새)는 '불귀의 객'이 쏟아내는 이별과 한의 상징이다.

그러나 서정주의 '국화 옆에서'에는 두견새가 아니라 소쩍새가 운다. 서정주는 두견새와 소쩍새를 명확히 구분하였다.

한 송이의 국화꽃을 피우기 위해

봄부터 소쩍새는 그렇게 울었나 보다

한 송이의 국화꽃을 피우기 위해

천둥은 먹구름 속에서

또 그렇게 울었나 보다

(이하 생략)

나이 스물여덟에 요절한 중국 송나라의 시인 왕령王令(1032~1059)의 시에도 두견새가 줄곧 운다. 그의 송춘(送春, 봄을 보내며)이라는 시이다.

3월의 남은 꽃이 졌다가 다시 피고

작은 처마엔 날마다 제비 날아오네

두견새 밤새워 피울음을 울고 있건만

봄바람 불어도 오지 않을 걸 못 믿어서

三月殘花落更開

小簷日日燕飛來

子規夜半猶啼血

不信東風喚不回

예로부터 두견새가 피울음을 운다고 한 것은 이런 시들을 통해 한국에 전해졌다. 왕령의 문집인 『광릉집廣陵集』에 실려 있는 시로서, 왕령은 주로 따뜻한 남경南京에서 살았으므로 봄이면 일찍부터 두견새 소리를 들었던 것이다.

꽃 잔치 펼쳐지는 봄날, 봄의 운치를 돋우는 새가 어디 소쩍새와 두견새뿐이겠는가. 딱따구리와 꾀꼬리는 숲에 활기를 불어넣는 새이다. 꾀꼬리 소리는 현란하지만 너무 시끄럽다. 수다스럽다. 개똥지빠귀도 꾀꼬리 못지않은 수다쟁이다. 반면 딱따구리는 냉큼 울지 않는 새이다. 그러나 딱따구리가 나무를 쪼는 소리는 차분해서 듣기가 좋다. 절간의 목탁 소리 같기도 하고, 도마에 칼질하는 소리를 닮았다.

화담花潭 서경덕徐敬德(1489~1546)은 이른 아침에 듣는 딱따구리 소리를 도마질 소리로 표현하였다. 산속 초가집에 살며 일 년이 다 가도록 초식에 의지하여 살아가는 사람에게 나무 쪼는 딱따구리 소리가 마치 도마에 고기 다지는 칼질 소리처럼 들려 마음이 괴롭다고 하였다. '딱따구리 우는 소리 들으며'[聞鼓刀문고도]에서는 근래 고기반찬을 구경하지 못한 화담 선생의 모습을 눈앞에 보는 듯하다.

이른 아침 어떤 새가 도마질 소리를 내는데
도마질은 응당 짐승 고기 다루는 푸줏간에서나 날 일이지

일 년이 되도록 밥상 위에 소금도 없은 지 오래 되었으니
조가집 향하여 괴롭게 울부짖지 말게나
有鳥凌晨斸鼓刀
鼓刀應在割烹庖
年來盤上無鹽久
莫向茅齋苦叫號

청명한 아침의 탁목조啄木鳥(딱따구리) 소리가 배고픔을 자극했던 모양이다. 똑같은 소리이건만 석주 권필은 '춘일만흥春日漫興'이라는 시에서 잠결에 들은 딱따구리 소리를 문 두드리는 소리로 묘사하였다.

새가 벌레 쪼아 먹는 소리 똑똑 울리기에
꿈결에 문 두드리는 소리인가 생각했지
잠자리에서 일어나 발 걷으니 산엔 비 걷혀
어느새 봄풀이 섬돌에 돋은 것도 몰랐네
幽禽啄蠹響彭鏗
夢裏疑聞叩戶聲
睡起捲簾山雨歇

不知春草上階生

석주石洲의 단꿈을 깨운 딱따구리의 노크. 아마 아침결 늦잠을 잤는가 보다. 간밤에 봄비가 가늘게 내리다가 걷히고, 앞산 허리의 안개도 사라졌다. 방문을 나서 섬돌을 내려다보니 봄풀이 다북쑥 솟아났는데, 여태 그걸 왜 몰랐을까? 이 시 속의 딱따구리와 잠은 시인이 설정한 하나의 장치에 불과하다. 잠은 세월의 변화, 봄이 무르익었음을 도무지 몰랐다고 말하기 위한 포석이다. 딱따구리는 봄을 알리는 새인 동시에 오던 비가 멎고 날이 개어 동물이 다시 활동을 시작하였음을 나타내기 위한 도구이다. 다만 그는 꿈결에 들었기에 누군가 아침 일찍 찾아와 문을 두드리는 소리로 착각하였다고 하였다. 딱따구리로 말미암아 무르익은 봄날, 간밤의 비가 개고 산에도 숲에도 그리고 섬돌 가에 돋은 푸르른 봄풀을 마치 처음 발견이라도 한 듯 그려내고 있다.

그러나 이규보와 산운山雲 이양연李亮淵(1771~1853)은 똑같이 '딱따구리'를 노래했건만, 두 사람의 시에는 특별한 함의가 없다. 그저 딱따구리를 보고 직관에 따라 그렸을 뿐이다. 이규보의 시 '딱따구리'[啄木鳥탁목조]는 '딱따구리'를 눈에 보이는 대로, 그 본성을 표현하였을 뿐이다.

나무 구멍의 벌레 집을 찾아서
딱딱 쪼는 소리 문 두들기는 듯
너는 오색의 아리따움을 지니고서
어찌하여 벌레 쪼기를 좋아하느냐

木穴得蟲藪
剝剝如扣戶
將汝五色姸
胡爲好啄蟲

이규보도 권필과 마찬가지로 딱따구리 소리를 문 두드리는 소리로 표현하였다. 그가 본 것은 오색딱따구리가 분명하다. 이 땅에 사는 딱따구리의 종류로는 오색딱따구리 외에도 까막딱따구리, 청딱따구리, 쇠딱따구리가 있다고 한다.

반면 산운 이양연이 본 딱따구리는 도무지 뒷생각이 없는 놈이다. 고목의 속을 다 파내어 비바람에 꺾이면 제집도 사라질 텐데 대책 없는 녀석이라고 말한다. 천진한 어린아이의 눈으로 바라본 딱따구리의 행동을 어리석은 인간에 비유하고 있는 점이 다르다.

딱따구리야 나무를 쪼지 마라
고목 뱃속이 반밖에 안 남았어!
어찌 비바람을 걱정하지 않느냐
나무 부러지면 네 집도 없어질 텐데

啄木休啄木
古木餘半腹
風雨寧不憂
木催無汝屋

이 시인의 눈에는 딱따구리는 제 둥지가 있는 나무를 마구 부수는 이상하고도 별난 놈이다. 한 치 앞도 내다보지 못하고 발 앞의 이익만을 추구하는 인간형을 꼬집은 것이리라. 이양연의 시는 직관적 표현에 치중하면서도 중의적으로 시의를 싣는 기법을 보이고 있다.

"이양연은 성리학을 깊이 공부하였다. 그를 잘 알아본 홍석주가 충청도 관찰사로 천거하였다. 술을 즐기고 시를 좋아했다. 경치 좋은 곳에 나가 노닐기를 즐기자 사람들이 그를 산운山雲이라 불렀고, 그것이 그의 호가 되었다. '청산靑山과 백운白雲 사이에 노니는 사람이란 뜻이다. 언젠가 율곡 이이의 글을 읽고 '내가 지켜야 할 길이 여기에 있다'고 깨닫고는 율곡을 닮아야 할 모범으로 삼았다. 그리고 온돌방도 없애버리고 이불도 덮지 않았으며 솔잎으로 끼니를 때웠다. 항상 율곡 이이의 글을 외우고 베꼈으며 아플 때나 여행할 때도 그것을 그만두지 않았다."(『대동기문』)

한편 조선 시대 문인들의 시집이나 문집에는 의외로 꾀꼬리를 그린 작품이 꽤 많다. 먼저 서하西河 임춘林椿의 시 '꾀꼬리 소리를 듣다'[聞鶯문앵]이다.

농가에 오디 익고 보리도 익으려 하는데
숲속에서 꾀꼬리 우는 소리 처음 들린다
낙양의 꽃 아래 나그네를 마치 아는 듯이
큰소리로 계속해 울어대며 쉬지를 않는다

田家椹熟麥初稠
綠樹初聞黃鳥留

似識洛陽花下客
殷勤百囀未能休

1행과 2행에서 오디가 새까맣게 익고, 보리도 익는 양력 6월경의 계절을 제시하였다. 바로 그 무렵을, 꾀꼬리가 날아와 집을 짓고 짝을 찾아 가정을 꾸리는 시기로 설정하고는, 지나가는 나그네를 마치 잘 아는 사이인 듯 쉬지 않고 울어대는 모습으로 초여름의 흥취를 그려내고 있다. 옛 시인들에게 '꾀꼬리'는 너무 말이 많은 새였다. 그렇지만 꾀꼬리는 날쌔고 성격이 화끈하다. 용감하고, 사납고도 쾌활하며 새끼 보호본능도 무척 강한 새여서 고구려 사람들이 꾀꼬리를 자신들의 나라 새인 국조國鳥로 삼았던 까닭도 어림해서 알 수 있을 것 같다.

시인 임춘은 새가 우는 곳을 중국의 낙양으로 그리고 있으나 그것을 곧이곧대로 새길 필요는 없다. 조선의 수도 경성을 대신한 지명으로 보아도 될 것이다. 한양 땅을 헤매는 나그네 임춘 자신을 꾀꼬리가 잘 알고 있는 것처럼 계속해서 울어댄다고 이해해도 되지 않을까?

다음은 '우연히 짓다'라는 뜻의 우제偶題인데, 권필의 시이다. 새벽 비가 그친 뒤에 지저귀는 꾀꼬리 소리를 끌어들여 시인 자신의 슬픔을 드러내었다.

늙어갈수록 병이 많아지니
이내 생애야 몰락하건 말건
아득한 구름산은 천리 밖 꿈이오
흰 머리털은 백 년의 마음일세
새벽 비에 꾀꼬리 소리 매끄럽고
봄 강에 버드나무 빛이 깊어라
어이하여 이 아름다운 봄날에
쓸쓸히 슬픈 노래를 부르는가

老去仍多病
生涯任陸沈
雲山千里夢
霜鬢百年心
曉雨鸎聲滑
春江柳色深
如何豔陽節
悄悄動悲吟

머리칼이 하얗게 세도록 늙어 병도 많아졌다. 푸른 강물을 배경으로 버드나무에 연초록 잎이 돋아나고 있다. 물론 온 산야엔 꽃들이 흐드러지게 피어 있다. 봄이 너무 아름답다. 시인은 이 아름다운 봄날 '쓸쓸하게 슬픈 노래를 부르는 이 누구인가'라는 말로 자신의 심사를 다 드러내었다. 그것이 매끄럽고 활기찬 꾀꼬리 소리와 대조를 이루어 더욱 슬프게 느껴진다. 시인의 마음이 슬프니 슬프게 들렸을 것이다. 혹시 봄과의 이별이 안타까워서 그렇게 들린 것일까?

그러나 상촌象村 신흠申欽(1566~1628)의 '한거사영閑居四詠(한가로이 살며 네 가지를 읊다)' 중 두 번째 연(여름)을 보면 초여름 새끼를 치느라 바쁜 꾀꼬리의 움직임이 드러나 있다. 시제는 '한가로이 살며 읊은 네 수의 시'로서 여름날 시인의 모습을 그린 것인데, 한가한 시인과 바쁜 꾀꼬리는 대조적이다.

적막하게 발을 바닥까지 드리우고
한가한 시름에 저물면 문 닫는다
꾀꼬리는 뭐가 그리 일이 많은지
울면서 푸른 숲 사이를 누비네

寂寞簾垂地
閑愁掩暮關
黃鸝亦多事
啼遍翠林間

꾀꼬리가 가끔씩 우짖으며 숲 사이를 분주하게 오갈 뿐, 적막하리만치 조용하다. 자신의 삶을 한가하게, 꾀꼬리를 분주하게 그린 건 계획적이다. 꾀꼬리가 울며 바쁘게 나는 것은 먹이를 찾는 행위로 볼 수 있다. 아마도 신흠이 김포 쪽에 내려가 있던 만년에 지은 작품이 아닐까 싶다.

유득공의 다음 시 '고청루잡영孤靑樓雜詠'에도 꾀꼬리가 있다. 그러나 이 시 속의 꾀꼬리는 별로 울지 않는다.

문 앞의 버드나무 어느새 치렁치렁
숲속의 꾀꼬리는 너댓 마디 지저귄다
어젯밤 시원하게 한줄기 비가 내렸던지
못에 가득 개구리밥 쪽빛 한층 푸르네

門前柳髮已鬖鬖
林裏老鶯啼兩三

恰有夜來凉雨過

一池蛙飯綠如藍

푸른 버들가지와 숲, 그리고 노란 꾀꼬리의 색상 대비로 시작하여 간밤에 내린 시원한 빗줄기를 꾀꼬리 소리의 시원함으로 이어갔다. 그리고 나서 다시 연못에 뜬 초록색 개구리밥과 쪽빛 물빛을 끌어다가 비 내린 뒷날의 상큼한 정경을 대비시켰다. 늦봄 청루青樓에 올라 눈에 보이는 대로 읊은 경물시라고 하겠는데, 시를 다 읽고 나면 가슴에 한 편의 그림이 완성된다. 시인의 역할은 거기까지다. 그 다음은 시를 읽고 감상하는 이의 몫.

이것과 비슷한 방식으로 우리의 시각을 자극하는 시가 있다. 추사 김정희(1786~1856)의 취우驟雨(소나기)라는 시이다.

나무마다 더운 바람에 잎들이 가지런한데

서쪽 여러 산봉우리 새까맣게 비 내릴 듯

쑥보다도 새파란 작은 청개구리 한 마리

파초 잎에 뛰어올라 까치 울음소리 짓네

樹樹薰風葉欲齊

正濃黑雨數峯西

小蛙一種靑於艾

跳上蕉梢效鵲啼

초여름날 갑자기 하늘이 어두컴컴해지며 한바탕 소나기가 내릴 듯한데, 파초 잎으로 뛰어오른 청개구리 한 마리가 비가 내릴 것 같다고 먼저 알려온다. 시인은 그것이 까치 소리를 닮았다고 보았다.

면앙정俛仰亭 송순宋純(1493~1583)의 시에도 서하 임춘의 시 제목과 똑같이 '꾀꼬리 소리를 듣다'[聞鶯문앵]1)라는 작품이 있다.

버드나무숲에 내리던 아침 비가 개니

속절없는 맑은 소리 물처럼 매끄러워라

몇 번인가 울더니만 날아간 곳 모르겠네

쓸쓸한 강에 잠긴 하늘엔 수심만 끝없어

楊柳陰陰朝雨收

1) 송순(宋純), 『면앙집(俛仰集)』 권1

無端清韻滑如流
數聲啼罷却飛去
寂寂江天無限愁

아침에 내리던 비가 막 개고, 이따금씩 투둑투둑 물방울이 듣는 숲속에서 꾀꼬리 소리가 맑게 들리는 풍경을 노래하였다. 조용한 아침이라서 꾀꼬리 소리가 더욱 해맑게 들렸던 것 같다. 그 꾀꼬리의 울음이 어찌나 맑고 고운지, 마치 그 소리가 물처럼 매끄럽다고 표현하고 있다. 앞에 소개한 권필의 시 '우제'에서도 꾀꼬리 소리를 '매끄럽다'는 뜻에서 滑(활)이라고 했고, 송순 또한 '물처럼 매끄럽다'며 '활여류'(滑如流)라고 표현하였다. 滑(활)이란 글자는 미끄럽다, 매끄럽다, 미끌미끌하다는 등의 뜻을 갖고 있는 글자인데, 여기서는 그 소리가 막히거나 꺾이거나 거칠지 않고 소리가 맑으면서 부드럽다는 의미로 사용되었다. 노래를 부를 때 소리를 잘 꺾어서 막힘 없이 부르는 걸 이른다.

새가 울고 간 뒤, 강에는 맑은 하늘이 잠겨 있다. 새소리도 끊긴 조용한 강마을. 그 강가에서 멍하니 꾀꼬리가 날아간 곳을 바라보면서 수심에 잠겨 있는 시인 자신의 모습을 그려볼 수 있다. 꾀꼬리와 시인 송순은 서로의 처지만 다를 뿐, 자연의 일부로 살아가고 있는 것이다. 그러나 강에는 하늘만 잠겨 있는 게 아니었다. 시인의 끝 모를 수심도 함께 들어 있었다. 강과 하늘 그 두 곳에 끝없는 수심이 잠겨 있어 적적하다고 했지만, 하늘과 강이 고적할 리가 있겠는가? 시인의 마음이 쓸쓸하고, 외로웠을 뿐이다. 그렇지만 그 수심의 실체가 무엇인지는 끝내 밝히지 않았다. 해마다 꽃 지고, 꾀꼬리 우는 때면 맞이하는 괴로움을 누구나 알고 있기에.

한편 송순宋純의 '미인원美人怨'이라는 작품은 시인으로서의 대가다운 모습을 보여준다. 시제의 뜻은 '미인의 원망' 또는 '미인이 원망하다'이다.

꾀꼬리가 애절하게 우는 봄날
진 꽃은 온 땅을 붉게 덮었네
이불 속 새벽잠은 외롭기만 해
고운 뺨에 흐르는 두 줄기 눈물
그대 약속 뜬구름 같아 못 믿어
내 마음은 일렁이는 강물이어라
긴긴 날을 누구와 함께 지내며

근심 어린 눈썹 주름진 얼굴 펼까

腸斷啼鶯春

落花紅蔟地

香衾曉孤枕

玉臉雙流淚

郎信薄如雲

妾情搖似水

長日度與誰

皺去愁眉翠

미인의 원망은 꾀꼬리 애절하게 우는 봄날, 꽃이 져서 바닥이 붉게 변할 무렵부터 시작되었다. 아마도 꾀꼬리 울기 전 새벽잠 속에서도 미인은 꽃이 얼마나 졌을지 어느 정도 가늠하였을 것이다.

"그대를 보내려니 눈물이 난다. '다시 오마!' 하던 약속 믿지 못하겠기에 놓아 보내는 마음 애가 탄다. 긴긴 봄날, 바람에 일렁이는 강물처럼 내 마음도 그리움으로 여울진다."

이런 속내를 애써 감추고, 미인은 봄과의 이별을 아쉬워하며 울고 있다. '이 봄을 보내고, 그대 없이 외로운 나는 긴긴 날을 어찌 혼자 보낼 수 있으랴' 하는 자신의 속내를 모두 드러내고 있는 것이다. 이별이 안타까워 얼굴엔 주름이 지고, 눈가엔 근심이 어린다.

미인은 연인과 안타까운 이별을 한 뒤로 다시 봄과의 석별을 마주하고 있다. 돌아오마 약속하고 떠난 임의 말은 뜬구름 같고, 내 마음은 일렁이는 강물 같다며 봄날에 그리움과 원망 그리고 흔들리는 여인의 마음을 섬세하게 묘사하였다. 붉은 꽃이 한창 피었을 때, 임을 떠나보냈을 것이다. 온 땅을 붉게 뒤덮은 꽃잎은 미인이 쏟아낸 그리움이다. 이제 그리움은 원망이 되었다. 거기에 다시 애절하게 우는 꾀꼬리 소리가 겹쳐진다. 그 소리는 미인의 절규이다.

이덕형李德泂의 『죽창한화』에 송순과 그가 세운 정자 면앙정俛仰亭에 관한 이야기가 있어 잠시 살펴볼 만하다.

"내가(이덕형) 전라감사가 되어 담양에 순찰차 갔었다. 이때 부사였던 지금의 판중추부사 정광적鄭光績이 나에게 '10리 밖에 고인이 된 판서 송순의 정자가 있는데, 그 이름이 면앙

정이라고 합니다. 경치가 자못 뛰어나므로 행차를 잠시 멈추고 맑은 놀이를 가보시겠습니까?'라고 하였다. 이튿날 정광적이 먼저 가서 기다리고, 나도 거기로 갔다. 정자는 절벽에 임해 있었는데, 푸른 소나무와 대숲 사이로 은은히 보이며 시야가 넓고 멀어서 산천의 풍광이 과연 전라도 내에서 명승지로 꼽힐 만하다. 나는 부사 정광적과 함께 여기에 올라 술자리를 베풀고 놀다가 달빛을 받으며 돌아왔다. 송순은 풍류가 호탕하고 고매하며 시대의 명재상이었다. 약관에 과거에 올라 여러 벼슬을 거쳐서 나이가 많아져서 사퇴하고 고향에 돌아가 한가하게 놀았다. 그래서 맑은 복을 누린 지가 20년이 되었고, 나이 89세에 세상을 떴다."

그러나 권응인의 『송계만록松溪漫錄』에는 "송순이 나이 92세에 벼슬이 정2품에 이르렀다"고 하였다. 실제로 송순의 생존연대는 1493~1583으로 기록되어 있으니 조선 나이 92세로 죽은 것으로 보는 게 타당하다. 장수와 오복을 두루 누린 사람이었다 하겠다.

오얏꽃과 배꽃을 읊은 옛 시의 세계

매화나 동백은 봄이 오며 들려 보내는 일종의 '겨울 부고장'이다. 물론 매화·동백이 피는 계절을 음력으로 따지면 1~3월의 봄이겠지만, 동백이 필 무렵이면 매화도 한창이다. 매화가 지면 배꽃이나 오얏꽃, 복사꽃이 그 뒤를 잇는다. 먼저 오얏꽃을 노래한 시로는 당나라 시인 두보杜甫가 40대에 쓴 칠언절구 '만흥漫興'이 있다. 그 9수 가운데 두 번째와 네 번째 연.

(2)

손수 복숭아 오야 심으니 임자 없는 게 아니다

야인으로 늙으니 낮은 담장 도로 이 집이로다

마치 봄바람이 서로 기롱(欺弄)하는 듯하구나

밤바람 불어와 몇 가지의 꽃을 꺾어버리다니

手種桃李非無主

野老墻低還是家

恰似春風相欺得

夜來吹折數枝花

(4)

벌써 2월이 가고 3월이 오누나

늙어가며 봄 몇 번이나 맞을까

몸 외에 끝없는 일 생각 마라

살아서 끝까지 술을 마시리

二月已破三月來

漸老逢春能幾回

莫思身外無窮事

且盡生前有限杯

중춘(仲春, 음력 2월)에 피는 개나리·진달래나 벚꽃이 온 산야에 지천인데도 어찌하여 선조들은 매화나 배꽃만 유독 사랑하였던 것일까? 매화를 그리는 마음을 옛 시인들은 때로 배꽃이나 오얏꽃에 기대어 말하였다. 흰 매화와 마찬가지로 배꽃도 오얏꽃도 순백이 빚어내는 황홀경은 매화에 뒤지지 않으니까.

배꽃을 노래한 시로 말하자면야 고려 이조년의 '자규 우는 삼경 달밤의 배꽃'을 먼저 떠올릴 것이다.

이화에 월백하고 은한이 삼경인 제
일지춘심을 자규야 알랴마는
다정도 병인 양하여
잠 못 들어 하노라

梨花月白三更天
啼血聲聲怨杜鵑
儘覺多情原是病
不關人事不成眠

이 시는 본래 시가 아니었다. 시조를 한시로 번역한 것인데, '일지춘심一枝春心을 자규야 알랴마는'이라는 구절은 그 뜻 그대로 정확히 번역되지 않았다. 일지춘심은 '배나무 한 가지에 핀 봄 마음'이니 그 마음은 곧 배꽃을 가리키는 것이다. 그리고 '이화, 즉 배꽃에 달이 희다'는 것이 이화월백梨花月白의 본뜻. 배꽃이 얼마나 희길래 달도, 달빛도 하얗게 되었다는 것일까. 논리적으로 따지면 억지이고 과장이다. 게다가 삼경(三更, 밤 11~1시)의 은하수도 하늘 한복판에 떠 있는데 자규 소리에 마음이 끌리어 뒤척이다 보니 한밤 내 잠에 들지 못하였다. 그 자규의 울음소리를 이조년은 '자규의 원한 맺힌 울음소리마다 피를 토한다'고 하였다. 啼血聲聲怨杜鵑(제혈성성원두견)이라 했으니 그것을 직역하면 '피울음 우는 소리마다 원한 맺힌 두견'쯤이 되겠다. 그것도 과장이다. 하지만 그런 과장도 문학의 기법 가운데 하나다. 이렇게 옛사람들 가운데는 흰 배꽃을 매화보다 훨씬 좋은 꽃으로 본 이들도 꽤 있다. 그렇지만 오얏꽃은 언제부턴가 매화에 못 미치는 대접을 받았다. 배꽃이나 매화보다 그 수가 많지 않아서일 것이다. 그래서 이런 시조도 널리 회자되었다.

세상의 이화李花들아 매화를 비웃지 마라
네 아무리 세객歲客이나 엄동설한 꽃필소냐
아마도 시비 없는 한사寒士인가 하노라

조선 말, 이세보李世輔(1832~1895)의 시조이다. 그 매화를 읊으면서 이화李花, 즉 오얏꽃들에게 매화를 비웃지 말라고 하였으니 오얏꽃은 매화에 견줄 수조차 없는 꽃이라는 인식이 바탕에 있다. '세객'은 해마다 찾아오는 손님이니 여기서는 봄에 피는 모든 꽃을 가리킨다. 그런데 그 다음에 서로의 입장은 뒤바뀐다. 오얏꽃이 아무리 현란하다 해도 엄동설한에 피는 꽃은 매화밖에 없다며 매화를 한사寒士로 표현하였다. '한사'는 춥고 배고픈 선비 또는 초야에 은둔한 고수를 가리킨다. 그러니까 끗발로는 매화가 한 수 위라는 거다. 이세보의 시는 매화를 찬양하고 있으니 마지막 행의 '아마도 시비 없는 한사인가 하노라'는 구절의 주어는 매화이다.

그러나 그것만이 아니다. 중춘仲春으로 접어들면 매화의 자태와 향기를 이어받는 것은 오얏꽃보다는 배꽃이다. 이렇게 이화李花, 즉 오얏꽃은 매화에 치이고, 이화梨花(배꽃)에도 밀리는 신세다.

오얏꽃과 배꽃은 거의 같은 시기에 핀다. 둘 다 모양도 흡사하다. 그래서일까? 오얏꽃보다는 배꽃을 읊은 시가 훨씬 많다. 아마도 조선에 들어와 '이화' 시가 별로 없는 까닭은 이화李花가 조선 왕가의 성씨 및 문장과 관련된 것이어서 시인들이 꺼렸기 때문일 수도 있다. 그에 반해 이화梨花 즉, 배꽃을 대상으로 한 시는 아주 많다. 오야보다는 배가 실생활에 더 보탬이 되는 과일이었기 때문이었을 수도 있다.

널따란 배꽃 밭에 들어가 본 뒤에야 순백의 빛이 사람의 눈을 얼마나 정신없이 홀리는지를 알게 된다. 마치 눈밭에서 겪는 설맹처럼 온통 흰빛으로 일렁이는 배밭의 꽃들은 눈을 멀게 한다. 색이 휘황하다거나 현란한 것은 아니지만, 머릿속까지 온통 하얗게 바뀌므로 아무런 생각을 갖지 못하게 한다. 아니, 아무 생각도 없게 만든다. 그야말로 '안백뇌백천지백眼白腦白天地白'(눈도 머릿속도 희고 온 천지가 흰)의 상태이다. 그러니 삽시간에 잡념은 사라지고 별천지에 몸을 맡긴 듯한 착각에 빠진다. 순백의 바다가 주는 환각과 마비 상태이다. 그래서일까? 좀 생뚱맞은 이야기이지만, 사람을 고문할 때 가장 무서운 방법 중 하나가 백색 방에 홀로 가두는 것이라고 한다. 기억을 모두 지우기 위해서.

최전崔澱(1567~1588)은 '배꽃에 앉은 제비'[梨花燕이화연]라는 시에서 흰 배꽃과 검은 제비로 색을 대조시키고 있다. 시인이 그렇게 설정한 까닭은 배꽃의 흰색을 더욱 돋보이려 한 것이었을 수 있다.

좋은 날 벌써 지나고 뭇꽃들이 지는데
오직 배꽃만 남아 눈 빛깔이 새로워라
검은 제비 홀로 성근 비 끝에 날다가
문득 가지에 앉아 남은 봄을 즐기네

良辰已過群芳歇

唯有梨花雪色新
玄鳥獨飛疏雨後
却依枝上弄餘春

모든 꽃이 지는 늦봄인데 배꽃만 새롭다. 시인 최전의 눈에 배꽃은 겨울날에 날리는 새하얀 눈발로 보였다. 배나무 가지에 앉은 제비도 그 빛에 취해 남은 봄을 잊고 있는 모양이다. 시인은 배꽃이 피는 시기를 음력 3월의 제비가 돌아오는 때로 제시하였다. 비 그친 뒤, 하늘을 날던 "제비가 배꽃 가지에 앉아 남은 봄을 희롱한다"고 하였는데, 이 시를 읽는 이 역시 배꽃을 희롱하는 제비가 되고 만다.

그러나 유독 남명 조식曹植(1501~1572)의 배꽃이나 배나무는 신통치 않은 대상이었던 것 같다. '배를 읊다'[詠梨영리]라는 그의 시는 집주인도, 배나무도 버림받은 신세로 그려져 있다. 버려진 몸으로 천대받고 있는 자신의 처지를 설명하기 위해 쓸모없는 돌배나무를 끌어들인 게 아닌가 하는 느낌을 접을 수 없다.

보잘것없는 배나무 문 앞에 있는데

열매는 시어서 이빨이 들어가지 않네
너도 주인처럼 버려진 물건이지만
오히려 쓸모없으니 천 년을 살겠구나

支離梨樹立門前
子實辛酸齒未穿
渠與主人同棄物
猶將樗櫟保千年

곧고 길게 죽죽 뻗은 나무는 용도가 많아서 쉽게 베이기 마련이니 구불구불 굽고 열매도 시원치 않은 돌배나무는 쓰임새가 없어 베일 일도 없고, 놓아두고 보는 일밖엔 도리가 없다. 그러니 보잘것없는 돌배나무가 천 년을 살겠다고 본 것은 당연하다. 쓸 만한 사람 실컷 쓰고는 쉽게 버리는 풍조가 이 땅에서 참 오래된 것 같다. 가끔 보아온 일이지만, 사람을 쉽게 쓰고 버리는 이들은 무슨 일이든 길게 가지 못한다. 그렇다고 반드시 고용주만 탓할 일은 아니다. 피고용인의 입장에서는 늘 깨어있는 자세와 자신을 끝없이 개발하고 뇌내혁명을 추구하여 몸값을 유지할 책임도 있다.

사육신의 한 사람인 이개李塏(1417~1456) 역시 뜨락에 가득한 배꽃을 눈에 비유하였다. 다음은 『동문선』(제 22권)에 실려 있는 이개의 '배꽃'[梨花이화] 시인데, 배꽃이 눈처럼 쏟아지면서 온 뜰을 뒤덮은 황홀한 풍경을 참으로 절묘하게 그려냈다.

뜨락은 깊고 깊어 봄 낮이 맑은데
배꽃 가득 피어 날이 정녕 어두워라
꾀꼬리는 참으로 무정하기도 해라
꽃가지 스쳐가니 온 뜰에 눈이 가득
院落深深春晝淸
梨花開遍正冥冥
鶯兒儘是無情思
掠過繁枝雪一庭

가지 위의 활짝 핀 배꽃이 마치 정원에 흰 구름 걸린 듯한데, 꾀꼬리 가까이 날더니 뜨락에 꽃이 가득 떨어져 내려 눈이 되었다. 꽃이 진 것이 꾀꼬리의 탓인가 싶은데 시인은 절대로 '훨훨 나는 저 꾀꼬리 배꽃 가지 가까이엔 가지 마라'고 말하지 않는다. 실제로 본 풍경이었는지는 모르나 꾀꼬리가 꽃가지 곁으로 쏜살같이 날아가자 '온 뜰에 눈 가득' 쏟아지듯 꽃보라 이는 모습을 생동감 있게 그려내었다. 마치 동영상을 보는 듯하다. 꾀꼬리가 가지 옆으로 날아가니 꽃이 우수수 지는 모습을 '온 뜨락에 눈'이라고 바꾸어 표현한 기교가 돋보인다. 꾀꼬리가 꽃을 지게 하였으니 꽃을 아끼는 시인의 마음엔 정녕 무정한 놈인가, 아니면 시심詩心을 돋우는 매개체일까? 이 시로 보건대 그가 사육신의 한 사람으로 일찍 세상을 버리지 않았더라면 그가 가진 꿋꿋한 절조와 기상으로써 세인을 이끈 큰 재목이 되었을 것이라는 믿음을 갖게 된다.

그러나 이화(梨花, 배꽃)를 주제로 한 시라면 북창北窓 정렴鄭磏(1506~1549)의 작품을 빼놓을 수 없다. 정렴의 '이화梨花'이다.

집 모퉁이 하얗게 피어난 배꽃
지난해와 다름없이 화사하구나
봄바람은 묵은 병이 가여웠던지
약 달이는 창가로 바람 보낸다

屋角梨花樹

繁華似昔年
東風憐舊病
吹送藥窓邊

작년과 똑같이 하얀 배꽃이 눈부시게 피어 그 향기가 봄바람에 창 너머로 퍼져가는 과정을 눈으로 보듯이 묘사하고 있어 정렴의 이 시 또한 이화를 말할 때 빠지지 않는 작품이다. 집 모퉁이에 하얗게 핀 배꽃을 정약용은 '울타리 너머에서 졸고 있는 배꽃구름'(隔籬暈臉睡梨雲)이라고 한 바 있다.

하지만 정렴과 같은 시대를 살았던 시인 묵객들은 이 시를 뛰어난 작품으로 인정하고 저마다 암송하여 이 시가 한 시대 널리 회자되었다고 한다. '봄바람은 배꽃 향기를 창문 아래 약으로 불어넣어 묵은 병을 고쳐주려 한다'고 노래한 구절이 참신하다. 배꽃 향기를 병 고쳐주는 약향藥香으로 표현하였으니 약방문에 이화 향은 별도 처방이었던 것이다. 어찌 보면 착각도 보통이 아닌 착각 같은데, 그것이 시이기에 기이하고도 참으로 아름답다. '흰 배꽃 향기에 오랜 병이 다 나을 것 같다'는 메시지를 이토록 아름답게 꾸밀 수 있는 정렴. 그가 앓은 '묵은 병'은 무엇이었을까. 해마다 봄이면 겪는 춘수

春愁였을까? 아니면 철들며 그를 괴롭힌 인생 고뇌였을까? 사실은 꽃으로 말미암아 생긴 병이었다. 지난해 배꽃이 지는 것을 바라보며 석별의 정이 깊었는데, 이제 다시 그 병이 도진 것이다. 그는 꽃에서 인생을 보았다. 그리고 꽃이 되었다. 『미수기언』에서 허목은 정렴을 이렇게 설명하고 있다.

> "북창北窓 정렴鄭𥖝의 성년 이전 이름은 사결士潔이다. 그의 선조는 아산 탕정현湯井縣 사람이다(온양 정씨라는 뜻). 어머니는 태종의 아들인 양녕대군 이제李禔의 증손녀이다. 천성이 술을 좋아하여 두 말 술을 마셔도 취하지 않았다. 19세에 과거에 뽑힌 뒤로는 과거에 응시하지 않았으며 양주 괘라리에 살았다. 중종 때 장악원掌樂院 종6품 벼슬인 주부, 관상감과 혜민서 교수, 포천현감을 지냈다. 그 뒤로는 아예 벼슬을 버리고 산림에 숨어 살았다. 세상에 발길을 끊은 지 10년 만인 43세에 세상을 떠났으며 양주 사정산砂井山에 그의 무덤이 있다."

'봄바람은 묵은 병이 가여웠던지 약 달이는 창가로 바람 보낸다'고 한 것과 유사한 표현이 또 있다. 중국 송宋 나라

간재簡齋 진여의陳與義의 시 가운데 "나그네 생활 흘러가네. 시권 속에 파묻혀서. 살구꽃 소식 빗소리에 뒤섞여서 들려오네"(客子光陰詩卷裏 杏花消息雨聲中)라는 구절이 있고, 우리나라 김질충金質冲이라는 사람의 시 가운데 "삼 년 간의 약 꾸러미로도 사람의 병은 여전히 낫지 않고, 한밤중의 빗소리에 꽃이 모두 활짝 피네"(三年藥裏人猶病 一夜雨聲花盡開)라고 한 구절이 있다. 한밤에 피는 꽃이 병 고치는 약꾸러미였다는 것이니 대체로 보건대 시어가 서로 비슷하다. 그래서 김질충의 작품 역시 당시 사람들이 많이 읊었다고 한다.

이와 유사한 표현 세계를 『소화시평』에서는 이렇게 말하였다.

"김이金怡(1265~1327)의 시에 '조각구름 검은 곳 어느 산에 비 내리고, 꽃다운 풀 푸를 때 온종일 바람이 분다'(片雲黑處何山雨 芳草靑時盡日風)고 하였는데 그 전편을 보지 못한 것이 한스러울 뿐이다."

고려 말의 시인 김이가 쓴 시의 전편이 홍만종洪萬鍾(1643~1725)이 살던 조선 시대 후기까지 전해지지 않았고, 남아 있는 후편이 너무 아름다운데, 그 전편 2행을 보지 못하는 것을 안타까워서 한 말이다. 전편에서 다룬 꽃이 배꽃이었을까? 아무튼 이런 시들은 모두 사람의 마음을 고치는 약이 바로 꽃이었다고 말하고 있다.

꽃 가득한 봄, 바람 부는 가지에 매달린 새 한 쌍을 바라보면서 자신의 느낌을 잔잔하게 풀어낸 초정楚亭 박제가朴齊家(1750~1805)의 시도 가슴을 잔잔히 파고든다.

가지에 매달린 새 한 쌍
한 소리 울 때마다 나뭇가지 흔들
고운 꽃은 모두 서쪽을 향했으니
조용한 봄바람 꿈과 같구나
雙鳥握枝懸
一啼一枝動
瓊花盡向西
春風淡如夢

무슨 꽃인지는 말하지 않았으니 배꽃이든 매화든 마음 가는 대로 새기면 된다. "가지에 매달린 한 쌍의 새, 한 번 울

때마다 나뭇가지 흔들리고, 고운 꽃은 서쪽을 향했으니 조용한 봄바람 꿈같다."고 한 구절은 정지승이 "새가 봄에 우는 건 뜻이 있다"고 한 말을 떠올리게 한다. 이것은 또 "한 소리 울 때마다 한 가지 꽃이 핀다"는 것과 다르지 않은 표현이다. 고운 꽃이 모두 서쪽을 향했다고 하였으니 조용한 봄바람은 동풍이다. 봄바람에 꽃 피고 새 우는 저 풍경조차 박제가는 "꿈이로다, 꿈이로다, 모두 다 꿈이로다."라고 말하고 싶었던 것일까?

바로 이런 경지를 표현한 시 구절이 더 있다. 조선 영조~정조 시대를 살았던 오재순吳載純(1727~1792)의 '꿈속에 꽃이 지다'라는 시이다.

"꿈속에 꽃들이 한가롭게 지더니 꿈 깨고 나니 둥근 달이 밝아라."(閑花夢中落 明月覺來圓)

이덕무의 『청장관전서』(제34권) 「청비록」에 실려 있는 시이다. '저녁이 가까운 무렵이었나 보다. 꽃이 지는 걸 보며 깜빡 잠이 들었는데, 깨어보니 밝은 달이 두둥실 떠 있었다'고 말하고 싶었던 게 아닐까? 꽃 지는 봄날의 풍경을 꿈속의 일로 가져간 오재순은 정조 시대 규장각 직제학과 대제학을 거쳐 이조판서를 지낸 인물이다. 그는 관료 이전에 훌륭한 시인이었다.

박제가는 서자로 태어나 평생 궁핍한 가운데 소외된 삶을 살았다. 물론 조선이라는 사회에서 서얼 출신들은 제한이 많았다. 그는 적자인 형을 두고도 서자라는 신분상 차이가 있어 형을 형이라 제대로 부르지 못했고, 게다가 부친을 일찍 여의어서 그 어머니가 삯바느질로 목구멍에 풀칠해야 했다. 그렇지만 그가 보여주는 시 세계는 궁핍하지 않다.

하늘빛 정말 푸르고 넓으니
오늘은 거닐기에 딱 좋은 날
흰 구름만 바라봐도 배부르니
길 가며 노래하고 시를 짓노라

天光正綠闊
今日好逍遙
白雲望可飽
行吟以爲謠

여러 가지 어려움 속에서도 박제가는 스스로 용기를 돋우며 살았다. 그의 연작시[院畵花卉雜題應令원화화훼잡제응령] 40수 가운데 한 편인 추국당랑秋菊螳螂에서 그의 지조와 독기를 어림해볼 수 있다.

국화는 찬 서리를 이겨낼 수 있고
사마귀는 수레바퀴에 맞서려 하지
그와 같은 사마귀의 용기를 가지고
나는 나의 지조로 삼으리라!

花能拒霜
蟲則拒轍
彼以其勇
我以吾節

추국당랑秋菊螳螂은 '가을국화와 사마귀'이다. 국화가 찬 서리를 버티고 늦도록 꽃을 피우는 것처럼, 비록 작고 보잘것없는 사마귀도 수레바퀴에 맞설만한 용기와 지조를 가지고 있듯이 그런 용기와 배짱을 가지고 세상을 살겠다는 일종의 다짐이다. 여자든 남자든 이 정도의 배짱은 가져야 한다.

그래야 무슨 일이든 할 수 있다. 수레바퀴에 맞서는 사마귀의 용기를 만용으로 보지는 말 일이다. 어느 시대든 어려움을 겪지 않고 산 이들은 없었다. 지금의 우리도 마찬가지. 무엇이든 작은 시련에 절망하고 낙담하기보다는 부딪쳐 보는 용기가 필요하다. 물론 부딪치다 보면 그 부딪는 길에서 행로가 바뀔 수도 있다. 우리가 가는 길은 언제든 하나만 있는 게 아니다. 그것이 인생이다. 물이 흐르다 바위를 만나면 돌아서 가듯이 사세事勢에 따라 다른 길을 택할 수도 있는 유연한 사고를 가져야 살아남을 수 있다.

고려의 문인 이규보에게도 이화梨花 시 한 편이 있다. 그 역시 배꽃을 눈송이로 보았다.

처음엔 가지에 붙은 눈송이로 의심했지
맑은 향기 풍기니 비로소 꽃인 줄 알았네
푸른 나무 사이로 꽃잎이 휘날리더니
땅에 떨어져 흰 모래와 구별 못 하겠네

初疑枝上雪黏華
爲有淸香認是花
飛來易見穿靑樹

落去難知混白沙

배꽃에 처음 눈길을 준 순간, 가지에 달린 눈송이로 의심했다는 것은 사심이 없는 맑은 눈으로 본 이야기이다. 맑은 향내가 풍겨오는 것으로 꽃인 줄 알았다니? 그때까진 눈송이로 보였다는 뜻이다.

흰 모래밭에 자욱하게 펼쳐진 배꽃들. 시가 갖는 상징성과 압축성이 돋보인다. 신흠은 자신의 『상촌집』(제 59권) 「청창연담晴窓軟談」에서 이 시를 우수한 작품으로 꼽았다.

그런데 이 시에는 한 가지 흠결이 있다. 푸른 나무를 청수青樹라 하여 '푸르다'는 뜻을 청青으로 표현하였다. 청은 블루(Blue)이다. 나무색은 녹색(綠色, Green)이니 녹수綠樹라고 했어야 했다. 그럼에도 중국과 한국의 옛 시인들은 두 색을 구분하지 않았다. 의도적으로, 그리고 편리한 대로 청과 녹을 혼용하였던 것이다. 말하자면 그 시인들은 모두 청록색맹인 셈이다. 그럼에도 우리는 그 색깔에 구애받지 않는다.

아울러 다음은 이규보의 동란이화東欄梨花라는 연작시의 세 번째 작품인데, 이것 또한 동쪽 난간에 핀 배꽃을 그린 시이다.

동란이화(東欄梨花)

(3)

배꽃은 담백하고 버드나무는 짙푸른데

버들 솜 날릴 때 성 안에 꽃이 가득하다

슬프다 동쪽 난간의 한 그루 눈꽃이여

인생, 청명 절기를 몇 번이나 볼 수 있을까

梨花淡白柳深青

柳絮飛時花滿城

惆悵東欄一株雪

人生看得幾清明

'배꽃은 희고 버들은 매우 짙푸르다'는 것은 보이는 그대로를 그려낸 표현. 정확히 말하면 흰색과 녹색 즉, 백록白綠의 색상 대비이다. 버들은 녹색이지 청색이 아니다. 그럼에도 시인은 버드나무의 색깔을 청靑으로 표현하였는데 앞에 설명한 대로 굳이 그것에 구애받을 필요는 없겠다.

3행의 일주설一株雪(한 그루 눈)은 1행의 배꽃을 다시 상기시킨 것이다. 첫 행에서 이미 이화(梨花)를 써먹었으니 소위 같은 말을 반복해서 쓰는 것을 피하기 위해 선택한 용어다.

버들솜 날릴 때 한 그루의 눈처럼 피어 있는 배꽃을 바라보는 이의 심경은 슬프기 짝이 없다. 눈부시도록 흰 꽃그늘에서 꽃을 바라보며 앞으로 배꽃 피는 청명 절기를 몇 번이나 더 볼 수 있을 것인지, 유한한 인생의 서글픔을 슬쩍 얹어 놓았다. 잠깐 피었다 지는 꽃이 곧 우리네 인생임을 떠올리고 초로인생草露人生을 슬퍼한 것이다. 신흠은 『상촌집』에서 말하였다.

"이 시는 잠깐 사이에 세월이 흐르는 인생을 바람과 꽃 그리고 안개처럼 퍼지는 버들 사이에 붙여 놓았음을 알 수 있다. 정말 완전한 경지에 올라선 시라고 할 것이다."

이규보의 이 시는 동파東坡 소식蘇軾의 '공밀주에 화답하여'[和孔密州화공밀주][1]라는 연작시(칠언절구, 5수)의 세 번째 수에서 표절한 것으로 보아도 되겠다. 소동파의 시 惆悵東欄二株雪(추창동란이주설)이란 구절에서 二 대신 一로 바꿨을 뿐 나머지는 같다. 남의 시를 고스란히 베껴놓고 천연덕스레 자

1) 공밀주(孔密州)는 공종한(孔宗翰)이라는 사람을 가리킨다. 소동파 후임으로 밀주지주사(密州知州事)가 되었기 때문에 이렇게 표현하였다.

신의 시로 포장했다니. 고려의 대문장가란 이름에 어울리지 않는 노릇 아닐까? 그러나 뒤집어 생각해보면 이규보가 소동파의 시에 심취한 나머지 그 구절을 너무도 아꼈기에 남의 것이지만 빌려다 쓴 것으로 이해할 수도 있다.

그러나 그것만이 아니다. 첫 행과 2행의 글자 하나 다르지 않은 것도 그렇고, 4행도 글자 하나 다르지 않다. 게다가 시의 제목도 같다. 날마다 취해 살아서 네 것 내 것 구분이 안 되었는지, 남의 시를 몽땅 베껴놓고 자기의 작품이라고 올려놓은 것은 치졸한 게 아닐까? 그래서 일찍이 여러 문인들이 그것을 지적한 바 있다.

남의 시를 도둑질한 유명 문인과 달리, 비록 이름은 별로 알려지지 않았으나 조선의 문인 신계량申季良이 바라본 이화梨花(배꽃)' 시는 차라리 낫다.

눈처럼 땅에 가득한 배꽃이 향기로워라

동풍이 은은한 향을 덜어내지 못하고

봄 시름은 아득하여 깊은 바다 같아라

쌍쌍이 나는 제비 대들보를 맴도는구나

滿地梨花白雪香

東風無賴損柔芳
春愁漠漠深如海
棲燕雙飛遶畫梁

신계량은 이백의 표현을 따라 이화향梨花香을 백설향白雪香으로 표현하였다. 그것도 온 땅을 채운 것으로 그리면서 동풍도 덜어내지 못할 만큼 배꽃 향기가 끝없이 솟아남을 참으로 잘 그려냈다. 그 향기와 만개한 꽃을 보며 시인은 시름에 빠진다. 그가 빠진 시름은 아득히 넓고 깊은 바다 같다고 하였다. 도무지 그 시름에서 벗어날 수 없었던 모양이다. 대들보 주변을 제비가 쌍쌍이 나는 봄날에 '이화의 백설향'을 근심과 시름의 한으로 그려낸 것인데, 홍만종(1643~1725)은 『소화시평』에서 이렇게 말하고 있다.

"홍주세洪柱世와 신계량申季良은 문명文名으로 조선의 문단에 깃발을 세웠다."

홍주세(1612~1661)는 홍만종의 아버지이다. 여기서 홍주세의 시 한 편을 먼저 보고 가야겠다.

뜨락의 풀과 계단의 꽃이 눈을 밝게 비추어
한가한 가운데 마음과 주변이 모두 맑다
문 앞에 종일 수레와 말은 찾아오지 않고
홀로 그윽하니 때때로 새가 한 번씩 운다

庭草階花照眼明
閑中心與境俱清
門前盡日無車馬
獨有幽禽時一鳴

홍주세와 신계량은 서로 사이가 좋았으며 재주와 명성도 비슷하였다. 유몽인의 『어우야담』에 이런 내용이 있다.

"내가 일찍이 두 사람의 글 중 누가 더 우수한가를 택당澤堂 이식李植에게 물었더니 택당이 말하기를 '홍주세의 글은 천연스러운 매화나 국화와 같고 신계량의 글은 채색으로 모란으로 그려놓은 것 같다'고 했는데 대개 천연스러운 매화나 국화와 같다는 것은 본바탕의 성격을 그대로 지니고 있다는 것이고, 채색으로 그린 모란과 같다는 것은 꾸며서 이루어 놓았다는 것이다. 아깝게도 두 사람의 재주를 당시에 꺼리는 바가

있어서 마침내 크게 펼쳐보지 못했으니 이것이 이른바 문장은 운명을 좌우하는 자가 미워하기 때문이 아니겠는가.

위 신계량의 시는 조선 후기 여류시인 김씨부인(1661~1722)의 시 '달밤에 핀 배꽃'[月下梨花월하이화]을 떠올리게 한다.

떨어지는 모습은 양귀비의 원망이라 하였고
이태백은 그의 시에서 백설향이라 하였지
가장 풍치가 있어 그려내기 어려운 곳은
푸른 하늘 밝은 달에 희게 핀 모습이리라

落薦歌說楊妃怨
李白詩稱白雪香
最是風光難畵處
碧空明月也中央

배꽃 향기를 백설향이라고 부른 것은 중국 시인 이백李白(701~762)으로부터이다. 그런데 이화가 지는 모습을 양귀비의 원망이라고 하였다. '푸른 하늘 달 밝은 밤의 흰 이화'를 수묵으로는 그야말로 그리기 어려운 풍경이다. 그러나 이 시에서 작자가 표현하고자 한 것은 다 드러낸 셈. '달빛에 보는 이화'의 은근한 운치가 눈에 훤하게 그려진다.

김씨 부인은 안동김씨 김수증金壽增(1624~1701)의 딸이다. 신진화申鎭華(1663~1712)라는 이에게 시집갔다. 그런데 이 시는 조선 기생 이옥봉李玉峰(?~?)의 '배꽃을 노래하다'[詠梨花 영리화]는 작품과 매우 유사하다.

백낙천은 배꽃을 양귀비에 비유하였고
이태백은 그 시에서 백설향이라 했네
풍류의 멋과 미묘한 곳 따로 있어라
한밤 달빛 아래 옅은 안개 피어오르고

樂天敢比楊妃色
太白詩稱白雪香
別有風流微妙處
淡煙疎月夜中央

이옥봉은 배꽃을 '삼경 달빛 속에 보는 흰 안개'로 표현하고 싶어 했다. 이옥봉이 김씨부인보다 한 세대를 먼저 살았으니 김씨부인은 이옥봉의 시에서 '이태백이 자신의 시에서 이화향을 백설향이라고 하였지'(太白詩稱白雪香)라고 한 구절을 빌려온 게 아닐까?

조선 중기의 문인 유영길柳永吉(1538~1601)의 다음 시에도 배꽃을 바라보며 달밤의 봄 경치에 푹 빠진 모습이 잘 그려져 있다.

> 봄 지난 서쪽 개울 상쾌한 맘 기약하니
> 송석의 맑고 기이한 기운 시로 들어오네
> 배꽃 비추는 밝은 산달을 기다리면서
> 창 아래서 뜬눈으로 쌍지를 굽어보노라
>
> 西溪春盡愜幽期
> 松石清奇並入詩
> 直待梨花山月白
> 高窓不寐俯雙池

송석松石은 글자 그대로 소나무와 바위이고, 산월山月은 산봉우리에 뜬 밝은 달을 이른다. 아마도 시인이 내려다보고 있는 '쌍지雙池'는 쌍둥이연못으로서 연못 주변에는 배꽃이 한창 피어 있었을 것이다. 3행에서 '배꽃은 산 위로 달이 떠서 비춰주기를 기다린다'고 제시하고서 밤새 서성이며 창 너머로 쌍둥이연못을 바라본다고 시를 맺었다. 그렇지만 끝까지 정작 자신이 어떤 감상을 가졌는지는 드러내지 않았다. 아무런 감정이 없었기 때문일까? 그 감상을 말로 다 할 수 없어 나머지는 읽는 이에게 맡긴 것이다.

그러나 백호 임제林悌(1549~1587)는 '말 없는 이별'[無語別 무어별]에서 배꽃을 '열다섯 살 월越 나라 처녀 서시西施의 이별 한恨'으로 그려냈다.

열다섯 살 월나라 시냇가 처녀
수줍어 말 못하고 이별이라니
돌아와 문을 굳게 닫고서
달빛 어린 배꽃 보며 눈물 짓네

十五越溪女
羞人無語別
歸來掩重門
泣向梨花月

열다섯 살 월나라 처녀는 시냇물에서 빨래하던 미녀 서시

西施이다. 그녀는 월나라 대부 범려의 연인이었다는 얘기도 있지만, 결국 서시는 오나라 왕 부차에게 보내졌다. 월왕 구천이 사활을 걸고 서시를 미인계로 보낸 것이다. 그 서시의 열다섯 살 때 이별을 '서시의 한'이라 하였다. 달빛 속에서 배꽃을 보고 눈물짓는 '한'의 심정을 미녀 서시의 한에 빗댄 것이다. 서로 마음에 그리던 연인이었던 서시와 범려. 서시가 오왕 부차에게 보내질 때 서로 말없이 헤어지던 심정이 어떠했을까? 달빛 아래 배꽃을 보면서 눈물로 헤어지던 서시를 배꽃에 갖다 대면서 한마디 말을 못 하는 모습으로 그림으로써 '말 없는 배꽃'을 잘도 그려냈다. 서시의 이별을 배꽃과의 이별로 치환한 것인데, 그 표현과 방법이 역시 대가답다.

이런 정서를 부안 기생 이매창李梅窓(1573~1610)은 이렇게 읊었다.

이화우梨花雨 흩날릴 제 울며 잡고 이별한 님
추풍낙엽에 저도 날 생각하는가
천 리에 외로운 꿈만 오락가락하누나

배꽃이 눈처럼 흩날릴 때 두 연인은 손을 잡고 울며 이별했건만, 찬 가을바람에 낙엽이 지도록 소식도 없다. 천 리 떨어져 있으면서 서로를 그리는 마음을 표현한 것인데, '이화우'는 소낙비처럼 쏟아져 내리는 배꽃(꽃보라)이다.

그러나 조선의 여류시인 김삼의당金三宜堂(1769~1823)의 '배꽃'[梨花이화]이란 시는 이와 또 다른 분위기이다. 봄이 되어 제비 돌아오고, 배꽃은 퍽 다정한 모습으로 피었음을 강조함으로써 오지 않는 '임의 냉정함'을 대비시켰다. 임과 이별한 뒤로 다시 해가 바뀌었다. 배꽃이 한창인 봄날, 제비들도 쌍쌍이 나는데, 임을 기다리는 외로운 신세.

"만나볼 길은 꿈길밖에 없는데, 그리워라! 그리워라!"

이 여인은 자신의 시 배꽃[梨花이화]에서 그런 심정을 적절히 드러내고 있다.

하얀 배꽃이 다정하게도 피었구나

임은 오지 않는데 봄은 또 오는구나

처마 끝에 무수히 나는 제비들이

지는 햇빛에 쌍쌍이 날아 돌아오네

梨花多意向人開
郎未來時春又來
惟有簷前無數燕
雙雙飛帶夕陽回

배꽃을 읊은 시로서 또 한 편의 수작이 있다. 그것도 떨어진 배꽃을 노래한 것이다. 김구金坵(1211~1278)의 낙리화落梨花(떨어진 배꽃)란 작품인데, 그 제목이 말해주듯이 하얀 배꽃이 꽃보라를 일으키는 봄날, 아찔하고도 현란한 순간을 읊었다. 이화를 소재로 한 작품 가운데 절품으로 꼽히는데, 시인은 배꽃을 표현하기 위해 굳이 밤을 택하지 않았다. 과감하게 한낮을 택한 것이다. 그래서 그의 시에는 달도 없고 별도 없다. 밤에 보는 배꽃의 정태적인 모습을 피하는 대신, 낮에 보는 배꽃을 동태적으로 그려냈다. 바람을 불러들이고, 꽃잎을 나비로 만들고도 모자라서 거미까지 동원한 시인의 착상이 흥미롭다. 바람에 날리는 수많은 배꽃을 '하얀 나비'로 치환해 놓고, 그 나비를 잡으려는 거미를 등장시켜 시 전체를 움직이는 화면으로 처리하였다. 나아가 '바람'이라는 글자 하나 쓰지 않고도 우수수 꽃잎이 지는 장면과 시폭 가득 바람을 담았으니 이화 시의 으뜸 자리에 올려놓을 수 있겠다.

> 조각조각 나부끼다 문득 돌아와서는
> 바람 타고 올라 가지에 다시 피려 하네
> 어쩌다 한 잎 거미줄에 걸리니
> 거미가 나비 잡으러 달려드네.
>
> 飛舞翩翩去却回
> 到吹還欲上枝開
> 無斷一片粘絲網
> 時見蜘蛛捕蝶來

꽃보라 일으키며 배꽃이 지는데, 떨어지던 이파리가 바람 타고 도로 치솟아 너울너울 춤추며 가지 위로 돌아가서는 거미줄에 걸렸다. 그 꽃잎이 나비인 줄 알고 붙잡으려고 거미가 달려드는 모습을 그린 시인데, 꽃을 읊은 시로는 가히 걸작이라 할 만하다. 이 시는 『동문선』(제20권)에도 실려 있고, 허균의 『국조시산』이라든가 그 이후 조선 시대 여러 시평서에 훌륭한 작품으로 소개되어 있다. 김구 이후 조선 시대 시인들 사이에 줄곧 회자되었던 시인데, '바람 타고 올라가 가지에 다시 피려 한다'(到吹還欲上枝開)는 구절과 관련하여 낙화난상지落花難上枝라는 말이 있다. "떨어진 꽃은 가지로 올라가 제 자리에 붙기가 어렵다"는 뜻인데, 이 말이 갖는 속뜻은 두 가지이다. 먼저, '한 번 헤어진 부부는 다시 돌이킬 수 없다'는 뜻을 갖고 있다. 그리고 '크게 깨달은 사람은 다시는 어떤 일에도 미혹되지 않는다'는 것을 비유적으로 설명하는 말로 쓰이기도 한다.

이토록 아름다운 시를 남긴 고려의 문인 김구는 현재 전라북도 부안군 산내면 운산리에 잠들어 있다. 그의 글을 모은 문집으로 『지포집止浦集』이 전해지고 있다. 그의 미성년기 이름은 차산次山이며 호는 지포止浦이다. 초명은 김백일金百鎰이었다고 한다. 아버지는 김의金宜이다. 1232년(고종 19) 과거시험에서 2등으로 합격하여 벼슬길에 나갔다.

애초 김구는 현재의 평안북도 정주 땅인 정원부定遠府의 사록司祿이라는 벼슬자리에 임명되었다. 그러나 평소 김구와 감정이 좋지 않던 고향 사람 황각보黃閣寶가 김구 가문의 결점을 들어 해당 관청에 고발하였다. 황각보가 고발한 내용은 김구의 아버지가 1230년(고종 17)에 무고한 관료를 당대의 권력자 최우崔瑀에게 헐뜯고 모함하여 귀양 보내게 하였던 일로 추정된다. 그러나 최우는 김구의 능력을 높이 평가하였으므로 사록으로 보내려고 하였다. 그런데 황각보의 고변으로 여의치 않게 되자 대신 제주 판관으로 발령을 냈다. 김구는 1234년(고종 21)부터 1239년(고종 26)까지 제주도에 있으면서 귤과 유자에 남다른 애정을 기울였다. 그가 제주 판관으로 부임할 무렵부터 제주는 이미 귤의 고장으로 불리고 있었다. 그는 제주 사람들에게 돌담을 처음 쌓게 한 일로도 유명하다. 그래서 이런 기록이 전한다.

"제주 밭이 예전에는 경계의 둑이 없어 강하고 사나운 집에서 날마다 차츰차츰 먹어들어 가므로 백성들이 괴롭게 여겼다. 김구가 판관이 되어 주민의 고통을 물어서 돌을 모아 담을 쌓고 경계를 만드니 제주 사람들이 편하게 여기는 것이 많았다."(『동문감東文鑑』)

그는 후일 원나라에 서장관으로 다녀온 뒤로 8년 동안 한림원에 재직하였다. 그 재주를 인정받아 충렬왕 즉위 이후 지첨의부사·참문학사·판판도사사 등을 지냈다. 신종·희종·

강종·고종의 실록 편찬에도 참여하였다. 원나라에 갔을 때 『북정록北征錄』을 남겼고, 충렬왕의 『용루집龍樓集』에도 김구의 시가 들어 있다.

하지만 고려의 시인으로서 그만한 인물은 많다. 고려 말 이색李穡(1328~1396)에게도 '배꽃에 비친 달을 두고 읊다'는 작품이 있다.

오늘 밤이 어떤 밤인가 흐린 가운데 미약해
두건 벗어 이마 내놓고 홑옷 풀어헤쳐라
내 집은 텅 비어서 본래 벽이 없거니와
내 문은 널찍한데다 사립짝도 없고요
내 뜨락은 평직하기 손바닥과 흡사하여
걷고 서고 하는 내 마음 날 것만 같은데
배꽃이 활짝 피고 달 또한 밝게 비추어
영롱한 달 고운 꽃이 서로 빛을 더하니
눈 같으나 아닌 건 내 눈을 부시게 하고
(이하 생략)

이색은 달빛에 보는 배꽃을 그렸다. 그가 택한 시의 제목은 '배꽃에 비친 달을 읊는다'이다. 표현 대상을 꽃이 아니라 달에 두고 있는 것이다. 그것은 '은은한 달빛이 깨끗한 마음을 돕는다'(烟月資淸眞)는 뜻을 강조하기 위함이었다. 밝은 달과 고운 꽃이 서로 흰 빛을 내어 눈 같다. 그렇지만 시인은 달빛에 배꽃이 눈부시도록 흰 모습을 그렸다. 전깃불이 없던 시절에 사람들은 달과 친숙하였다. 달이 이야기 상대였고, 소원을 비는 대상이었고, 가장 친근한 사물이었다. 그러나 밤을 밝히는 전기의 등장으로 우리는 대신 달을 잃어버렸다. 은은한 달빛에 비추어 보는 배꽃은 아른아른한 운치가 있다. 이제 그런 운치를 깊은 산속 마을이 아니면 느껴볼 곳이 없다.

이와 더불어 이색의 '배꽃 아래서 스스로 읊다'라는 작품에는 배꽃에 취한 시인의 모습이 잘 그려져 있다.

꽃 핀 배나무 한 그루 아래
실바람에 경치 절로 번화해라
하얀 눈 내리듯 허공에 날리면
어디서 배꽃 마주하고 술 마시나
우리 집만 괜히 문을 닫았네그려

몸이 한가하니 그윽한 맛 넉넉해

하루 종일 말을 잊고 앉아 있노라

一樹梨花下

風微景自繁

飄空如雪落

行地似波奔

何處對飮酒

吾家空掩門

身閑足幽味

竟日坐忘言

문은 닫혀 있고, 찾는 이도 없다. 바람 불면 배꽃이 눈 날리듯 진다. 그 배나무 아래서 온종일 꽃을 대하고, 말없이 홀로 앉아 술을 마시고 있다. 이 시에 드러난 시인 이색의 마음을 정리하면 이런 것이 되지 않을까?

"만족함을 알면 욕됨이 없다."(知足不辱)

만족함을 알면 욕됨이 없고, 분수에 맞게 멈출 줄 알면 위

태롭지 않다. 이렇게 하면 오래도록 안전한 삶을 유지할 수 있다. 바로 이 노자의 말처럼 이 시에는 어디에도 속진의 때가 없다. 욕심도 없다. 모든 욕망은 멈춘 상태이다. 마음을 비웠으니 몸이 한가하다. 홀로 꽃을 감상하느라 말도 잊었다.

다음 '배나무를 읊다'는 이색의 시는 앞의 시와는 다른 분위기이다.

속이 텅 빈 배나무는 몇 해나 살았는가
꽃 피고 잎 피는 것은 항상 그대로인데
하루아침 거센 바람에 허망하게도 꺾여서
몸이 반만 남았으니 하늘에게 물어보련다
문득 새들은 다시 앉기 어렵게 됐거니와
개미들도 타고 오르기 두려운 줄 알겠네
내년 봄 모든 나무가 푸른 잎 피우면
백설 같은 꽃을 다시 볼 수 있을지

梨樹中空知幾年
開花發葉常如前
一朝風急俄摧朽
留得半身將問天

忽使啼禽難得在
定知行蟻惻贠緣
明春萬木欣欣處
倘見當時雪色鮮

속이 빈 배나무 고목, 큰바람에 부러지고 반만 남았다. 해마다 피던 꽃, 그럼에도 내년 이때엔 다시 볼 수 있으리라는 기대를 남겨놓았다. 배꽃과 배나무 역시 유한한 존재임을 설명하면서 시인은 인생을 말하고 있는 것이다. 그의 시 가운데 '소년 시절의 친구들 늙어가며 적어진다'(少年交契老來稀)고 한 구절이 있다. 그가 음력 7월 중에 광암사光巖寺에 갔다가 돌아오는 길에 지었다는 시의 첫 구절인데, 나이 들어가며 더욱 외로워지는 우리의 짧은 인생, 내년 봄 '눈빛 선명한 배꽃을 다시 볼 수 있을지' 불안했던가 보다. 「목은시고」(제25권)에 전하는 시이다.

우리의 일상은 만남과 이별로 이루어진다. 그 이별 가운데 가슴 저미는 것들이 어디 한둘이랴! 『소화시평小華詩評』에 권벽(1520~1593)의 화월花月이란 명작 시 한 편이 소개되었다.

꽃이 막 필 때 달은 아직 둥글지 않고

달이 둥근 뒤에 이미 꽃은 진다

가련한 세상일이 다 이와 같으니

어찌하면 명화名花를 얻어 달을 보리

'초승달이 뜰 때 꽃이 처음 피기 시작하더니 보름달이 되니 꽃은 지더라'며 꽃이 피었다가 이우는 시간을 보름으로 제시하였다. 그리고는 그 뒤에 곧바로 '세상일이 모두 이와 같다'고 갖다 대어 서로 관련이 없는 꽃과 세상일을 하나의 의미로 이어갔다. 그렇게 글을 마치면 너무 슬프다고 생각한 것일까, '어떻게 하면 이름 있는 꽃을 취해 명월을 볼 수 있으랴!'고 맺음으로써 화월이라는 제목에 결론을 맞추었다.

이것은 꽃과 달의 만남과 헤어짐을 이른 것이니 우리가 삶 속에서 늘상 맞이하는 이별을 그린 시로 이해할 수 있다. 여기서 이른 명화는 이화梨花를 말하는 것이리라. 그러면 화월花月은 무슨 뜻일까? 우선 꽃이 한창 피는 음력 3월을 가리킨다. 또, 꽃과 달을 이름이니 달빛에 보는 꽃을 뜻하기도 한다.

아마도 이 시가 홍만종의 마음에 와닿았던 듯하다. 홍만종이 이 시를 본떠서 이렇게 읊었다.

밝은 달과 배꽃은 이것이 이별이오
꽃향기와 달빛을 사람마다 슬퍼하네
이별할 땐 달을 보며 서로 생각했는데
달이 지고 꽃 지면 다시 누구를 대할까

앞에서 설명한 대로 권벽이 말한 명화名花를 홍만종은 배꽃으로 이해하였다. 밝은 달빛 속에서 배꽃을 보고 그 향기를 맡으며 곧 맞이하게 될 이별을 슬퍼하고 있다. 달과 꽃이 지면 무엇으로 너를 그릴 수 있을 것인지를 시인은 묻고 있다. 권벽의 시를 홍만종이 재해석한 시도 지극히 아름답다.

배꽃을 그린 이관명李觀命의 시 '배꽃이 한창 피었는데 밤에 눈이 내려 나무에 가득하다'[梨花盛開 夜雪滿樹]는 시는 제목 그대로 간밤에 눈이 내리고, 날은 추운데 배꽃이 활짝 핀 풍경을 노래하였다. 혹시 휘영청 밝은 달빛 아래 눈이 내린 걸 말한 게 아닐까?

교만한 음기 가득 몰려와 기운 자못 거칠구나

봄날 경치 파묻혀 한 점도 없게 되었는 걸

다행히도 아침 햇살에 모두 녹았지만

어찌하여 꽃이 다시 피는 걸 시기하는가

驕陰充斥氣頗麤

埋却韶華一點無

幸有朝陽消釋盡

寧猜花色更膚腴

배꽃이 활짝 피었는데 꽃샘추위가 찾아왔다. "꽃샘 잎샘에 반늙은이 얼어죽는다"[2]는 속담처럼 밖을 나가기가 싫은 아침이다. 밤에 설풋 내린 눈이 배나무를 가득 덮었다. 아침햇살이 퍼지면서 눈은 다 녹아 다행히 꽃은 상하지 않았다. 양력으로 치면 3월 초순 무렵이었을 것이다. 시에 표현된 모습이 이관명이 직접 본 풍경인지는 알 수 없다. 다만 '하얗게 핀 배꽃 위에 하얀 눈이 내린' 그야말로 화상가설花上加雪의 보기 드문 정경을 그림으로써 순백의 배꽃을 강조한 느낌이 있다.

2) 삼사월에 꽃이 피고 잎이 날 때 날씨가 추워서 생긴 말. 이때 추운 것은 날씨가 꽃잎이 피는 것을 샘하므로 춥다 하여 꽃샘 또는 잎샘이라는 말이 생겼다.

그러나 눈 내리는 시기에 배꽃이 핀다는 말은 들어본 적이 없다. 꽃이 피어 있는데, 눈이 내려 그 흰빛을 한층 보탠다는 설중매雪中梅는 듣고 보았어도 음력 2월의 눈 속에 핀 배꽃은 거듭 생각해보아도 계절에 어울리지 않는다. 배꽃이 막 피어난 시기에 어쩌다 이상한파로 눈이 흠뻑 내린 것으로 이해하면 되겠다.

꽃은 기쁨을 몰고 왔다가 아쉬움과 고통을 남기고 떠난다. 그 짧은 봄날의 환희를 맞으러 사람들은 으레 꽃을 찾는다. 석 달의 짧은 봄은 꿈속에서 보는 것처럼 아련하게 화연花宴을 펼치고 간다. 그래서 봄날의 꽃구경은 누구에게나 기쁨과 설렘이다. 그 설렘이 어디 배꽃뿐이겠는가. 중국 송나라의 정치가이자 문인 왕안석王安石(1021~1086)도 봄날 새벽의 꽃구경을 산중(山中)이란 시에서 은근한 흥분의 세계로 그려내고 있다.

달을 따라 산으로 가보았더니
구름이 찾아와 함께 돌아오네
봄날 새벽 꽃 위에 맺힌 이슬

그 꽃향기가 옷자락을 적시네

隨月出山去
尋雲相伴歸
春晨花上露
芳氣着人衣

왕안석은 이 시에서 자신이 보고 있는 꽃을 매화다, 배꽃이다 또는 무슨 꽃이라는 설명을 하지 않았다. 그래서 구질구질하지 않고, 시가 깔끔하다. 꽃 이름을 지정하지 않았으니 시인이 말한 꽃을 내 마음 가는 대로 정하면 된다. 그리고 굳이 어떤 종류의 꽃인지, 그에 구애될 필요는 없다. 그저 향기 있는 꽃이면 된다.

여기서 잠시, 심심풀이로 위 시를 왕안석의 다른 작품인 매화梅花 시와 연결해서 이해해 보자.

담 모서리에 있는 몇 가지의 매화
추위를 이겨내고 홀로 피었구나!
멀리서도 눈이 아닌 걸 알겠노라
향기 있어 은은히 밀려오고 있으니

牆角數枝梅
凌寒獨自開
遙知不是雪
爲有暗香來

두 시의 제목을 이어 붙이면 산중매화山中梅花가 되겠다. 어찌 되었든, 두 시 모두 5언절구로서 간단한 내용이지만 시가 주는 맛이 깔끔하고 속된 맛이 전혀 없다.

이 시를 읽으면 불현듯 왕안석이 했던 대로 달을 따라 산속으로 가보고 싶은 마음이 든다. 새벽이슬을 맞은 꽃, 더구나 그것이 매화라면 그 향기가 옷섶마다 달라붙을 터이니 그 신선한 경험을 해보고 싶게 만든다. 이것이 환희 속에 피는 꽃을 노래한 것이라면, 꽃이 안기는 고통은 중국의 유명시인 유정지劉廷芝(651~679)의 대비백두옹大悲白頭翁이라는 시를 통해 느껴볼 수 있다. '대비백두옹'은 '머리 흰 노인네를 크게 슬퍼하다'는 뜻. 흰머리 즉, 노인네의 슬픔을 노래한 것이니 간단히 줄여서 '백두음白頭吟'이라고 해도 되겠다. 그러나 거기에 그치지 않고 유정지는 '크게 슬퍼하다'는 뜻을 더 얹어서 제목으로 삼았다.

……(생략)……

올해 꽃이 질 때 얼굴이 바뀌었는데

내년 꽃 필 때 누군들 그대로이겠나

송백이 땔감 되는 거 이미 본 일이고

뽕밭이 바다로 변했다는 말 다시 들었네

옛사람들 성밖에서 다시 볼 수 없으나

오늘은 사람들 지는 꽃잎을 바라보네

해마다 피는 꽃은 서로 닮아 있는데

해마다 사람의 얼굴은 같지 않구나!

……(생략)……

今年落花顔色改

明年花開復誰在

己見松栢摧爲薪

更聞桑田變成海

古人無復洛城東

今人還對落花風

年年歲歲花相似

歲歲年年人不同

말로는 꽃이 지는 걸 슬퍼한다지만, 그게 어디 꽃을 위해 슬퍼하는 심사이겠는가. 겉으로는 꽃을 탓하면서 늙어가는 자신의 서글픔을 숨기고 있는 게 아닌가. 해마다 꽃이 피고 지듯이 사람도 해마다 오고 가건만, 꽃과 달리 사람의 얼굴은 저마다 달라서 작년에 보던 사람 올해 못 보게 됨을 안타까워한 것이다. 꽃을 보면서 머리 흰 노인네를 크게 슬퍼한(大悲白頭翁) 까닭을 알 수 있다.

그렇지만 어디 매화나 배꽃(이화)만 봄꽃이겠는가. 봄에 피는 꽃이라면 그것이 어떤 종류든, 어디에 자리를 잡았든 다 곱고 사랑스러운 마음으로 들여다봐야 할 존재들 아닌가. 조선 전기의 천재 시인 충암 김정金淨(1486~1521)이 남긴 시 한 편을 음미하며 우리는 지금 과연 무슨 일에 빠져서 인생 고달프게 사는지 한 번쯤은 돌아보는 것도 도움이 되리라.

이익과 명예 두 길로 각기 내닫느라고
눈을 두어 그윽한 꽃을 누가 감상했으랴
날마다 아침저녁으로 공연히 바위 위에서
이슬에 젖고 바람맞으며 홀로 향기를 내네

利路名途各馳走

阿誰寓目賞幽芳
朝朝暮暮空巖上
浥露臨風獨自香

시인은 이 시를 쓰기에 앞서 "길을 가는 중인데 기이한 바위 위에 꽃이 피어 있었다. 그윽한 향기가 사랑할 만하여 시로 적어둔다(途上有奇巖 巖上有花 幽香可愛 詩以記之)"는 설명을 붙여 놓았다. 꽃이름을 모르지만, 그것이 무슨 꽃이든 꽃으로 보면 될 일. 꽃의 종류에 따라 호불호를 가질 일도 아니며, 바쁘다는 핑계로 꽃에 눈길 한 번 줄 여유가 없는 삶, 명리만을 다투느라 질주하는 사람들의 모습을 그리고 있다.

조선의 명신 가운데 한 사람인 월정月汀 윤근수(1537~1616)의 『월정만필』에는 그가 옥당玉堂(홍문관의 별칭)에 있을 당시 김정이 베껴놓은 『한서』가 그대로 남아 있었고, 충청도 회덕에 내려가니 충암의 부인이 그때까지 살아 있었다면서 그의 손자가 충암이 전시殿試를 보러 가서 임금 앞에서 쓴 시를 내보여주었는데, 그것이 『한서』의 필체와 똑같았다는 이야기를 전해주고 있다.

버드나무와 버들꽃에 얽힌 사연

버드나무는 이 땅에서 소나무, 잣나무, 참나무(상수리나무), 떡갈나무에 이어 어디나 흔한 수종이다. 제주도에서 저 압록강, 두만강까지 저지대와 늪지 주변에서는 어디나 버드나무를 어렵지 않게 볼 수 있다. 화려한 꽃을 피우지는 않지만, 가장 일찍 잎을 피우고 가장 늦게 진다. 치렁치렁한 실가지에 짙푸른 잎으로 우리의 마음을 풍성하게 잡아주는 수양버들은 여름 나무 중 으뜸으로 꼽히기도 한다. 하지만 능수버들이어도 좋다.

'버드나무' 이야기가 나오면 왠지 이순신과 아스피린이 먼저 떠오른다. 스물여덟 나이에 이순신은 무과시험에 응시하였다. 시험 중에 말이 넘어지는 바람에 말에 깔렸고, 왼쪽 정강이가 부러졌다. 죽은 줄 알았던 이순신이 일어나 버드나무로 가서 그 껍질을 벗겨 다리에 동여매고 시험을 마무리했으나 아깝게 그 시험에서 떨어졌다. 이순신은 물론 우리 선조들은 버드나무 껍질의 진통 효과를 일찍부터 알고 있었던 것이다. 버드나무가 진통제로 쓰인 역사는 오래 되었다.

그리고 20세기 초반, 버드나무 껍질에서 진통제 성분을 추출하여 만든 것이 아스피린이다. 아스피린(Aspirin)을 아세틸 살리실산(Acetylsalicylic acid)이라고도 한다. 해열진통약이자 항염증약이다. 항류마티스 약으로서 많이 사용되는 살리실산 유도체이다. 진통 효과는 중추성 시상하부의 억제 및 말초 부위에 통각 자극에 의한 충격이 발생, 통증을 일으키는 것을 억제함으로써 진통과 해열 및 염증을 다스리는 것이다.

또 버드나무 낭창한 가지를 잘라, 그 끝을 납작한 붓처럼 만들어서 이를 닦는 데 사용하였으니 그것이 이른바 양치楊齒의 시작이란다.

이런 버드나무의 쓰임새나 약리효과 외에도 옛사람들에게 버드나무는 아주 특별한 것이었다. 이별의 징표로 사용되었다. 연인들이 헤어지며 눈물과 함께 꺾어주던 버들가지는 이별과 정인情人을 대신하던 상징물이었다. 버드나무의 조선판 꽃말은 이별이다. 그 버들가지 가져와 뜰에 심고, 임을 보듯 바라보던 전통이 있었다. 봄이 되어 훌쩍 자란 버드나무를 보면 임을 보는 듯 즐거워하였고, 버들은 푸른데 해가 바뀌어도 돌아오지 않으면 임을 그리며 가슴 가득 수심 겨워한 것도 버드나무를 임으로 보았던 데 있다. 아무리 기다려도 돌아오지 않는 임을 그리워하다 끝내 임에 대한 원망이 얼마나 깊었으면 버드나무 가지마다 시름이 걸렸다고 보았겠는가. 부부가 헤어질 때도 버들가지를 꺾어서 건네었다. 물론 재회를 전제로 한 이별 선물이었다. 그러므로 버드나무는 이별과 재회를 동시에 상징하는 것이었고, 버드나무에 실은 뜻은 그 외에도 그리움, 연민 같은 것이었다.

연인들 사이에 버들가지를 꺾어서 주고받던 시절의 여운을 전해주는 홍원 기생 홍랑의 시조. 홍원洪原은 함경도 영흥 지방에 있는 마을이다. 홍랑洪娘이 1574년 서울로 돌아올 때 최경창과 함관령咸關嶺 고개에 올라서 부른 시조가 있다.

묏버들 골해 것거 보내노라 님의 손
자시는 창 밧긔 심거두고 보쇼셔
밤비예 새 닙 곳 나거든 날인가도 너기쇼셔

이것을 현대문으로 고쳐 쓰면 이렇다.

묏버들 가려 꺾어 보내노라 임에게
잠자는 창밖에 심어두고 보소서
밤비에 새잎 나거든 날인가도 여기소서

너무도 유명한 홍랑의 이 시조를 나중에 최경창이 7언절구의 한시로 번역하여 이렇게 전하게 되었다.

버들가지 꺾어 멀리 님에게 부치오니
날 위해 뜰 앞에 심어두고 보소서
하룻밤 사이에 새잎이 돋아나거든
수심 겨운 여린 눈썹 나인가 여기소서

折楊柳寄與千里人
爲我試向庭前種
須知一夜新生葉
憔悴愁眉是妾身

버드나무는 거꾸로 꽂아도 난다는 말이 있을 만큼 어디에 심어도 잘 자라고, 어디나 흔한 나무이다. 그러나 그것이 언제부터인지 연인 사이에 이별의 징표가 되었다. 꺾어 보낸 버들가지를 집에 심어두고 연인을 보듯 하라니. 아마도 조선의 바람기 많은 양반네 남자들이 저마다 꼭 그리하였다면 제 집 주변이 버드나무로 숲을 이뤘을 것이다.

고려 시인 익재益齋 이제현李齊賢(1287~1367)의 시 '버들꽃’은 『익재난고』에 실린 작품인데, 봄이 한창인 무렵 솜털 같은 버드나무 씨앗(홀씨)이 날리고 있는 모습을 그렸다.

꽃 같기도 하고 눈도 아닌 것이 미친 듯 휘날려
허공에 부는 산들바람에 점점 아득하다
날이 개었어도 희미하고 깊은 정원엔 꽃이 진다
자그마한 연못엔 봄 물결이 고요하다
섬돌에 날아올 때는 그림자조차 없었는데
사창에 불어오니 가는 향취가 있는 듯하구나
옛날 글 읽던 친구 동고東皐를 생각하니
반쯤은 붉은 비를 따라 빈 책상 가득 차네

似花非雪最顚狂
空濶風微轉渺茫
晴日欲迷深院落
春波不動小池塘
飄來鉛砌輕無影
吹入紗窓細有香
却憶東皐讀書處
半隨紅雨撲空床

버들솜 날리는 가운데 꽃도 지고 있으니 봄날이 가는 것이리라. 사창紗窓(얇은 명주천으로 가린 창문)에 가는 향기가 불어 들어온다고 했으니 아직 꽃은 남았고, 거울처럼 맑은 연못에도 꽃이 피는 모양이다. 고즈넉한 늦봄의 풍경 속에서 친구가 책을 읽던 곳을 떠올리고 있다. 때마침 꽃과 향기를 따라 책상에 빗발이 내리치고 있었다고 한 것으로 보아 붉은 꽃이 우수수 함께 지고 있음을 나타낸 것이다. '붉은 비'는 우수수 지는 꽃비, 즉 꽃보라를 이르는 것이니 여기서 말하는 붉은 꽃은 어떤 꽃일까. 동고는 이제현과 친분이 있던 최립崔立[1]의 호이다.

중종이 1535년 봄 어느 날 개경으로 가서 이곳저곳 돌아보다가 임금을 모시고 간 신하들에게 고려 시인 최립의 다음 시를 가지고 글을 지어 바치게 하였다.

천수문 앞에는 버들 솜이 날리고 있는데
술 한 병 들고 옛친구 돌아오기 기다리네
해 지는 거리를 뚫어지게 내다보아도
오가는 사람, 가까이 보이면 그가 아니네

1) 고려의 최립과 다른 인물로 조선의 시인 최립(崔岦)이 더 있다. 호는 간이(簡易).

天壽門前柳絮飛
一壺來待古人歸
眼穿落日長程畔
多少行人近却非

충청도 홍주 사람으로서 교서관의 관리였던 전승개田承漑가 이런 시로 답을 하였다.

천수문 앞에는 버들 솜이 날리고 있는데
술 한 병 들고 옛친구 돌아오기 기다리네
고금의 흥망은 항상 있어온 일이니
청산을 향해 시비를 묻지 마시오.

天壽門前柳絮飛
一壺來待古人歸
古今興廢尋常事
莫向青山問是非

앞의 2행은 최립의 시에서 그대로 가져다 쓴 것인데, 당시 대제학으로 있던 호음 정사룡鄭士龍이 전승개의 이 시를 으뜸으로 삼았다고 한다(『송도기이』). 전승개는 시에 능하다는 이름이 있었으며 고을 수령을 여러 번 지냈다.

호음 정사룡은 중종 31년(1536)에 등왕각滕王閣이란 주제로 시를 지어 장원으로 합격함으로써 그의 앞길이 순탄하게 열렸다. 정사룡은 동래정씨로서 시와 문장에 능했다. 임금에게 글을 강론하는 '경연'에 갈 때마다 콧등을 찡그리고 머리를 긁적이면서 "차라리 학질에 열 번 걸리더라도 경엔에는 나가고 싶지 않아."라고 늘 투덜댔다고 한다. 임금을 앞에 두고 글을 가르치며 시사 문제를 논한다는 것이 늘 부담스러워 못마땅했던 모양이다. 그가 충남 홍성의 홍주목사로 부임해 가자 백성들이 송사를 하러 관청을 찾아올 때면 늘 메추라기를 잡아 오지 않으면 소송을 받아주지 않았다고 한다.

빨래터 시냇가 수양버들 곁에서 사랑하는 임과 이별하던 때의 기억을 간직한 여인네의 감정을 표현한 이제현李齊賢(1288~1367)의 시 한 편이 더 있다.

빨래터 시냇가 수양버들 곁에서
손잡고 마음 나눈 백마 탄 낭군
처마 끝에 석 달 비 내린다 해도

손끝에 남은 향기 어찌 씻으랴

浣紗溪上傍垂楊

執手論心自馬郎

從有連簷三月雨

指頭何忍洗餘香

시냇가 수양버들 앞에서 두 연인이 이별하였다. 이별하며 잡은 손에 남은 정인의 정과 사랑을 '손가락 끝에 남은 향기'라 하였다. 이제현에게 연인과의 이별은 곧 임이 남긴 향기였던 것이다. 임을 보낸 여인의 섬세한 마음을 잘 그렸다. 이별 뒤에 찾아오는 그리움에 예로부터 얼마나 많은 이들이 가슴 치며 숨죽이다 죽었을까.

한편 정약용(1762~1836)이 바라본 봄날의 버드나무엔 가지마다 번민이 서려 있다. 그의 시 '버드나무 완상하기'에는 버드나무 가지마다 모두 번민이란 이해를 바탕에 두고 있다. "푸른 버드나무 천만 가지 봄비에 젖으니 번민으로 사람 죽겠네"라는 다산의 엄살이 사춘기 청년의 익살처럼 들린다. 스무 글자로 된 한시에 '번민의 실'로 생각하여 絲(실 사)라는 글자를 무려 일곱 번이나 써넣어 시름(버들가지)이 많음을 나타내었다.

천 가지 만 가지 버드나무는
가지가지 푸른 봄을 만났네
가지가지 반가운 봄비에 젖으면
가지가지 번민으로 사람 죽이네
楊柳千萬絲
絲絲得靑春
絲絲霑好雨
絲絲惱殺人

실버들 가지가 많아 번민이 많다는 뜻을 시각적으로 강조하기 위한 것이었다. 각 행마다 絲 자가 다 들어 있다. 그래 놓고 마지막 행에서 '실마다(가지마다) 뇌살인惱殺人'이라고 하였다. 곧이곧대로 번역하면 '가지마다 번민(고뇌)으로 사람 죽이네'이다.

불과 서른아홉 나이로 삶을 마감했으나 자순子順 임제林悌는 성격이 호방하였다. 그러한 성품이 시에도 고스란히 표현되었다. 그가 일찍이 지은 '패강곡浿江曲' 10수가 있다. 패강浿江은 대동강의 다른 이름이니 패강곡은 '대동강 노래'이다. 대동강을 고조선의 패수浿水라고 잘못 전한 데서 시작된 이름. 조선의 유학자와 문인들은 패수浿水 즉, 패강浿江을 대동강으로 잘못 알고 기자箕子가 내려온 곳이라고 줄곧 전하면서 평양성을 기성箕城이라고 부르게 되었다. 그러나 대동강 평양 땅에 기자가 온 일이 없다.

다음은 임제의 패강곡 10수 가운데 그 여섯 번째 시다.

대동강가 소녀들 봄볕을 밟고 거니는데
어느 곳 봄볕인들 애간장을 끊지 않으랴
안갯속 수 없는 버들가지로 옷을 짠다면
그대를 위하여 무도복 하나 지어 주고파

浿江兒女踏春陽
何處春陽不斷腸
無限煙絲若可織
爲君裁作舞衣裳

이 시에서 임제는 눈부신 봄볕을 '애간장 녹이는 빛깔'로 찬미하면서 그 고운 실버들 가지로 베를 짤 수 있다면 임을 위해 곱고 따뜻한 무도복舞蹈服 한 벌을 지어주고 싶다고 소리친다. 일찍이 만나보았던 아리따운 어느 평양기생. 그녀의 춤옷을 지어주고 싶다고 말한 까닭은 무엇일까? 아마도 이별의 선물로 주고 싶다는 것이었으리라. 조선 시대 사람들에게 실버들 또는 버들가지는 이와 같이 모두 가슴 저린 이별을 뜻하였기 때문이다. 대동강의 봄볕이 그토록 따뜻하게 느껴지던 어느 해, 임제는 담뿍 정을 주었던 기생을 떠올리며 쓴 것이리라.

이 시에서 중요한 것은 연사煙絲라는 시어이다. 이것은 봄날 아지랑이 속에 수많은 가지를 늘어트린 실버들(수양버들)을 의미한다. 신흠은 이 시를 두고 "시어가 매우 아름답다. 이것은 대체로 (당나라 시인) 번천樊川 두목杜牧을 본받아 지은 작품"이라고 평가하였다(『상촌집』 제60권). 다음은 임제의 패강가浿江歌 10수 가운데 여덟 번째 수이다.

이별하는 사람들 날마다 버들 꺾어내어
천 가지나 꺾어도 님은 머물지를 않네
고운 여인의 붉은 옷소매 적신 눈물이여
황혼녘 안개 물결, 지는 해도 수심 겨워

離人日日折楊柳
折盡千枝人莫留
紅袖翠娥多少淚
烟波落日古今愁

아무튼 임제는 대동강을 돌아보고 난 느낌을 10수로 적었다. 아마도 그가 본 것 중에 인상 깊었던 것은 대동강변에 나와 이별하는 사람들이었던 모양이다. 이별하는 사람들마다 대동강변의 버드나무 가지를 꺾어 주고받으니 대동강의 버드나무는 가지마다 다 잘려서 말뚝처럼 된 것 같다. 버들가지 아무리 꺾어도 어차피 떠날 사람은 떠나는 것. 떠나면서 정은 남겨두고, 마음은 가져가니 여인의 옷소매가 눈물로 젖을 수밖에. 임제가 버들가지에 담은 수심은 임을 그리는 마음이었다.

이수광의 고의古意라는 시에서도 '실버들 가지'는 모두가 다 근심거리이다.

첩은 마치 빗속의 꽃 같고요
당신은 바람에 날리는 버들꽃

꽃은 어여뻐도 쉽게 시드는데
버들솜은 날아서 어디로 가나

妾似雨中花
郎如風後絮
花好亦易衰
絮飛歸何處

버드나무에 새로 가지 생겨나
천만 가닥 가지가 늘어졌으나
봄날의 근심이나 자아냈을 뿐
사랑하는 이를 머무르게 하였나

楊柳有新絲
絲絲千萬縷
但解織春愁
何曾絆人住

이 시에서 꽃과 버드나무는 서로 어울리지 못하는 관계다. 이수광은 여기서도 우중화雨中花를 거론하고 있다. 우중화는 빗속에 피었다가 지는 꽃이다. 여인을 빗속에 피는 꽃으로 설명하고, 그것은 쉽게 시든다고 함으로써 잠깐 사이에 사람의 청춘이 지나감을 드러내었다. 첩妾이라 하였으니 본 마누라는 아니다. 본부인에게만 관심이 있는 것인지, 첩을 돌아보지 않는 원망을 잔잔하게 실었다.

예쁜 꽃은 빗속에 피었다가 쉽게 시든다. 솜은 버들솜으로 볼 수 있다. 봄철 솜털처럼 날리는 것은 민들레 홀씨 빼고는 버드나무 홀씨가 있다. '나는 빗속에 상큼하게 피어난 한 떨기 꽃. 어찌하여 그대는 바람에 불리어 날아다니는 버들솜처럼 그리 마음을 정하지 못하는가' 하는 여인의 원망을 실었다. 마치 머물지 못하는 바람과 같다는 속내를 고스란히 드러낸 표현이다. 바람 따라 버들솜이 날아서 어디론가 가버리니 꽃 따로, 버들 따로 서로 다른 운명을 말하고 있는 것인지도 모른다. 함께 있어 주기를 바라는 어여쁜 여인을 두고, 어디 바람처럼 떠도는가 그대는? 이 시에서도 버드나무와 버들솜은 이별을 상징하고 있다.

다음 연에서는 "실버들 천만 가닥 근심이나 자아냈지 사랑하는 이를 너도 붙잡아두지는 못했지 않았느냐"며 임이 떠난 원망을 버드나무에 돌리고 있다. 그러니 이 시의 제목은 '고의'보다는 차라리 미인원(美人怨)이나 춘규원(春閨怨) 또는 춘사(春思)로 하는 게 더 어울릴 법하다.

봄이 사람들에게 주는 감흥은 특별하다. 봄을 맞는 설레임과 흥분. 그것은 뭇 생명들에 대한 일종의 경외감과 같은 것이다. 봄이 몰고 오는 생명 가운데서도 초목과 꽃의 변화는 봄이란 계절이 펼치는 한 편의 오케스트라이다. 석 달의 봄은 1년처럼 크나큰 달이다. 아침마다 창가에 서리가 끼는 초봄으로부터 밝은 태양 아래 유채꽃 눈부신 나날, 벚꽃이며 진달래, 목련, 라일락, 작약 등 갖가지 꽃들로 가득한 4월. 향내를 풍기는 꽃봉오리 속에서 꿀벌이 윙윙거리며 향내를 맡는 5월. 무엇이 3~5월의 봄날을 특별하게 만드는가?

이수광의 고의古意 2연에서는 조선 기생 홍랑의 시로부터 김소월(1902~1934)의 실버들로 이어지는 시의 계보를 떠올리게 한다.

조선의 명재상이었던 오리梧里 이원익李元翼(1547~1634)은 버드나무를 읊은 노래를 시조로 남겼다. 『병와가곡집甁窩歌曲集』에 전해오고 있는 내용은 의외로 간단하다.

녹양綠楊이 천만 사千萬絲인들 가는 춘풍 매여두고

탐화探花 봉접蜂蝶인들 지난 곳츨 어이하리

아모리 사랑이 중한들 가는 임을 어이하리

녹양은 푸른 버드나무이고 천만사는 천만 가지, 탐화는 꽃을 탐한다는 뜻이며 봉접은 벌과 나비, '곳츨'은 '꽃을'의 옛 표기이다.

이 노랫말을 현대문으로 해석하면 대략 이런 내용이 되겠다.

봄철 푸른 버들가지 천만 가닥 늘어져 있어도 가는 봄바람을 매어둘 수 있는가?

꽃을 탐하는 벌과 나비인들 지는 꽃을 어찌하겠는가?

아무리 사랑이 중하다 한들 가는 임을 잡을 수 있는가?

이와 같이 많은 문인들은 물론 조선의 백성들이 버드나무에 대해 갖고 있던 공통된 인식이 있었기에 김소월의 '실버들'이 나올 수 있었다.

실버들을 천만 사 늘여 놓고도

가는 봄을 잡지도 못 한단 말인가

이내 몸이 아무리 아쉽다기로

돌아서는 님이야 어이 잡으랴

한갓되이 실버들 바람에 늙고

이내 몸은 시름에 혼자 여위네

가을바람에 풀벌레 슬피 울 때엔

외로운 밤에 그대도 잠 못 이루리

사실 김소월의 이 시는 이원익이나 이수광·정약용 등이 남긴 시의 재해석판이라 해도 된다.

김소월의 실버들이 이제는 노래로도 불리고 있으니 이토록 한국인의 마음에서 마음으로 전해온 버드나무는 남다르다. 이런 작은 사실 하나만 보더라도, 우리가 향유하는 모든 문화는 하루아침에 거저 생긴 것이 아니다.

이러한 기조는 고려 말~조선 초 용헌容軒 이원李原(1368~1429)의 시 '벗에게 보내다'[寄友人기우인]에도 고스란히 들어 있다(『용헌집容軒集』). 다만 이원에게 버드나무는 친구에 대한 그리움을 일깨우는 대상이었던 것 같다.

훈풍 불어 시내와 산의 경치 새로운데
시 읊으며 어디에서 봄날을 감상할까
그리워도 못 보는데 문밖의 길에는
푸르른 버들이 사람을 시름겹게 하네

風暖溪山霽景新
浪吟何處賞陽春
想思不見門前路
楊柳青青愁殺人

따사로운 바람결 따라 다시 봄이 왔으니 산과 계곡, 냇물이 모두 새롭다. 흥겨움에 흥얼대며 이리 기웃 저리 슬쩍 넘겨다보는 봄날의 경치란. 겨우내 그리웠어도 보지 못하던, 푸르른 버들은 문밖 길 따라 늘어서서 시름겹게 하는 것이었다.

이 시에도 시인은 세월의 무상함 속에 겪어야 하는 우리네 삶의 내면 깊숙한 시름을 쏟아놓았다. 말하자면 봄마다 느끼는 시름이니 그것이 바로 춘수春愁이다. 그러면 이원이 친구에게 부친 것은 무엇일까? 시인은 천천히 유랑하며 시를 읊조리고, 따뜻한 봄을 감상한다. 맨 마지막 행에 이르러서야 비로소 '문 앞으로 늘어선 버드나무 푸르고 푸르러 사람 죽이네'라고 하였다. 그 까닭은 '서로 그리워하면서도 보지 못해서'(想思不見)였다. 이것으로 보아 이원이 보낸 것은 친구를 그리는 마음이었다. 그 친구는 아마도 절친한 친구였거나 연인이었을 것이다.

이와 달리 노계 박인로(1561~1642)가 바라본 '새봄'[新春신춘]의 버드나무엔 번민과 시름·연인에 대한 그리움 같은 것은 찾아볼 수 없다.

동풍이 비를 데리고 와 가만히 봄을 재촉하니
울긋불긋 꽃과 버드나무가 저마다 새로워라
일 년에 다시 얻기 어려운 아름다운 계절
집집마다 술 빚으니 가난하다 말하지 말라

東風和雨暗催香
花柳青紅各自新
佳節一年難再得
家家釀酒莫言貧

새봄, 술 빚는 계절이 돌아왔다. 이 시에서는 갖가지 꽃이 피고 버드나무가 새록새록 다른 모습을 보이는 시기를 맞아 집집마다 술을 빚고 있는 광경을 제시함으로써 사람들의 분주한 모습과 봄에 대한 기대라든가 흥분을 느끼게 하고 있다. 술꾼이 아니더라도 시를 읽으면 흥겨움을 느낄 수 있다. 아마도 노계 박인로는 '술에 취해 한 조각 구름에 눕는'(醉臥一片雲) 자유로운 삶을 말하고 싶었던 것일까? 온 산과 골짜기, 그야말로 천산만학天山萬壑에 꽃 잔치가 벌어져 '눈사치'로 황홀하다. 일 년에 한 번씩 펼쳐지는 봄날의 이 사건을 화연花宴이라 한다면 자연이 펼쳐놓은 화연에 참여하는 들뜬 나그네인 우리네 인생들은 손님이 아니라 바로 그 잔치의 주연이다.

노계 박인로는 긴 골짜기에 맑은 물이 흐르고, 푸른 숲으로 에워싸인 산촌에 살고 있다. 새봄을 맞아 집집마다 빚은 술이 익어가고 있다. 술 익는 마을에 갖가지 꽃들이 활짝 피었으나 그에게는 꽃과 술 외에는 다른 욕심이 없다. 가가호호 술을 담을 만큼은 여유가 있으니 산촌의 누구도 가난한 이는 없다.

그뿐인가. 집을 벗어나면 온통 꽃으로 가득하니 무엇을 더 바랄 게 있을 것인가. 시인은 물론, 산촌 마을 사람들에겐 꽃을 대하고 술을 마시면 그것이 최고의 만족이며 행복이고, 무념무욕의 삶이라고 강조하고 있는 것 같다. 박인로에게도 술은 '근심 걱정을 잊게 하는 물건'이었다. 그것을 누군가 '망우물忘憂物'이라고 하였던가?

서애西厓 류성룡柳成龍(1542~1607)이 1568년 27세가 되던 해 봄 어느 날, 평안도 정주로 관찰공觀察公을 찾아가 정관재靜觀齋라는 곳에서 '춘일유감春日有感'이란 시를 썼다. 여기서 말한 관찰공이 누구인지는 확실하지 않다.

봄날에 느낌이 있어[春日有感]

큰 도는 입과 귀로 전하기 어렵지
이 마음 가는 곳마다 절로 근심이라
정관재 밖에는 천만 가닥 실버들이
가지마다 앞다투어 봄빛이 물드네

大道難從口耳傳
此心隨處自悠然
靜觀軒外千條柳
春入絲絲不後先

그 또한 버드나무 천만 가닥 가지마다 근심이 어려 있다고 보았다. 이토록 실버들이 조선 사람들에겐 시름과 근심·이별의 상징으로 깊이깊이 인식되어 있었다.

봄날의 버드나무, 바람에 흩날리는 꽃, 꿈같은 봄날을 월사 이정구李廷龜(1564~1635)는 유지사柳枝詞라는 시에서 이렇게 노래하였다. 유지사의 뜻은 '버들가지 노래'이다. 그가 노래한 시의 실제 내용은 어지러이 꽃잎 날리는 꿈같은 봄날에 헤어진 임이 돌아오지 않음을 한탄한 것이다. 역시 버들가지가 이별의 도구로 그려져 있다.

봄바람이 버들가지를 한바탕 흔들어대네
그림 같은 다리 서쪽 언덕에 해 기울고
꽃잎 어지러이 날리니 봄은 꿈만 같아라
물가엔 임이 돌아오지 않으니 슬프구나

搖蕩春風楊柳枝
畵橋西畔夕陽時
飛花搖亂春如夢
惆悵芳洲人未歸

그러나 시인은 이별을 그냥 슬프다고만 하고 그 슬픔을 억제하는 느낌으로 끝을 맺고 있다. 그리움과 연정을 풀어놓은 시인데, 3행에서 '날리는 꽃(飛花) 요란(搖亂)하니 봄은 꿈 같다(春如夢)'는 말로 봄을 보내며 연인과 이별한 허전한 심정을 그렸다. 버들가지 봄바람에 나부끼는 해저물녘. 바람에 꽃잎 휘날리니 봄날은 꿈속 같다. 한 번 떠난 사람 돌아오지 않아 그리움이 사무쳐서 한이 되었고, 그 한이 슬픔으로 표현되었다. 그러나 그리는 사람이 어찌하여 떠났는지 전후 사정은 구질구질하게 제시하지 않았다. 역시 버드나무를 바라보면서 그리운 이를 회상하고, 꽃을 보고 꿈길을 걷는 것처럼 그려내어 아릿한 여운을 남기는 시이다. 봄을 화려하게 치장해 놓고 임이 돌아오지 않아 쓸쓸하다는 표현을 하였으니 화려함을 고조시켜 외롭고 슬픈 사정을 심화시키는 수법으로 읽는 이의 심사를 헤집어 놓았다.

그러나 김만중金萬重(1637~1692)이나 고려 시인 매호梅湖 진화陳華(1180~?)의 시에는 버드나무를 매개로 한 연정이나 그리움 또는 애틋한 사랑은 없다. 풀솜[絮서] 같은 버드나무 꽃과 푸르디푸른 버들로 봄이 한창 무르익고 있는 분위기를 전하는 데 그치고 있다. 말하자면 버들로 춘흥春興을 표현하는 데 멈춘 것이다. 먼저 서포西浦 김만중金萬重(1637~1692)의 '춘사春詞'는 2연의 연작시부터 본다.

봄노래1[春詞1]

담장 두른 너른 집에 꾀꼬리 울고

아침 해는 주렴 머리에 걸려있네

봄바람 지나갔다 다시 불어오니

버드나무 꽃 조금 쌓인 게 보여

深院一鸎啼

朝陽在簾頭

春風去還來

稍見楊花積

봄노래2[春詞2]

구불길에 향기로운 풀이 무성하고

떨어진 꽃술이 봄바람에 휘날린다.

창밖에 새 소리는 하도 요란하여

창 사이로 꿈을 불러 일으키는구나

曲徑芳草侵
墮蘂春風送
窓外鳥聲多
喚起窓間夢

서포 김만중이 그린 봄은 우리가 일생을 살면서 어딘가에서 본 듯한 모습이다. 꾀꼬리 울고, 바람결에 버드나무 솜털꽃이 풀숲에 한 뼘이나 쌓인 모습인데, 무성한 풀밭은 구불구불 외길 하나를 열어 두었다. 땅에 진 꽃잎이 바람에 이리저리 구르고 창밖에는 새소리 어지럽다. 바깥 경치를 바라보자니 먼 기억이 자리를 털고 일어선다. 어린 날의 꿈같은 기억이 꿈틀거리며 눈이 시리도록 현란한 봄을 더듬는다. 김만중에게는 이 외에도 늦봄의 기억을 풀어낸 시가 따로 있다. 시의 제목은 모춘(暮春).

늦봄에 따사로운 기운 널리 퍼지고
나의 초가집 풀과 나무들이 에워싸
주렴 걷어 마침 경치를 내다보니
보고 느끼는 모든 게 즐길 만하네

흰 구름 멀리 봉우리에 흩어지고

비로소 들판에는 햇볕이 가득하네

연한 새잎 사이로 대나무 올라오고

붉은 꽃잎 사이로 복사꽃 지네

둥근 연잎은 푸른 물결 위로 솟고

아름다운 나무그림자 맑은 도랑에 지네

따사로운 봄바람이 동쪽에서 불어오고

골짜기의 꾀꼬리 소리로 서로 부르네

어찌하면 옛사람의 시를 얻어서

영원히 두고두고 펴보지 않으리

暮春暄氣敷

草樹繞我廬

捲簾望時景

觸目皆可娛

白雲散遙岑

初日滿平蕪

竹抽嫩綠排

桃謝殘紅鋪

圓荷出綠波

嘉木蔭清渠
惠風從東來
谷鶯聲相呼
安得故人詩
永日時卷舒

한편, 매호 진화의 시에는 한식날의 부들과 버드나무가 짙푸른 색으로 표현되어 있다. 그러나 이 땅의 어디에서도 한식날에 부들과 버들이 푸른 곳은 없다. 청명 한식 즈음이라면 부들 싹이 이제 돋으려 하고 버드나무엔 연초록빛이 처음으로 비치는 때이다. 둘 다 푸르려면 곡우는 되어야 하니 시인은 계절에 대한 감각이 부족했거나 그것이 아니면 한식이라는 절기를 상투적으로 쓴 것이리라.

다음은 진화의 시 춘만제산사**春晩題山寺**(늦봄에 산사에서 쓰다)이다.

부들 빛 푸르디푸르고 버드나무 녹음 짙은데
금년 한식을 맞는 마음도 지난해와 같아
취한 잠에 관하의 꿈도 기억 못하는데

길 위로 날리는 꽃 무릎까지 쌓였네

蒲色青青柳色陰
今年寒食去年心
醉來不記關河夢
路上飛花一膝深

서거정은 『동인시화東人詩話』에서 "시를 평가하는 이들이 말하기를 '지는 꽃잎이 한 치나 쌓였다'고 한 것은 이치에 맞지 않다(落花稱深一寸似畔於理)."고 하였다. 한 치도 어려운데, 한 자를 넘어 그것도 무릎까지 쌓였다고 한 것은 과장치고는 좀 지나치다.

그런데 이름 있는 고려 시인 진화도 부끄럽게도 남의 시를 베꼈다. 서거정 역시 근래 송나라 승려가 쓴 『감로집甘露集』에 "푸른 버들 깊은 정원에 봄날은 길고 섬돌 위에 지는 꽃잎 한 치 남짓 쌓여있네"(綠楊深院春晝英 碧砌落花深一寸)라고 한 구절이 있으니 이것이 진화의 시와 한 글자도 다르지 않다면서 '옛사람도 이런 말을 하였다'고 하였다. 진화가 그 시의 한 구절을 표절했다고 꼬집은 것이다. 그렇지만 그 구절만을 제외하고는 '저문 봄 산사'를 읊은 시로는 빼어난 작품이라 할 수 있다. '시 속에 그림 있다'는 왕유의 시중유화詩中有畵 계보에 속하는 시라고 하겠다. 시 속에 그림이 들어 있는 시 한 편을 더 보고 가야 할 것 같다.

가을 기운 아스라이 온 산이 텅 비었는데
나뭇잎이 소리 없이 지니 온 땅이 붉어라
다릿가에 말 세우고 돌아가는 길 묻노라니
글쎄, 내가 그림 속에 있는 줄을 모르겠네
秋陰漠漠四山空
落葉無聲滿地紅
立馬溪橋問歸路
不知身在畵圖中

이것은 정도전鄭道傳(1342~1398)의 시인데, 과연 한 폭의 그림이라고 할 만하다. 그러나 그가 남긴 이런 아름다운 시들과는 달리 그의 정치 인생과 죽음은 별로 아름답지 못하다. 이성계는 신의왕후에게서 여섯 아들을 낳았는데, 둘째가 후일의 정종이고 다섯째가 태종 이방원이다. 반면 신덕왕후神德王后 강씨康氏에게서는 방번과 방석芳碩 그리고 딸 삼

남매를 낳았는데, 그 딸이 이제에게 시집을 갔다. 그런데 강씨는 자기가 낳은 자식을 태자로 세우려고 하였다. 이성계가 배극렴과 조준을 내전으로 불러서 누구를 세자로 세울 것인지를 의논하였는데, 배극렴 등이 "시국이 평탄하면 적장자를 세우고 세상이 시끄러우면 공이 있는 이를 앞세워야 합니다."라고 하자 다른 곳에서 가만히 듣고 있던 강씨가 우는 소리가 밖에까지 들렸다. 배극렴과 조준이 나오면서 "강씨가 반드시 자기 자식을 세우려고 하는데 방번은 광패(狂悖)하고 그 동생이 조금 낫다."고 하였다. 그 말에 따라 드디어 방석을 세자로 삼으려 하자 정도전, 남은南誾 등은 방번에게 붙어서 다른 왕자를 제거하려고 모의하였다.

결국 이방원이 무사를 거느리고 정도전을 찾으니 남은의 첩이 사는 집에 모여 등불을 밝히고 즐겁게 웃고 있었고, 정도전을 따라간 사람들은 모두 졸고 있었다. 이숙번을 시켜 지붕에 화살을 쏘아 기왓장 위에 떨어지게 하고 이어 불을 지르자 정도전이 달아나 그 이웃에 있는 민부閔富의 집에 숨어들었다. 그러자 민부가 "배가 불룩한 놈이 우리 집에 들어왔다."고 소리쳤다. 군인을 풀어 수색하니 정도전이 엉금엉금 칼을 잡고 기어 나오므로 잡아서 이방원 앞에 끌고 갔다.

정도전이 이방원을 우러러보고 "나를 살려주면 마땅히 힘을 다하여 보좌하겠습니다."라고 하였다. 그러나 이방원은 "너는 이미 왕씨를 저버렸다. 또 이씨를 저버리려 하느냐?"면서 칼로 베어버리고 그 아들 유(游)와 영(泳) 또한 베어버렸다.[2)] 남은은 도망하여 미륵원彌勒院에 숨은 것을 군사들이 찾아내어 죽여버렸다.

중국과 한국의 시 중에서 표절 사례는 꽤 있지만, 조선의 시인 가운데 남의 글을 표절한 것으로 임억령林億齡(1496~1568)의 시를 들 수 있다. 임억령이 백광훈白光勳(1537~1582)을 보내며 쓴 시가 있는데, 그중 일부이다.

강에 비친 달 찼다가는 다시 이울고

뜰의 매화는 졌다가는 또 다시 피네

江月圓還缺

庭梅落又開

◇◇◇◇◇◇◇◇◇◇◇◇◇◇◇◇◇◇◇◇◇◇◇◇◇◇◇◇◇◇

2) 바로 이 방석의 난(定社의 난) 때 그 아들 유(游), 영(泳) 둘은 죽임을 당했지만 나머지 한 아들 진(津)은 살아남아 나중에 형조판서까지 지냈다.

그런데 이 시에는 김극기金克己(1379~1463)의 시 일부를 가져다가 끼워 넣은 것으로 볼 수 있는 부분이 있다.

인정 많은 변방의 달 찼다가 다시 이울고
볼품없는 산꽃은 졌다가는 또 다시 피네
多情塞月圓還缺
少格山花落又開

다음 시를 보자. 『양포유고楊浦遺稿』에 실려 있는 최전崔澱의 시 가운데 어느 해 그가 바라본 '봄날'[春日춘일]을 읊은 구절이다. 복사꽃 다 진 뒤로 수양버들엔 강물처럼 푸른빛이 한창 오르고, 아침 내내 안개가 끼어 있었다. 최전의 '춘일春日'이란 시는 봄날의 한가로움을 간단하게 그려낸 한 편의 소묘이다.

수양버들 낭창낭창 강물이 오르고
복사꽃 눈송이처럼 소리 없이 지네
푸른 안개 걷히자 산봉우리 물 마르고
나 홀로 쪽배에 기대어 옥피리를 부노라

楊柳依依江水生
桃花如雪落無聲
靑霞乍卷瑤岑瘦
獨倚蘭舟吹玉笙

마지막 행의 난주蘭舟는 작은 쪽배의 미칭이다. 목선이므로 목란주木蘭舟라고도 한다. 시인은 봄날, 그 온화함과 한가로움을 한껏 고조시키기 위해 쪽배에 올라 옥피리를 부는 모습으로 끝맺고 있다. 온여기옥溫如其玉. 그러니까 '온화함이 옥과 같다'는 말처럼 따사로운 봄 분위기를 고조시키려고 청량한 옥피리 소리를 얹어놓은 것이다. 하지만 이미 봄은 기울고 있다.

요즘엔 봄꽃으로 흔히 볼 수 있는 게 벚꽃 다음으로 라일락과 목련이다. 그렇지만 옛날엔 목련이 지금처럼 흔치는 않았던 것 같다. 옛사람들은 목련을 목부용木芙蓉이라고 하였다. 나무 목련이라는 뜻이니 다시 말해서 목부용의 별명이 목련이었다. 일명 신목辛木이라고도 하였다. 한의학서와 한방에서는 신이辛夷라는 이름으로도 부른다. 다른 말로 거상距霜이라고도 하였는데, 그것은 아마도 서리가 내리지 않는 때 꽃을 피우기 때문에 생긴 이름일 것이다.

일찍이 목련에 주목하여 쓴 시가 있다. 김시습의 목련木蓮이란 시이다. 여기엔 "산속에 나무가 있는데, 잎새는 감나무를 닮았고 꽃은 흰 연꽃 같으면서 송이는 도꼬마리 같다. 열매가 붉어서 중들이 목련이라고 부른다"(山中有樹 葉如柿 花如白蓮 而房如蒼耳子 而實紅 僧呼爲木蓮)는 긴 설명이 붙어 있다. 김시습이 세상을 버리고 산속 절로 들어가 살면서 쓴 시이다.

널 연이라 한다면 잎새는 감나무 잎새 같고
널 감이라 한다면 꽃은 연꽃을 빼다 박았네
푸른 잎새는 정건鄭虔의 종이 만들 수 있고
옥 같은 꽃은 고야산姑射山의 신선에 비기리
바람 불면 하늘하늘 흰 깃부채 흔들거리고
달 아래선 저 홀로 항아와 함께 잠을 자네
맑은 향기는 사뿐사뿐 사람 옷 속에 스미고
아리따운 선녀가 너울너울 춤추며 다가오네
옥황상제 깊은 산 속으로 널 귀양 보낸 뒤
수운포水雲袍를 못 벗은 지 몇 해이더냐
산바람이 땅을 몰아칠 땐 애간장이 끊어져

흰 수건이 맑은 시냇가에 떨어져 있네

내 그걸 거둬 모아 옷 한 벌을 만들어서

신선 세계 운수향雲水鄉에서 입으려 했더니

태화산 꼭대기 옥 우물서 머뭇거린다고

초평初平이 치는 양을 타고 내려오네

以爾爲蓮葉如柿

以爾爲柿花如蓮

綠葉堪作鄭虔紙

玉葩可比姑射仙

風來裊裊素羽搖

月下獨伴姮娥眠

清香冉冉襲人衣

綽約仙子來翩蹮

玉皇謫汝深山中

不脫水雲袍幾年

腸斷山風捲地時

縞巾零落清溪邊

我欲收拾作衣裳

服之洞天雲水鄉

夷猶玉井太華嶺
有時騎下初平羊

고야산姑射山은 신선이 산다는 곳. 『장자莊子』 소요유逍遙遊 편에 나오는 산 이름이다. 이 산의 신선은 "살결이 얼음처럼 눈처럼 희고 아리땁기가 처녀 같다"(肌膚若氷雪 綽約若處子)고 하였다. 초평初平은 중국 한나라 때 살았다는 황초평黃初平이라는 인물을 이른다. 『신선전神仙傳』에 "황초평이 15세에 산에서 양을 치다가 40여 년을 돌아오지 않아서 그 형이 찾아보니 단지 흰 돌덩이만 있었다. 그런데 초평이 '일어나' 하고 소리치니 모두 일어나 수만 마리의 양이 되었다는, 허망한 전설이 있다.

성삼문이 목련을 읊은 시도 있다. 다만 그는 거상화(拒霜花)라는 이름으로 목련을 노래하였다.

목부용을 제일 좋아해
엄연한 군자의 모습이니
눈 서리도 두렵지 않아
진흙 속에 핀 연꽃 같아

最愛木芙蓉
儼然君子容
雪霜非所畏
還似在泥中

이런 것들을 중국 당나라 때의 시인 왕유王維(701~761)의 시 가운데 '목련꽃 언덕'[辛夷塢신이오]이란 작품과 비교 감상해 보자.

나뭇가지 끝마다 곱게 핀 목련꽃
산속에 붉은 꽃봉오리 터트리더니
한적한 개울가 인적이 없는 곳
꽃들만 어지러이 피었다가 진다

木末芙蓉花
山中發紅萼
澗戶寂無人
紛紛開且落

목련 나무 옆에는 시냇물이 있다. 그 시냇가에는 초가집

한 채. 산속에 있으니 온종일 사람의 그림자가 없다. 적막한 공간. 어느새 목련 꽃잎이 바람결에 나부낀다. 이 시에는 화자의 감정은 전혀 없다. 그저 산언덕에 목련이 피고 지는 풍경을 묘사했을 뿐, 시를 읽는 사람들이 비로소 그 풍광에 빠져 각자의 흥취를 갖도록 교묘하게 조종하고 있는 것이다. 붉은 꽃으로 묘사하였으니 왕유의 '목련꽃 언덕'은 자목련 밭의 풍경이다.

눈에 보이는 형상을 그려낸 왕유보다 고려의 승려 혜심慧諶(1178~1234)의 시 세계는 한층 철학적이다. 혜심이 그려낸 '목련'은 이런 모습이었다.

잎을 보고는 감인가 했더니
꽃을 보니 이거 연꽃이구나!
가련해라 정해진 상은 없으니
양 끝머리 어디에도 매이지 말게

見葉初疑柿
看花又是蓮
可憐無定相
不落兩邊頭

잎을 보면 감나무인데 꽃 모양은 연꽃을 닮았다. 나무에 피는 연꽃이라면 그 나무줄기와 잎도 연을 닮아야 하건만, 다르다. 그러나 시인은 "목부용이다 연꽃이다 또는 감나무다 어느 한쪽에 갖다 대어 옳고 그름을 굳이 분별하려 하지 말라"고 하였다. '세상에 정해진 상相이 없으니 그저 꽃이면 됐지 따질 게 없다'는 뜻을 말하고 있는 것이다. 이것은 "무릇 형상이 있는 것은 모두 다 허망하다. 만약 모든 형상을 형상이 아닌 것으로 본다면 곧 여래를 보는 것이다."(凡所有相皆是虛忘 若見諸相非相 卽見如來)는 『금강경』의 한 구절을 떠올리게 된다. 여기서 '여래'는 '진리'로 해석될 수 있다. 그냥 꽃이면 됐지 이것저것 시비를 가릴 일이 없음을 이른 것이다. 시시비비를 가리는 것조차 부질없는 일. 왕유나 김시습의 목련은 철학적 사유의 단계로 보면야 혜심의 수준에는 미치지 못한다고 평가할 수 있겠다. 꽃으로 말하는 화법의 정수는 상징성이기 때문이다.

혜심은 본래 나주 화순현 사람이었다. 수선사로 들어가 지눌에게서 배웠다. 출가하여 승려가 되기 전에 고려에서 과거에 합격한 수재였다.

한편, 조선 후기 석북石北 신광수申光洙(1712~1775)의 시

‘새벽에 일어나 배를 타다’[曉起入船효기입선]도 똑같은 설정에서 탄생하였다. 수양버들 치렁치렁 늘어선 강가, 여울물 소리가 들리고 밝은 달빛이 새벽녘까지 이어지고 있다.

여울물 소리와 달빛에 시름 젖었지
강가에서의 하룻밤 머리털이 세었네
닭 울고 바람결에 사공의 말소리 들리더니
수양버들 울타리에 매었던 배 풀어서 타고 간다

灘聲月色使人愁
一夜江邊堪白頭
鷄後風來艄子語
垂楊籬下解行舟

강변 촌가村家에서의 하룻밤, 얼마나 많은 수심에 마음이 흔들렸던지 나그네의 머리털이 하얗게 세었다. 물론 하룻밤 사이에 머리가 세었다는 것은 과장이지만, 그것은 고민과 시름 속에 지새웠음을 전하기 위한 표현일 뿐이다.

그러나 시를 다 읽고 나면 잔잔한 여운이 남는다. 시인 신광수는 역시 고수다. 한밤을 지내고 새벽닭 소리와 함께 버드나무에 매어두었던 배를 풀어서 타고 나그네는 가던 길을 다시 떠난다. 강변에 머물던 새벽달이 힘을 잃자 다시 길을 가는 나그네의 모습은 밤낮의 주기에 따라 이어지는 우리네 삶의 여정을 말하고 있는 것인지도 모른다. 새벽마다 하루를 시작하는 우리의 인생으로 이해할 수도 있을 테니까. 그 세월 속에 머리털이 세어 가고, 근심 걱정 시름은 밤마다 찾아오는 것이니 사실 여기서 말하는 강은 시간의 강이라 할 것이다. 어느 시대든 사람이 사는 곳에는 늘 시름이 있었고, 애환이 있었으며, 인생사 희로애락이 끊이지 않았다. 그럼에도 우리 모두는 각자 훌륭한 삶을 살아내고 있지 않은가.

한성부漢城府의 판관判官을 지낸 인물로 신식申栻이라는 사람이 있었다. 그는 젊었을 때 황해도 황주黃州에 나가 놀다가 그곳 관기官妓(관청에 예속된 기생)와 자산사慈山寺라는 절에서 이별하게 되었는데, 그때 지은 시가 있다. 그 당시 이별을 말하면 으레 버드나무를 떠올리거나 버들가지를 꺾어서 건네던 것이 유행하던 시대였는데, 이 시에는 버드나무가 없다. 그런데도 이별의 슬픔을 충분히 전달할 수 있었다. 신식은 헤어지는 슬픔[悲]을 황주의 자비령慈悲嶺에서 찾았다. 그리하여 자산慈山도 자산사慈山寺도 모두 자비산慈悲山,

자비사慈悲寺로 바꾸어서 두 사람의 이별을 산과 절도 함께 슬퍼하는 것으로 그렸다. 허풍치고는 대단한 허풍이다.

자비산 아래에 있는 자비사에서
말없이 서로 바라보며 말에 오르기 어려워
내일은 나그네의 회포 어느 곳에서 풀까
역루驛樓에 석양이 지는데 홀로 길 떠나네

慈悲山下慈悲寺
脈脈相看上馬遲
明日客懷何處惡
驛樓殘照獨登時

자산과 자산사에 그저 단순히 슬플 '悲' 자 하나를 넣어서 자비산·자비사로 바꾸어 자신의 슬픔을 표현하였지만, 그 당시 사람들 사이에 널리 불린 시라고 한다. 이 신식이라는 사람이 바로 『시화총림』, 『소화시평』을 남긴 홍만종洪萬鍾(1643~1725)의 장인이었다.

버드나무를 소재로 한 여러 문인의 시에서 보았듯이 버드나무는 이별의 상징인 동시에 우리네 인생의 수많은 근심과 걱정을 표현하기 위한 도구로 늘상 쓰였다. 그것이 근대 김소월에 의해 '실버들 천만사 늘여 놓고도 어이해 가는 봄을 잡지도 못한단 말인가'의 노랫말 가사로 표현되었고, 그것이 다시 오늘에 와서는 노래로도 불리고 있으니 이와 같이 무엇이든 오랜 세월을 두고 이어지면 그것이 하나의 문화가 된다. 때로는 실버들과 사람의 머리털을 대비시켜 인생무상을 노래하기도 하였으니 실버들 가지와 흰 머리털은 시간의 흐름 속에 놓인 유한 존재라는 공통점이 있다. 버드나무가 우리네 인생의 이별과 슬픔을 표현하는 도구가 되었고, 시인들은 푸른 버드나무와 흰 머리털의 청백 대비로써 인생무상을 표현하기도 하였다.

자신의 운명을 바꾼 한 편의 시

시 한 편으로 자신의 운명을 바꾼 사례가 꽤 있다. 관직에서 쫓겨나거나 죽음에 이른 시가 있는가 하면, 시로써 출세 가도를 달린 인물도 있다. 초야에 살던 평범한 인물이었으나 시 한 편으로 국왕에게 잘 보여 관리로 발탁된 대표적인 인물로 정습명鄭襲明이 있다. 글로써 인재를 발탁한 사례는 수없이 많겠지만 여기서는 단지 '꽃'을 다룬 시로만 제한하고 보니 그 대상이 그리 흔치는 않다.

정습명은 정몽주의 6대조로서 고려 예종 때 사람인데, 원래 정습명의 먼 선조는 중국 하남성 정주鄭州에서 한국으로 온 것으로 전한다. 정습명이 훌륭한 재주와 도량을 가졌으면서도 세상에 나설 길이 없어서 자신의 처지를 석죽화石竹花에 빗대어 읊었는데, 이것이 그의 운명을 바꾸었다.

사람들은 붉은 모란을 좋아해서
뜰 안에 가득 심어 키우지만
누가 알겠는가 저 거친 들판에도
아름다운 꽃떨기가 있다는 것을

꽃색은 마을 연못 위에 뜬 달빛에 비치고
향기는 언덕 나무에 부는 바람결에 실려 오네
궁벽한 곳이라 귀한 사람 적으니
예쁜 모습은 시골 노인네 차지인 걸

世愛牧丹紅
栽培滿院中
誰知荒草野
亦有好花叢
色透村塘月
香傳隴樹風
地偏公子少
嬌態屬田翁

정습명의 석죽화石竹花라는 시이다. 석죽화는 패랭이꽃이다. 들길이나 산길을 오르다 패랭이를 보면 마음이 파르르 떨린다. 어쩜 그렇게 가냘프고 예쁠 수가 있을까. 고려 이후로 석죽화는 절개 있는 여인을 대신하던 꽃이었다. 다섯 조각 잎으로 펼쳐진 핑크색의, 작고 여리디여린 패랭이꽃. 힘이 없고 가늘며 여린 이 꽃은 서민을 대표하는 꽃으로 일컬

어지기도 하였다. 조선 시대 평민들이 쓰던 모자가 패랭이 꽃[1]을 닮아서 패랭이라고 부르게 되었다는 말이 전해질 만큼 평민을 대표하는 꽃으로도 인식되었다. 가난하고 힘없는 사람들의 대명사로 통하던 꽃인데, 위 시에서 거친 들판의 아름다운 꽃'은 정습명 자신을 의미하였다. 그 당시 궁궐에 있던 누군가가 이 시를 예종이 듣도록 읊으니 왕이 듣고 그를 발탁하여 옥당玉堂에 자리를 주었다고 『파한집』에 전한다.[2]

아울러 여인의 절개를 나타낸 이규보의 '석죽화'라는 시가 『동국이상국집』에 전한다.

절개는 대나무처럼 높아서

1) 패랭이꽃의 학명은 Dianthus sinensis Linne, 중국 땅에도 많아서 영어명은 중국에 있는 핑크색의 약초라는 뜻으로 Chinese pink herb가 되었다. 한방에서 부르는 이름은 구맥(瞿麥). 한의학에서도 빼놓을 수 없는 요긴한 약재이다. 다년초로서 다 자라봐야 30cm 가량. 이 약재의 일차적 기능은 이뇨작용으로 보고 있다. 그래서 민간에서는 이뇨제로 사용한다. 그것을 다른 말로 바꾸어, 한방에서는 습(濕)을 내보내는 사습(瀉濕), 치습(治濕)에 중점을 두며 이질·소염 그리고 소변에 피가 섞여 나오는 증상 등에 쓴다고 말한다. 이것을 달인 물은 이뇨 및 혈압강하작용이 있는 것이 밝혀져 있다. 눈을 밝게 하고 소장(小腸)을 이롭게 한다. 줄기와 잎·꽃이 주로 사용되며 맛은 쓰고 차다. 최근에는 항암제로도 사용하고 있는데, 다만 임신한 사람이 먹으면 유산이나 사산을 할 가능성이 높으므로 복용하지 말아야 한다.

2) 이 시는 『동문선』제 9권에도 실려 있다.

꽃 피면 여자들이 좋아하지
찬 가을 못 견디고 떨어지니
대나무란 이름은 분에 넘쳐

節肖此君高
花用兒女艶
飄零不耐秋
爲竹能無濫

'석죽화'란 이름에 竹(죽, =대나무)이란 글자가 들어가 있는 점에 주목한 얘기다.

조선 시인 김창업金昌業(1658~1721)의 '석죽화' 시도 있다.

뜰앞에 들풀 하나 꽃을 피웠네
석죽이란 꽃 이름도 어여뻐라!
갖가지 꽃 색깔 많기도 하다만
화려하지는 않으니 가련하여라

庭前野草有開花
石竹爲名亦自嘉
五色變成千百種

可憐終不帶紛華

앙증맞고 귀여운 꽃이기는 하나 화려하지는 않다. 그 역시 이름 가운데 죽화竹花라고 하여 '대나무꽃'이라는 이름이 있어 여인의 절개를 떠올리게 되니 어여쁜 이름이라 하겠으나 가여운 꽃이라고 본 것이다. 김창업과 이규보의 석죽화는 단지 패랭이를 노래했을 뿐, 시로써 자신의 운명을 바꾼 것은 아니다.

『명의별록』이라는 중국의 한의학서에는 패랭이를 구맥瞿麥이라는 이름으로 소개하고 있다.

"맛은 매우며 독이 없다. 신장의 기운을 기르고 방광의 나쁜 기운을 몰아낸다. 곽란을 멎게 하며 머리가 잘 자라게 한다. 일명 대국大菊 또는 대란大蘭이라고 한다. (산동) 태산泰山의 개울 계곡에서 난다. 입추立秋에 열매를 채취하여 그늘에서 말린다. 사초(蓑草: 띠풀)와 목단牡丹을 부리며 표초螵蛸(사마귀알. =상표초桑螵蛸)를 싫어한다."

고려의 가장 뛰어난 시인 가운데 한 사람인 정지상鄭知常

(?~1135)도 그의 시재를 일찍이 인정받아 출세의 길로 들어섰다. 정지상은 경남 하동 사람이다. 그는 변산반도를 비롯하여 전국 여러 곳을 유람하였으며 우리의 산천을 돌아보면서 남긴 시가 꽤 많다. 일찍이 그의 시재를 알아본 이들은 그의 출세를 의심하지 않았다. 이인로 또한 정지상을 가리켜 준재俊才라고 평가하였을 정도였다. 정지상의 시 가운데 이런 것이 있다.

복사꽃 오얏꽃은 말 없어도 나비가 넘나들고
오동나무 쓸쓸해도 봉황이 찾아든다
정 없는 물건도 정 있는 것을 이끄는데
하물며 사람이야 사귀어 친하지 않을 수 있겠나
그대는 멀리서 이 고을에 와
기약 없이 만났으니 좋은 인연이지
칠팔월의 날씨는 서늘한데
잠자리를 같이 한 지 열흘도 못 되었다
나는 진뢰陳雷의 교칠膠漆처럼 믿음직하나
그대는 나를 버리기를 헌 자리처럼 하는구나
부모가 계시므로 멀리 가서 놀 수 없어

따르려 하나 따를 수 없으니 마음만 안타깝다

처마 앞에 깃든 제비 암수 같이 있고

못 위에 원앙새가 짝을 이루어 떠다니는데

누가 이 새를 쫓아 나의 이수離愁를 풀게 할까

桃李無言兮

蝶自徘徊

梧桐蕭洒兮

鳳凰來儀

無情物引有情物

況是人不交相親

君自遠方來此邑

不期相會是良因

七月八月天氣凉

同衾共枕未盈旬

我若陳雷膠漆信

君今棄我如敗茵

父母在兮不遠遊

欲從不得心悠悠

簷前巢燕有雌雄

池上鴛鴦成雙浮
何人驅此鳥
使我解離愁

시 가운데 '진뢰'는 중국 후한 시대의 진중陳重과 뇌의雷義라는 사람을 가리킨다. 뇌의가 재주가 뛰어나 과거에 뽑혔지만 진중에게 사양하였다. 그러나 자사刺史가 허락하지 않으므로 머리를 풀고 미친 척하면서 명령에 불복하고 달아났다. 그래서 결국 두 사람을 다 기용하였는데, 그 이후로 "교칠膠漆이 굳다 하나 뇌의와 진중의 사이만은 못하다"고 했다는 고사가 생겼고, 이로부터 교칠은 우정을 대신하는 말이 되었다. 또 마지막 행에 나온 이수離愁는 길 떠난 나그네의 수심쯤으로 이해하면 되겠다.

정지상은 이 시를 지은 뒤에 개경에 올라가 과거에 높이 뽑혔고, 대궐에 드나들며 왕에게 직언을 하는 자리에 있게 되었다. 그가 어느 날 임금을 모시고 장원정長源亭에 나아가 지은 시가 있다.

바람이 객범客帆을 보내니 구름은 조각조각

이슬이 궁와宮瓦에 맺히니 구슬처럼 반짝인다.
버드나무로 문 가린 집이 여덟아홉 집 되고
달밤에 누대에 기댄 이 대여섯 명 되는구나!

風送客帆雲片片
露凝宮瓦玉鱗鱗
綠楊閉戶八九屋
明月倚樓兩三人

『파한집』에서 이 시를 놓고 정지상을 평가하기를 "그 말의 뛰어난 구사력이나 속진을 벗어난 품위가 이와 같았다."고 하였다. 객범客帆은 쉽게 말해서 여객선쯤으로 생각하면 되겠고, 궁와宮瓦는 궁궐의 기와이다.

정지상은 또 '취제(醉題, 취하여 쓰다)'라는 시를 남겼는데, 최자는 『보한집』에서 "이 시는 그림이라고 볼 수 있다"[此詩可作畵圖看也]고 평가하였다.

복사꽃 붉은 비에 새들은 지저귀고
집을 두른 푸른 산은 안개 속에 솟았네
오사모烏紗帽는 게을러서 바로 못 쓰고

취하여 꽃 언덕에 누워 강남을 꿈꾼다

桃花紅雨鳥喃喃
繞屋青山間翠嵐
一頂烏紗慵不整
醉眠花塢夢江南

복사꽃과 붉은 비를 도화·홍우라 하여 달리 표현하였다. 그렇지만 홍우를 그냥 '붉은 비'로 이해하여 혹시 봄철의 황사가 섞인 흙비로 해석하는 이가 있을지도 모르겠다. 시인은 붉은 복사꽃에 내린 빗방울이 붉게 보였기 때문에 복사꽃이 붉다는 별도의 설명을 하지 않고, 그냥 '붉은 비'로 그린 것이다. 붉은 꽃비에 새들이 지저귀고, 집 주위로는 안개 속에 푸른 산이 솟아 있다. 꽃 지는 언덕에 향기에 취해 누워서 따뜻한 남쪽 땅 강남을 꿈꾸는 사람. 꽃 속에서 꾸는 봄꿈이니 제목을 춘몽春夢이라고 해도 되었을 것이다.

조선 시대 상촌 신흠 또한 이 시를 두고 "착상이 기발하고 표현이 아름다운데, 우리나라의 시 가운데는 여기에 비할 만한 작품이 드물다"고 평가하였다. 다만 이에 버금가는 시로 고려 시대 최유청崔惟清(1093~1174)의 잡흥雜興을 꼽아볼 수 있겠다.

봄풀 갑자기 저리 푸르고
동산에 나비가 가득 날아다니네
봄바람은 잠자는 사람을 속여서 깨우려고
침상의 옷깃을 불어 올리네
깨어보면 아무 일 없이 적막하고
숲 밖에는 저녁 햇살이 비치고 있다
난간에 기대어 탄식을 하려다가
조용히 있다 보니 그만 잊어버렸네

春草忽已緣
滿園蝴蝶飛
東風欺人睡
吹起床上衣
覺來寂無事
林外射落暉
依檻欲歎息
靜然已忘機

동산에 온통 꽃이 피고 갖가지 나비가 나는 봄날, 저녁 무렵이 되도록 곤히 자고 있었다. 꿈결에 부는 포근한 바람이 침상으로 다가와 옷깃을 날린다. 무슨 일인가 싶어 일어나 주위를 둘러보아도 아무도 없다. 주변은 고요한데 저녁놀이 지고 있다. 숲 사이로 내려앉는 저녁 햇살, 조용히 앉아 있는 화자의 모습이 잔잔하게 그려져 있다. 내용상의 제목은 춘흥春興이겠으나 잠을 깨기 전의 사정은 정지상의 '취제'와 거의 같은 분위기이다. 최유청이 가고 150여 년 뒤에 나타난 목은 이색이 꽃향기 가득한 봄날, 무수한 나비 떼 날던 모습을 노래한 시가 있다.

눈송이처럼 나풀나풀 하나같은 모양으로
꽃향기 좇아 떼를 이루어 봄바람에 춤추네
달 아래 무수히 날더라는 말은 들었지만
우리 집 창 너머로야 들어오려고 하겠나

雪翅翩然箇箇同
弄芳成隊舞東風
曾聞月下飛無數
肯入吾家紙裏中

이것은 이색의 '나비를 읊다'는 시이다. 그러나 이젠 봄이 되어도 몇 마리의 나비도 보기 어려운 시대가 되었으니 딴 세상의 이야기인 것만 같다. 다만 어딘가 세속적인 일에 하나도 구애받지 않고 자유롭게 살고 있는 작자의 모습을 느낄 수 있겠다. 이색의 이와 같은 삶을 또다시 볼 수 있는 시 한 편이 있다. 조선 시대 삼연 김창흡金昌翕(1653~1722)의 '갈역잡영'(葛驛雜詠)이라는 노래다. 그 가운데 첫 번째.

항상 밥 먹고 나서 사립문을 나서면
그때마다 나를 따라 나는 나비 있었지
삼밭 지나 꼬부랑 보리밭 둑 걸어가니
풀과 꽃의 가시가 쉽게 옷에 걸리네

尋常飯後出荊扉
輒有相隨粉蝶飛
穿過麻田迤麥壠
草花芒刺易罥衣

갈역은 강원도 인제군 북면 용대리 일대의 설악산 주변에 있던 옛날 지명. 잡영(雜詠)은 주변의 여러 가지 사물에 대해서 읊은 시라는 뜻이다. 그러니까 이 시를 보면 김창흡의 마음엔 명리(명예와 이익)에 대한 욕망은 하나도 볼 수 없다. 그저 자연 속의 하나로 살아가는 사람일 뿐이다.

김창집의 아우인 김창흡은 아버지 김수항金壽恒이 기사환국으로 죽임을 당한 뒤 산을 찾아 유람하는 삶을 택했다. 그는 특히 사람의 관상을 보고 기묘하게 잘 맞추는 일이 많았다. 자기 형제들의 운명을 점쳐 보고는 "우리 형제 가운데 나와 아우는 궁색한 운명을 타고났으나 둘째 형님은 앞길이 훤히 열렸고 사람들의 기대도 큰데, 다만 골상이 중의 모습인데다 정기와 근력이 적고 약해서 큰 그릇은 못되네. 큰형님은 우리 형제 중 으뜸이지. 일에 치밀하고 민첩하니 큰 인물이지. 다만 권세를 너무 휘두르면 험한 꼴을 당해 결국 어찌되실지 모르겠네."라고 한 적이 있는데, 김창흡의 이 말이 후일 딱 들어맞았다고 한다.

설악산보다 더 북쪽인 북관北關 지역의 봄철 움직임을 그려낸 시 한 편을 더 소개한다. 이정구李廷龜의 시이다.

"북관에 다가가니 봄이 일찍 찾아와 복사꽃이 피기 시작하였다. 말 위에서 회원(會元)이란 사람에게 입으로 불러 3수를

지어주었다"(近關春氣尙早 桃花始開 馬上口號語會元 三首)

시 앞에 붙인 머릿글이다. 북관은 함경도에 있던 관문으로서 통상 강원도 북부의 철령鐵嶺을 넘어 북관에 이르렀다. 이 북관은 고려와 조선에서 함경도 북동부 지방의 방어에 아주 중요한 요충이었으며, 동해 북부 지역의 물산이 한양이나 남쪽으로 내려오려면 반드시 북관을 거쳐야 했다. 한 예로, 함경도 동해안 지방에서 잡히는 명태明太가 바로 이 북관과 철령을 넘어오기 때문에 여기서 바로 명태를 북어北魚(북쪽에서 나는 물고기)라고 부르게 되었다.

(1)

얼굴 때리는 봄바람이 빠르게 불고

불 지른 들판의 꽃이 피기 시작하네

나그네 마음은 어지러워 날짜 몰라라

2월 날씨인 듯 풍광을 잘못 알았다네

拂面東風有峭峭

侵燒野草始芊芊

客中曆日渾無記

錯認風光二月天

(2)

복사꽃이 모두 질 때 서울 떠나왔는데

북관에 이르러서야 살구꽃이 피는구나

굳이 봄빛 아니어도 앞뒤 순서 있으니

화창한 바람도 임금 사는 곳에 많아라

桃花落盡別京華

及到關頭始杏花

不是春光有先後

和風偏向帝城多

(3)

한 해의 경치가 가까이서 맑고도 따뜻하여라

벌의 소란스러움과 꽃에 앉은 나비는 어이하나

복사꽃 오얏꽃은 벌써 봄이 간 줄도 모르는데

번성한 가지의 뜻 한 해의 화려함 독차지한다

一年光景近清和

爭奈蜂喧蝶駐何

桃李不知春已去
繁枝作意占年華

북쪽이라서 서울(한양)보다도 훨씬 봄이 늦게 찾아온다. 서울의 복사꽃이 다 진 뒤에 떠나왔건만 북관에는 그때서야 살구꽃이 피기 시작하였다. 앞의 김정金淨(1486~1521)과 이정구의 시로써 설악산 일대로부터 함경도 북부 지방까지 봄의 순서를 함께 읽어볼 수 있었다.

한편 고려 현종 시대, 정서라는 인물이 있었다. 정서는 현종 22년(1009~1031)에 염전시簾前試라는 과거시험에 응시하였는데 그의 글을 본 현종은 가까이에서 자신을 모시는 신하를 보고 말하였다.

"나라를 영화롭게 할 만한 문장이다. 꽃과 달의 아름다움도 이 문장의 말미하고나 어울릴 수 있겠다. 짐은 이제 그의 빠른 문장을 시험해 보고 싶다."

이에 먼저 군유주君猶舟라는 제목을 내려주고 부賦 한 편을 짓도록 하였다. 정서가 바로 짓고 그것을 옮겨 쓰려 하는데 곧 시제가 또 발표되었다. 정서는 즉시 제목에 맞춰 시를 써 내려갔다. 그것이 어원종선도御苑種仙桃이다. 어원御苑은 궁궐의 정원을 이르는 말이니 '어원종선도'는 '궁궐 정원에 선도(복숭아)를 심다'라는 뜻이다.

궁궐의 정원에 복숭아를 새로 심으니
이는 낭원閬苑의 신선을 따라 옮긴 것이라
붉은 땅 위에 뿌리를 맺고
자줏빛 뜰 앞에 그림자가 어지럽다
어린잎은 한 폭의 그림처럼 보이고
번성한 꽃망울은 마치 불타오르려는 듯하다
기품이야 계성수鷄省樹보다 훨씬 더 높고
향기는 수로연獸爐烟보다 더욱 짙다
하늘이 가까워 봄은 먼저 무성하고
새벽 기운 맑으니 이슬 머금은 모습 신선하다
이는 분명 서왕모西王母가 준 것이니
임금의 수명은 천 년을 사시리

御苑桃新種
移從閬苑仙

結根丹地上
分彩紫庭前
細葉看如畫
繁英望欲然
品高雞省樹
香接獸爐烟
天近先春茂
晨淸帶露鮮
是應母王獻
聖壽益千年

아부를 하려면 이렇게 하라는 것인가? 시 자체로만 보면야 정서를 그다지 미워할 것은 없겠다. 그가 지은 시와 부賦가 모두 임금의 뜻에 들었다. 현종은 친히 글을 채점하고 장원으로 급제시켰다. 그리고 한림翰林에 들게 하여 바로 7품 관직을 내주었다. 그 후로 여러 번 자리를 옮겨서 나중에는 중서령에 이르러 죽었다. 죽은 뒤에는 나라에서 제사까지 지내주었다. 이렇게 그의 지위가 신하들 중에서 가장 뛰어나게 된 데에는 그가 지은 시가 있었기 때문이라고 최자는 『보한집』에서 밝히고 있다. 한 편의 시와 글로써 자신의 이름을 드러내고 영달한 사례인데, 고려와 조선에서 이 정도의 사례는 흔하디흔했다.

사람의 미래를 암시한 시들

예로부터 '글을 보면 그 글을 쓴 사람을 안다'는 말이 있다. 글은 사람의 마음, 즉 성정에서 나온 것이니, 바꿔 말해서 마음을 펴놓은 게 글이라는 것이다. 그래서 글에 나타난 뜻을 통해 그 사람이 어떤 사람인지, 어떻게 살아왔는지 그의 인생과 입신출세, 부귀빈천이나 미래의 운명까지도 점칠 수 있다고 믿었다. 그것은 지금도 다르지 않다. 말과 마찬가지로 글을 보면 그 사람의 성격이나 습관, 취미와 같은 기본적인 것들은 물론, 교우관계라든가 사회성, 가정환경, 교양 정도, 지식 등을 알 수 있다. 그의 운명은 물론 수명까지도 미루어 짐작할 수 있게 하므로, '글을 보면 그 사람을 안다'는 말이 결코 근거 없는 것은 아니다. 글로써 그 사람의 모든 것을 아는 기술 또한 수경水鏡의 조감藻鑑에 드는 일이라 하겠다. 수경水鏡은 사마휘司馬徽이다. 그가 제갈량의 재주를 알아보고 천거한 데서 비롯된 말인데, 수경 선생이 사람을 알아보았듯이 능력과 자질, 사람됨 등을 알아보는 '식별안'을 조감藻鑑이라고 한다. 다시 요약하자면 글은 조감의 한 가지 도구라는 것이다.

유몽인도 『어우야담』에서 이렇게 말하였다.

"시는 성정에서 나온다. 무심히 발언해도 마침내 그 징험이 있다. 중국의 삼국시대 조맹덕曹孟德(조조)은 단가행短歌行에서 다음과 같이 노래하였다. 이 시 때문에 그는 적벽赤壁 싸움에서 졌다."

달은 밝고 별은 드문데
까마귀와 까치 남쪽에서 날아
나무를 세 번이나 돌았으나
의지할만한 가지가 없구나

月明星稀
烏鵲南飛
繞樹三匝
無枝可依

조맹덕은 조조이다. 조조가 적벽대전을 앞두고 지은 이 시를 보고 그가 싸움에 질 것을 알 만한 사람들은 다 알았다는 뜻이다. 모든 일은 마음 먹기에 달렸다 하듯이 조조는 싸움에 진 것이 아니라 이미 마음에서 졌다고 본 것이다. 그래서 일찍이 중국의 문인 유의경劉義慶은 자신이 지은 『세설신어世說新語』에서 '글은 감정에서 생긴다'(文生於情)고 하였다. 그렇지만 이런 이야기도 함께 전해온다.

"시는 사람을 궁벽하게 만들기도 하고, 현달하게도 한다."(『소화시평』)

당나라 현종玄宗이 맹호연孟浩然을 가까이 불러보고 지은 시를 외워보라고 하였다. 그때 맹호연은 하필이면 '세모에 남산으로 돌아가다'[歲暮歸南山]는 시를 들려주었다. 그 일부이다.

재주가 없어 밝으신 군주가 버리시고
병이 많아서 옛 벗도 멀리하였네
不才明主棄
多病故人疎

그가 읊은 시를 듣고서 현종은 말하였다.

"그대가 짐을 찾지 않았을 뿐, 짐은 그대를 버린 적이 없노라."

그리고는 마침내 고향으로 돌아가도록 하였다.(『소화시평』)

참으로, 맞는 말이다. 여색에 취한 멍청한 군주인 줄로만 알았던 현종이 날카로운 지혜가 있었음을 알겠다.

한순韓恂이란 이가 있었다. 조선 시대 인물인데, 그의 생존 연대는 알 수 없다. 뜻이 맑고 활달하였다고 하지만, 아깝게도 나이 서른셋에 죽었다. 죽음에 임하여 처자식을 불러 종이를 펼쳐놓게 하고는 붓을 적셔 시를 썼다.

연화烟花에 떨어진 지 서른세 해 봄
우주를 어루만지고 길이 돌아가노라
落烟花三十三春
撫宇宙而長逝

연화烟花란 험난한 인간 세상을 가리킨다. 그는 붓을 던지고 나서 바로 죽었다.(『어우야담』).

그의 주변에 있던 사람들은 전혀 눈치를 채지 못했을 것이다. 다만 한순 자신도 죽음을 앞두었다는 사실을 알고서 쓴 건 아닐 것이다. 쓰다 보니 저도 모르게 그리 되었으리라. 그러나 한순은 은연중에 자신의 처지를 드러내었다. 그 자신이 돌아가리라는 사실을 분명하게 전한 것이니까.

시 한 편을 잘못 써서 아예 출세길이 막힌 이가 있으니 고려 조휘趙徽라는 사람의 경우이다. 조휘는 일찍이 서장관으로서 중국의 서울인 북경(北京, 당시에는 대도大都라고 하였다)에 갔다가 얼굴에 비단을 쓴 매우 아름다운 여인을 만났다. 그 여인과 희롱하다가 시 한 편을 써 주었다.

길을 가면서 부끄러워 비단을 썼는데
맑은 밤 엷은 구름에 달빛이 새어나오네
미인을 살짝 안을 수 있게 약속한다면
석류꽃으로 비단치마를 만들어 주리라

也羞行路護輕紗
清夜微雲漏月華
約束蜂腰纖一搦
羅裙新剪石榴花

얼마나 예뻐 보였으면 가슴에 꼬옥 안아보고 싶다는 표현까지 썼겠는가. 이 고려판 스캔들로 말미암아 조휘는 세상 사람들로부터 업신여김을 받게 되었고, 끝내 높은 벼슬에 오르지 못했다. 임제가 황진이의 무덤 앞에서 읊은 시 한 수 때문에 큰 수난을 겪은 것에 비하면 격이 다르다.

홍만종은 『시화총림詩話叢林』에서 "이달이 이 시를 자신의 작품이라고 하였으니 가소로운 일"이라고 하였다. 그런가 하면 과거에 장원으로 합격, 출세 가도를 내달리던 인물이 갑자기 사나운 운명으로 전락한 사례도 있다. 성종 시대 허암**虛菴** 정희량**鄭希良**(1469~?)의 이야기이다. 정희량은 1492년(성종 23) 생원시에 장원으로 합격하였다. 1495년(연산군 1)에는 별시문과에 병과로 급제하였다. 시도 잘 썼으며 점술에 능하여 자신의 운명을 점쳐 보고는 일찍이 세상을 피해 은둔할 뜻을 가졌다고 한다. 무오사화(1498)가 일어나자 의주로 귀양 갔다가 김해로 옮겨졌고, 1501년에 다시 귀양에서 풀려났다. 그는 의주 근처 용만(龍灣)이라는 곳에 유배를 가 있었는데, 유배 중에도 술을 빚어 마셨다. 술을 거르지도 않고, 용수를 대고 떠 마시지도 않았다. 술지게미가 그대로 섞인 술을 '혼돈(混沌) 술'이라며 퍼마셨는데, 이것은 예전 풍습을 그대로 따른 것이었다. 세상이 혼잡하여 온통 '혼돈'하였으므로 혼돈술을 즐겨 마셨으리라. 그는 술을 잘 마셨다. 탁주는 큰 그릇으로 세 그릇, 청주는 큰 그릇으로 두 그릇, 소주는 큰 그릇으로 한 그릇을 마셨다. 술에 취하면 노래를 불렀다.

"내가 내 탁주濁酒를 마시고, 타고난 내 몸을 보전하니 나는 곧 술을 스승으로 삼는 바이다. 성인도 아니고 현인도 아니며 그 즐거움을 즐기는 자이니라. 마음에 즐거워하며 늙음이 오는 것도 모르니 내가 이 술을 즐기는 걸 누가 알랴!"

정희량은 늘 "갑자년의 화가 무오년보다 심하리라. 우리는 그때 죽음을 면치 못할 것이다."라고 말했다 한다. 무오사화 때 윤필상 등이 그를 탄핵하여 유배된 이후로는 관직에 나가지 않았다.

정희량은 무오사화에 연루되어 도망쳐 중이 되었다. 그는 일찍이 '갑자년의 화가 무오년보다 심하리라'고 예언한 뒤로는 아예 이름을 이천년李千年으로 바꾸고 떠돌아다니다가 사라졌다. 5월 5일 단오일에 집을 나갔는데, 물가에 짚신

두 결례와 두건이 남겨져 있었다. 사람들은 그가 강물에 빠져죽었을 것으로 생각했으나 끝내 시신을 찾지 못했다. 해평군 정미수가 그의 시신을 찾아줄 것을 건의했으나 연산군은 "미치광이가 도망치다가 죽었는데 찾아서 무엇하겠느냐?"며 거절했다고 한다. 그의 행적을 두고 『용천담적기』는 이렇게 평가하였다.

"세상에 도를 배우는 선비가 있어 세상을 희롱하고 고매하게 행동하여 행운과 불운을 따라 세상에 나가고 숨었으니 마치 가을 하늘의 한 조각 구름이 일었다 사라지는 것과 같았다."

그가 없어질 당시 강가에 그의 신발과 두건이 남겨진 곳에는 이런 시가 있었다고 한다.

해 저무는 푸른 강 위에
날씨 차고 물은 파도 치네
외로운 배 일찍 정박해야 하리
밤에는 정녕 풍랑이 많으리라

日暮滄江上

天寒水自波
孤舟宜早泊
風浪夜應多

다만 현재 인천시 서구 경서동 허암산에 정희량의 유허지가 있는데, 그가 일찍이 담벼락에 쓴 시가 있다고 한다.

전날 몰아친 비바람에 놀라서
그때부터 줄곧 문명을 등졌지
외롭게 지팡이 짚고 세상에 놀며
번잡함 싫어해 시도 짓지 않았네

風雨驚前日
文明負此時
孤笻遊宇宙
嫌鬧並休詩

전날 몰아친 비바람은 무오사화를 이르며, 그때 이미 글과는 담을 쌓았다는 뜻이다.

또, 언젠가 김안국金安國(1478~1543)이 지방 수령으로 있을 때 어느 고을에 장차 들어가려는데 벽에 방금 써 붙여서 먹이 채 마르지 않은 시가 있었다. 김안국은 정희량이 쓴 것이라고 믿고 즉시 사람을 보내어 이리저리 찾았으나 찾지 못하였다고 한다. 아마도 정희량이 담벼락에 이 시를 쓴 것을 직접 본 사람이 있었거나 그 당시 사람들이 그것을 정희량의 작품이라고 믿었던 데는 타당한 근거가 있었을 것이다.

새는 무너진 담장 구멍을 엿보고
중은 석양에 우물물을 긷는다
천지에 집 없는 나그네가
하늘 땅 어느 귀퉁이에 머물랴!

鳥窺頹垣穴
僧汲夕陽泉
天地無家客
乾坤何處邊

이 시로써 하늘을 지붕으로, 땅을 방바닥으로 여기며 유랑 걸식하던 정희량의 기구한 운명을 짐작해볼 수 있다. 그런 그가 후에는 운명을 예측하는 책을 지어 세상에 펴졌고,

기이하게도 그것이 잘 맞았다는 이야기까지 전해오고 있다.(『시화총림』).

정희량 만큼 기구하고 슬픈 운명을 살다 간 사람에 관한 이야기가 더 있다. 안명세安名世(1518~1548)의 삶이다. 안명세가 아홉 살 때 진달래를 따다가 연적에 올려놓았더니 그의 아버지가 진달래꽃을 주제로 시를 지어보라고 하였다. 그는 그 자리에서 시를 지었다.

진달래꽃 한 떨기가
푸른 산속에서 와서
연적에 생애를 의탁하니
타향의 나그네 신세 같구나

杜鵑花一蘂
來自碧山中
硯滴生涯寄
他鄕旅客同

안명세의 아버지는 이 시를 보고 눈물을 흘렸다고 한다. 그 뜻이 처량하고도 고생스러워 높이 출세할 기상이 아님을 알았기 때문이다. 시 속에 풀어놓은 뜻에 이미 기구한 운명이 엿보였기 때문인데, 옛사람들이 글로써 사람을 알아보는 감식안이 이와 같았다.

안명세는 스무 살 전후인 1544년(갑진년)에 과거에 급제하여 홍문관에 들어갔으며, 벼슬이 한림翰林에 이르렀다. 젊은 나이에 사관이 되어 윤임·유인숙 등을 칭찬하면서 그들을 죄 준 것이 잘못되었다고 쓴 바람에 능지처참당했다. 이어 그는 사초(史草)에 중종 임금의 소상(小祥, =죽은 사람의 1주기)이 지나지 않았고 인종의 발인을 하기 전인데 '임금이 빈궁(嬪宮) 곁에서 세 대신을 죽였다'고 써넣었다가 죽음에 이르렀다. 그때가 서른한 살 나이였는데, 그가 세 대신을 죽였다고 한 것은 을사사화(1545) 때 명종의 외가인 소윤小尹 일파가 인종의 외가인 대윤大尹 일파인 윤임尹任·유관柳灌·유인숙柳仁淑 등 세 대신을 죽인 일을 가리킨 것이다. 이것은 『을사견문록』과 조선 후기 임방任埅의 『수촌만록水村漫錄』에 실린 내용을 충실하게 옮겨 적은 것이다.

『조선왕조실록』「선조수정실록宣祖修正實錄」권20, 선조 19년 10월 기록에는 안명세의 죽음에 대하여 가장 안타깝게 생각한 토정 이지함 관련 기록이 있다.

"이지함의 사람됨은 타고난 자질이 뛰어나고 효성과 우애가 타인의 추종을 불허하였습니다. 형 이지번이 서울에서 병이 들었다는 소식을 듣고 보령에서 걸어서 상경하면서 조금도 노고를 꺼리지 않았고, 형에게 스승의 도리가 있다 하여 삼년상을 치렀습니다. 그리고 선과 의를 좋아하는 마음은 천성에서 우러나와 행실이 뛰어난 자가 있다는 소문을 들으면 천 리를 멀다 않고 찾아가 보았고, 안명세의 죽음에 대하여 평생 슬퍼하였습니다. 그리고 은둔 생활을 한 조식과 더불어 정신적인 교제를 매우 돈독히 하였고, 성혼과 이이를 가장 공경하고 존중하였으며, 정철의 강직한 성품에 대하여 평소 칭찬을 아끼지 않았습니다."

그와 더불어 조선 시대 허균의 시적 재능과 영민함에 대하여 유몽인은 『어우야담』에서 이렇게 설명하였다.

"허균은 총명하고 영특하였다. 아홉 살에 능히 시를 지었는데 매우 아름다웠다. 여러 어른들이 그를 칭찬하면서 '이 아이는 나중에 응당 문장을 잘 짓는 선비가 될 것이다.'고 하였다. 그러나 유독 그의 매형인 우성전禹性傳(1542~1593)만은

그의 시를 보고 말하였다. '비록 글을 잘 짓는 선비가 된다 해도 뒷날 허씨 종족을 뒤엎을 자는 반드시 이 아이일 것이다."

허균이 원접사 유근柳根(1549~1627)을 따라 평안도 의주에 도착하였다. 원접사는 조선 시대 중국 사신을 맞아들이던 임시 관직. 뛰어난 글솜씨와 덕망이 있는 고위 관료(2품관)를 조정에서 선발하여 원접사로 삼아 의주까지 내보냈다. 그로 하여금 중국 사신을 마중하여 잔치를 베풀어주고 영접하는 임무를 맡겼다. 그때 영위사迎慰使 신흠申欽이 유근과 날마다 만났다. 그런데 유근은 허균에 대하여 그가 널리 고서와 심지어 유교·도교·불교 세 부류의 글까지 다 외우니 당할 자가 없다는 얘기를 들려주었다. 이 이야기를 들은 신흠이 물러나며 탄식하여 말하였다.

"이 사람은 인간이 아니다. 그 형상 역시 우리와 같은 부류가 아니니 필시 이는 여우·너구리·뱀·쥐 등 동물들의 정기일 것이다. 식자識者의 명감明鑑이 이와 같다. 내가 그때 도사영위사都司迎慰使[1]로서 중국 사신 주지번朱之蕃을 기다리다가

◇◇◇◇◇◇◇◇◇◇◇◇◇◇◇◇◇◇◇◇◇◇◇◇◇◇◇◇

1) 중국 사신이 올 때 도사가 사신을 따라오는 경우 따로 3품 당상관을 보내어 도

이 말을 들었다. 내가 비록 문장을 매우 좋아했어도 평생 한 번도 서로 방문한 적이 없었다."

'식자'는 '알 만한 사람'을 이르는 말이며 '명감'은 사람을 밝게 알아보는 것을 말한다. 유근은 명나라 주지번이 왔을 때도 원접사라는 접반관으로 나간 바 있고, 일본의 중 현소玄蘇(겐소)가 오자 문장이 뛰어나다 하여 선위사에 임명되어 그를 맞은 일도 있다. 1591년 건저(建儲 : 세자책봉) 문제로 정철이 화를 당할 때 그 일파로 몰려 탄핵을 받았으나 선조가 그의 문재文才를 아껴 두둔하면서 화를 면했다.

임진왜란이 일어나자 의주로 임금을 호종하였고, 동지사 자격으로 명나라에도 다녀왔다. 광해군 때에는 충북 괴산에 은거하였다. 1613년 폐모론이 일어나자 관직에서 쫓겨났다가 1619년에 복권되었다. 1623년 인조반정으로 다시 기용되었다. 1627년 정묘호란 때 강화도로 임금을 호종하다가 김포 통진에서 죽었다.

영위사를 선위사宣慰使라고도 하였다. 외국 사신을 영접

◇◇◇◇◇◇◇◇◇

사를 선위하였다. 이 임무를 맡는 벼슬인데, 조선 중기 이후로는 도사가 따라오지 않았다.

하는 관리. 2품~3품 이상의 당상관으로 임명하는데, 임시직이다. 중국 사신이 오면 선위사를 다섯 군데로 보내어 영접하고 연회를 베풀어 노고를 위로하게 하였다. 정조 때부터 영위사로 바꿔 불렀다.

유몽인이 전해 들은 이야기를 나중에 정리한 것이지만, 신흠이 허균을 그토록 나쁘게 평가한 까닭이 단지 그가 영특하다는 점 때문이었을까? 신흠은 이미 허균의 사람됨을 알아보았던 것 같다. 사람은 총명함도 중요하지만, 정작 필요한 것은 그처럼 총명한 자질을 받쳐줄 덕망 있는 인품이다. 즉, 사람다움이 받쳐주지 않으면 '총명함'은 오히려 자신을 망치는 흉기가 된다.

우리는 살면서 늘 신흠과 같은 선택을 하며 산다. 친구를 사귀는 데도 가림이 있어야 한다. 인성이 바르고 갖출 것을 갖춘 사람이라야 한다. 있어야 할 것이 없으면 언젠가 그 문제로 말미암아 친구로 둔 것을 후회하게 된다. 또, 하나라도 배울 것이 있는 사람이라야 진정한 친구가 될 수 있다.

허균보다 조금 늦게 세상에 나온 시인으로 장유가 있다. 허균(1569~1618)은 선조·광해군 시대를 살았고, 장유張維(1587~1638)는 선조·광해군·인조 시대를 살았으니 두 사람 다

비슷한 시대의 인물이다. 장유 또한 중앙에서 관료로 출세한 인물이다. 본관은 덕수장씨. 어려서 큰형을 따라다니면서 곁에서 공부하는 것을 어깨너머로 보고 들은 것을 모두 다 기억하였다. 더구나 젊은 시절 두문불출하고 부지런히 공부하였고, 어진 부인이 꾀를 내어 공부에 힘쓰도록 격려하였으므로 마침내 그가 성공할 수 있었다.

장유는 월정 윤근수에게서 역사를 배웠고, 사계 김장생에게서 예법을 배웠다. 나이 10여 세에 『춘추』·『예기』 등 고전을 두루 읽었고, 나중에는 이항복에게서도 배웠다. 다만 병이 많아서 견디기 어려운 고통 속에서도 각고의 노력으로 글을 읽었다. 그러나 그는 만력萬曆 경신년(1620)에 벼슬에서 쫓겨나 영서嶺西 지방에 잠깐 나가 논 적이 있었다. 장유가 객지에서 7언절구 한 수를 지었다.

땅에 가득 진 꽃이 반은 흙에 묻히고

어젯밤 비바람에 앞 냇물이 어둑하다

누대에서 공연히 고향을 슬피 바라본다

구름 같은 나무 천 겹, 꿈이 아득해라

滿地殘花半作泥

夜來風雨暗前溪
望鄕臺上空惆悵
雲樹千重夢也迷

이 시를 본 사람들은 결구의 말뜻이 매우 슬퍼서 상서롭지 못할 것 같다고 여겼다. 그래서 장유를 위해 적잖이 근심하였다. 그가 크게 성공하지 못하고, 출세길도 막히리라고 보았던 것이다. 그런데 어떤 사람이 '구름 같은 나무가 천 겹이라고 한 것을 보면 앞길이 먼 것을 볼 수 있어 다하지 못한 뜻이 있고 상서롭지 못한 말은 아니라'고 하였다. 그 후 몇 년 사이에 장유는 다행히 신임을 받아 벼슬이 높아졌다. 그로부터 15년이 지나도록 출세에 문제가 없었으니 그 사람의 말이 입증된 것이라고 하였다. 장유의 호는 계곡. 『계곡만필谿谷漫筆』이란 문집이 전해오고 있다.

이달李達은 고려 시대 이첨의 먼 후손으로 알려져 있다. 아버지 이수함과 충청도 홍주(홍성)의 관기 사이에서 태어난 기녀의 아들이었으므로 출세를 하지 못하였다. 이달은 생몰연대가 분명하지 않지만 대략 1539~1612년 무렵을 살았던 것으로 보고 있다. 강원도 원주시 부론면 손곡리에 터를 잡고 살았으므로 손곡이라는 그의 호가 그 마을의 이름이 되었다.

이달은 최경창·백광훈과 함께 삼당三唐 시인으로 꼽히는 인물로, 양사언과도 친했다. 이들이 살았던 때에는 송나라 시풍을 대신하여 낭만적인 당시唐詩 경향으로 기울고 있었다. 이달의 작품 가운데 '대추를 따다'[撲棗박조]라는 시가 있는데, 이 시를 본 아계 이산해는 이달이 평생 궁핍하게 살 것을 알았다.

이웃집 아이가 와서 대추를 따는데
늙은이가 문에 나와 아이를 쫓아내네
아이는 늙은이를 향해 말하기를
내년 대추 익을 때까지 못 살 거요

隣家小兒來撲棗
老翁出門驅小兒
小兒還向老翁道
不及明年棗熟時

가을철 이웃집 노인네의 집 담장 너머로 뻗은 가지에서 아이가 대추를 따다가 노인네한테 들켰다. 노인네가 내쫓으며 따지 못하게 하자 그 아이 녀석 '내년 대추 딸 때까지 살지도 못할 거면서'라고 대꾸하고 사라지는 장면을 읊었다.

아계 이산해는 시에 담긴 말뜻이 각박하여 중후한 뜻이 없으니 잘 쓴 시가 아니라고 평가하였다. 어휘가 각박하여 궁색한 말을 썼으므로 이달의 삶 또한 궁색할 것이라고 내다본 것이다. 다시 말해서 그가 사용한 말이 관대하지 못하니 반드시 궁핍하게 지낼 것이라고 예감한 것이다. 사람은 누구나 자신보다는 주변 사람에게 관대해야 하며, 베풀 줄을 알아야 사람이 모이고 사람이 모여야 뜻하는 바를 이룰 수도 있다.

뒤에 아계의 예언은 적중하였다. 실제로 이달은 궁벽하게 생애를 마쳤다. 옛사람들이 시로써 그 사람이 현달할지, 아니면 출세하지 못하고 곤궁하게 살지를 점치는 일이 이와 같았다. '시는 성정에서 나온다'는 말이 증명된 것이라고 할까? 평생을 궁핍하게 살지, 출세하고 부귀를 누릴지 바로 그 궁달窮達도 성정(=마음)에 달려 있는 것이니 글을 가지고 그 사람의 앞날을 저울질한다는 것이 근거 없는 이야기가 아니다.

신흠의 『상촌집』(제60권)에는 홍언필의 아들 홍섬이 크게 현달하게 된 이야기를 다음과 같이 소개하였다.

"상국相國 홍섬洪暹(1504~1585)은 영의정 홍언필洪彦弼(1476~1549)의 아들이다. 젊었을 때 김안로金安老(1481~1537)의 모함을 받아 흥양興陽(전남 고흥)으로 귀양 갔는데, 김안로가 세력을 잃자 마침내 크게 출세하였다. 홍섬이 유배형을 받았을 때 어떤 이가 소세양蘇世讓(1486~1562)더러 '퇴지 홍섬이 여기서 끝나게 되다니 애석하다'고 하였다. 그러나 소세양은 '이 사람은 반드시 앞길이 유망하게 될 것인데 어찌 갑자기 죽겠는가'라고 하였다. 이에 그 사람이 어떻게 그리 될 것을 아느냐고 물으니 소세양이 말하기를 '전날 그가 지은 과제시課題詩에서 '원숭이 끊임없이 울어대면서 급한 여울 올라가는 나를 전송하는구나(淸猿啼不盡送我上危灘)'라고 하였다. 이런 시를 지었으니 그의 운명을 알 수 있다'고 대꾸하였다고 한다. 홍섬이 마침내 의정부에 정승으로 들어가 20년 동안이나 지내다가 나이 82세에 죽었으니 이와 같이 시를 가지고도 사람의 궁달窮達을 점칠 수 있는 것인가 의아해하며 감탄하였다."

그런데 또 『어우야담』에는 이런 이야기가 있다.

“상국 홍언필이 부모님 무덤 아래에서 시묘살이를 하는데 아들 홍섬이 어린아이로 따라갔다. 여름철에 홍언필이 나무그늘 아래서 잠을 자다가 눈을 뜨고 보니 홍섬이 알몸으로 누워있는데, 뱀이 그의 배 위로 지나가고 있었다. 홍섬은 자세히 보기만 하고 꼼짝하지 않고 있다가 뱀이 다 지나간 뒤에 일어났다. 그 이유를 물으니 홍섬이 이렇게 대답했다. ‘뱀이 지나갈 때 움직였으면 반드시 저를 물었을 것입니다. 뱀이 저를 사람으로 알지 않고 목석으로 알고 저 역시 스스로 목석처럼 가만히 있었더니 뱀도 물지 않았습니다. 그래서 살피기만 하고 움직이지 않았습니다.’ 홍언필이 듣고는 기이하게 여기고 훗날 반드시 대성하리라는 것을 알았다. 후에 홍언필에 이어 상국이 되었다.”

하나를 보고 열을 안다는 말은 이런 것을 두고 이르는 말일 것이다. 도심지 아파트에서만 살아서 작은 벌레 하나만 보아도 “꺅” 소리 내지르며 어리광을 부리는 아이들에게 좋은 본보기가 될 수 있겠다.

천재들의 요절을 암시한 시와 이야기들

옛사람들은 시를 보고 그 사람의 운명은 물론, 삶과 죽음까지도 예견하였다. 어릴 적의 언행이라든가 글도 그렇지만, 마음을 쓰는 일을 보고도 그의 앞날을 예측했던 것인데, 어릴 적에 쓴 글을 보고 사람의 장래를 미리 점친 사례로서 전해오는 이야기들이 꽤 많다. '글은 성정에서 나오는 것'이므로 글을 보면 그 사람의 장래와 생사를 짐작할 수 있었던 것이다. 웬만큼 시에 밝은 이들은 글을 보고 그 사람이 장차 부귀영화를 누릴지, 가난하고 천한 몸이 될지를 어렵지 않게 알아맞추었다. 어린 나이에 쓴 시를 가지고 미리 그 죽음을 알았다는 사례들도 꽤 많이 있다. 소위 '글에는 화복과 길흉, 생사의 길고 짧음이 들어 있다'는 옛말이 그냥 나온 게 아니다. 말과 글 속에 이미 그 사람의 짧은 삶이 들어 있었기에 알 만한 사람은 그 언행을 보고 요절의 기미까지 알았다는 것이다. 역사상의 여러 사례 가운데 우선 유몽인의 『어우야담』에 이정면李廷冕이라는 인물에 관한 이야기가 있다. 이정면은 키가 작고 얼굴에 부스럼이 있었다. 그는 언젠가 비가 내린 뒤에 이런 시를 썼다.

마당의 진흙엔 지렁이가 기어 다니고
벽에 비친 햇볕엔 추운 파리가 모이네
庭泥橫短蚓
壁日聚寒蠅

이정면의 친구 이춘영李春英 역시 문인이었다. 그는 매번 이정면의 시가 오묘하다고 칭찬하면서도 그 궁색함은 싫어하였다. 후에 이정면이 과거에 급제하였으나 얼마 안 가서 죽었다. 그래서 유몽인은 "마당의 진흙에 지렁이가 기어 다닌다는 것은 비천한 사람의 징조이며, 벽에 비친 햇볕에 추운 파리가 모인다는 것은 요절할 징조이다."라는 시평을 남겼다. 추위에 떠는 파리의 목숨이 얼마나 가겠는가. 추운 벽에 파리가 모이는 것이나 한바탕 봄잔치 끝에 꽃이 지는 것은 모두 죽음을 예고한 것이니 요절할 것임을 미리 안 것이다. 글이 그 사람의 심성에서 나온 것이기에 이런 이치를 알고 있는 이들은 앞날을 내다볼 수 있었던 것이다.

또 유몽인은 언젠가 수찬修撰 윤계선尹繼善(1577~1604)이라는 사람과 함께 시인 이효원李孝原의 집에서 술자리를 가진 적이 있다. 그때 윤계선이 즉석에서 시 한 수를 지었다.

천리 길 벼슬살이에 단맛을 다 보았고
한 해 봄 같은 세상사 꽃 지기 바쁘구나
官遊千里蔗甘盡
世事一春花落忙

그 시의 한 구절인데, 자리를 함께 하던 이들이 모두 그 아름다움을 칭송하였다. 그러나 유몽인은 말하였다.

"나이가 어린 사람이 어찌 이런 말을 할 수 있는가?"

그리하여 『어우야담』에 이렇게 적었다.

"과연 얼마 지나지 않아 그는 요절하였다. 시라는 것은 본성과 감정의 텅 빈 성정에서 나오는 것이다. 먼저 요절과 비천함을 구름 일 듯이 드러내어 시가 그렇게 이루어지는 것이다. 시가 사람을 궁박하게 하는 것이 아니라 사람이 스스로 궁박한 까닭에 시가 이렇게 되는 것이다. 단지 재주 있는 자를 하늘 또한 시기하는 것이니 세상 사람들을 어찌 탓하랴. 애석하다."

또『어우야담』에 강양군江陽君 이옥호李玉糊(1540~1576)라는 사람에 관한 이야기도 있다.

"그는 종실(이씨 왕가) 사람이다. 성품이 소탈하며 온아溫雅하고 시에 능했으며 매화를 좋아하였다. 병이 위독하였을 때 창문을 여니 갓 핀 매화가 보이므로 하녀를 시켜 가지 하나를 꺾어오게 하였다. 책상 위에 놓고 종이와 붓을 찾아 시를 지었다."

그 시가 다음 작품이라고 전한다.

나이 오십 가까우니 병이 서로 재촉하고
집 모퉁이에 근심 어린 초혼곡이 애처롭다
매화 꽃봉오리가 사람 일을 알지 못하고
가지 하나 먼저 피어 향기를 보내는구나

年將知命病相催
屋角悠悠楚些哀
梅蕚不知人事改
一枝先發送香來

이옥호는 이 글을 쓴 뒤에 바로 죽었다고 한다. 그는 이미 여러 가지 병으로 고통을 겪고 있었고, 자신의 죽음을 예감하고 있었던지 운명과 병 그리고 슬픔을 말하고 있다.

또 3행에서 매화꽃이 사람 일을 모른다고 하고, 4행에서 가지 하나가 먼저 피었다고 말하였으니 먼저 핀 것이 먼저 지는 것 아닌가. 이런 근거로 사람들은 그가 죽을 것을 미리 알았다고 한다. 이 글을 남긴 강양군의 심리상태는 바로 그의 병증을 알려주는 것이다. 그러니 그것은 곧 죽음을 예고한 시라고 보았던 것이다.

조선 중기, 우홍적禹弘績(1564~?)이라는 인물도 어려서 뛰어난 재주로 이름이 알려졌다. 1582(선조 15년) 식년시式年試에서 진사과에서 장원급제한 사람인데, 일곱 살 때 한 어른이 '늙을 老(로)' 자와 春(춘) 자로 시를 짓게 하였더니 이렇게 지었다고 한다.

노인의 머리 위에 내린 흰 눈
봄바람 불어도 사라지지 않네

老人頭上雪
春風吹不消

사람들은 훌륭하게 생각하였으나 아는 사람들은 말을 하지 않았다. 그가 요절할 것을 알았던 것이다.(禹弘績早有才名 年七歲 長者以老字春字使爲聯句 弘績日 老人頭上雪 春風吹不消 衆皆奇之識者點知其夭折). 친구 정상의鄭象義가 평양에 영숭전永崇殿 참봉으로 부임해 가는데 우홍적이 이런 시를 지어 주었다.

정건이 재주로 이름 알려진 지 30년
가을바람에 필마로 서관을 향하는구나
수심이 대동강 건너 상의에게 침범하니
백운이 천 리에 걸쳐있는 한남산이여

鄭虔才名三十歲
秋風匹馬向西關
愁絶浿江干象義
白雲千里漢南山

정건鄭虔(705~764)은 중국 당나라 때 문인화가로, 두보와도 친밀한 사이였다. 그런데 정상의가 이 시를 지었을 당시 그 뜻을 아는 사람이 아무도 없었다. 정상의가 평양에 도착한 지 오래되지 않아 초상이 났다는 소식이 날아들었다. 그래서 사람들은 이 시를 시참詩讖으로 보았다.[1] 시참이란 미래의 길흉화복을 시로 표현하여 알린 일종의 예언. 자신의 앞날은 정작 모르면서 친구의 앞일은 맞추었던 셈. 우홍적은 과거시험에서 장원급제하였는데 난리에 부모를 위해 죽었으므로 당시 사람들이 많이 애석하게 여겼다.

조선 전기 안수安璲(1521~?)라는 인물도 시로 자못 이름이 알려졌는데, 그가 언젠가 다음의 시 한 구절을 얻었다.

> 지하엔 정녕 한을 씻어버릴 술이 없고
> 인간 세상엔 반혼할 향을 얻기 어렵다
> 地下定無消恨酒
> 人間難得返魂香

반혼返魂이라 함은 죽은 이의 혼을 집으로 다시 불러들이는 것이고, 그를 위해 사르는 향이 반혼향이다. 안수는 이 시를 쓰고, 바로 그해에 병이 나서 죽으니 세상 사람들이 그의 시가 죽음을 예언한 것이라고 믿었다. 또, 연산군 시대에 연

1) 友人鄭象義 爲永崇殿參奉 赴箕都 弘績贈詩曰 鄭虔才名三十年 秋風匹馬向西關 愁絶浿江于象義 白雲千里漢南山 無人知此意 到箕都 未久聞喪 而當時以爲詩讖

산군의 총애를 받았던 이희보李希輔라는 인물이 있었다. 연산군이 애틋하게 사랑하던 궁녀 하나를 잃고서 마음이 크게 상해 있었는데, 안분당安分堂이라는 호로 불리던 이희보에게 마음의 상처를 달래줄 시 한 수를 지으라 하였다.

궁궐 문은 굳게 닫히고 황혼에 뜬 달
열두 점 종소리가 한밤을 알리네
어느 곳 푸른 산에 옥골을 묻었느냐
가을바람 낙엽 소리 차마 못 듣겠네

宮門深鎖月黃昏
十二鐘聲到夜分
何處青山埋玉骨
秋風落葉不堪聞

연산군은 이 시를 보고 매우 좋아하였으나 이희보는 이때부터 주변 사람들로부터 비난을 당했다고 한다.

중국과 한국에는 일찍부터 천재들이 많았다. 중국 명나라 때의 소년 소복蘇福은 여덟 살 적에 초하룻날 달을 보고 이런 시를 지었다.

차고 비었다가 초하루에 다시 시작하니

달의 아래쪽 절반이 없구나

없는 곳을 쳐다보면 분명히 있으니

하늘이 생기기 전의 태극도와 같아라.

氣朔盈虛又一初

嫦娥底事半分無

却於無處分明有

恰似先天太極圖

소복은 나이 열넷에 죽었다고 한다.

그 천재성을 인정받은 조선 중종~명종 때의 인물 하응림河應臨(1536~1567)도 젊은 나이에 요절하였다. 그가 요절할 낌새는 '사람을 보내며'[送人송인]라는 시에 잘 드러나 있다고 사람들은 평가하였다.

풀 가득한 서쪽 교외에서의 이별

봄바람에 술 한 잔을 나누네

청산엔 사람이 보이지 않고

해 기우는데 홀로 돌아가네

草草西郊別
春風酒一杯
青山人不見
斜日獨歸來

하응림이 서쪽 산중에서 친구와 이별하던 순간을 그린 시이다. 그런데 당시 이 시를 본 사람 중에는 하응림이 이 시로 말미암아 뜻을 펼치지 못하고 일찍 죽을 것이라고 본 이가 있었다고 한다. 실제로 얼마 안 되어서 그는 죽었다.

草(초)는 풀이라는 본래의 뜻 외에 '추하다'는 뜻도 갖고 있으며 겹쳐 쓰면 거칠다는 뜻이 된다. 草草는 '황량하다'는 느낌을 안기는 조어라 할 수 있다. 그런데 여기에 서쪽이라는 방위가 결합되어 있어 첫 행부터 쓸쓸하다. 동쪽은 만물이 소생하는 봄과 생명을 가리키며 서쪽은 가을과 죽음을 상징한다. 당시 이 시를 두고 왕유의 시 가운데 "산속에서 그대 떠나보낸 뒤 날 저물어 사립문 닫네"(山中相送罷 日暮掩柴扉)라고 한 구절이 있어서 하응림의 시를 칭찬한 이도 있었다. 그러나 알만한 사람들은 그의 목숨이 길지 않을 것을 알았다고 한다. 그런 뒤로 얼마 되지 않아 과연 하응림이 죽었다. 그때의 일을 『어우야담』은 이렇게 전한다.

"그의 벗이 지금의 충북 지방에 멀리 나가 놀다가 날이 저물어 청파青坡에 이르러 홀연 다리 옆에서 하응림을 만났다. 말을 세우고 인사를 나누었는데, 하응림이 이내 집안일을 부탁하고 갔다. 그 벗이 돌아와 그의 집을 방문하니 하응림은 이미 죽어서 장사를 지낸 뒤였다."

하응림은 시에 능했지만 글씨와 그림 또한 절묘하였다 한다. 그의 나이 서른셋에 이르러 죽으니 동갑내기였던 청강 이제신李濟臣(1536~1583)이 만사를 지어 이렇게 그의 죽음을 슬퍼하였다.

나와 동갑, 이제 젊은 나이건만
그대 홀로 어찌 이리 되었는가?
재주가 시와 그림에 뛰어났건만
하늘은 수명과 벼슬, 때에 인색하구나

吾庚方妙歲
君獨至於斯

才絶詩書畵
天慳壽爵時

이제신은 전의이씨로서 호는 청강淸江이다. 명종 19년(1564)에 문과 과거시험에 급제하여 벼슬이 함경도 경성에 있던 북병영의 병마절도사를 지냈다. 그는 자신의 운명을 짚어보고 죽을 날을 미리 알았다. 그리하여 임오년(1582) 봄에 집안사람들에게 "내가 금년에 반드시 죽을 것이다."라고 말하고는 항상 물을 마시면서 "위와 장을 깨끗이 씻고서 돌아가야지."라고 말했다 한다. 그리고는 죽는 날 아침 일찍 의관을 갖추고 시 한 수를 읊었다.

바라보니 들판이 누렇고 푸르구나
구름을 바라보니 희고도 검구나
도옹이 이제 머물 곳을 알았으니
그곳은 바로 차가운 황천이라!

望野黃兼綠
看雲白又玄
陶翁知止處

只是爲寒泉

시를 다 짓고 나서는 "지금 사시(巳時, 오전 9시~11시)가 되었느냐"고 묻고는 온화한 모습으로 세상을 떴다.

그런 그를 보고서 일찍이 남명 조식이 탄복하였다. 이제신은 을사사화 이후로 시와 술을 즐겨 마시며 놀았다. 거문고를 타며 춤을 추기도 하고. 이제신은 특히 바둑을 좋아하고 활을 잘 쏘았다. 이렇게 잡기에 능한 자신을 두고, 시로써 남명 조식이 책망하자 이제신은 시로써 자신의 마음을 전했다.

바둑판 보며 사람 평하는 말 입에 올리지 않고

과녁 맞추며 오로지 스스로 반성하는 마음이라.

看棋口絶論人語

射革心存反己思

조식이 사람을 평가하는 말을 입에 자주 올리고, 스스로 반성하는 마음을 갖지 않았기에 이런 시를 지어 보낸 것이다.

한편, 정백련鄭百鍊이란 인물 또한 요절한 천재 시인이다.

백련百鍊은 정용鄭鎔의 자이다. 자字란 성년식 이전에 쓰던, 어릴 적의 이름이다. 옛날의 성년은 20세였다, 이 나이를 약弱이라고 하였다. 뼈가 아직 다 여물지 않아서 약이라고 하게 되었으며 이 나이에 성인식으로서 관례冠禮를 치렀으므로 통상 스무 살을 약관弱冠이라 부르게 되었다.

정용은 위로 형 정흠鄭欽과 동생 정감鄭鑑이 있었다. 아버지는 정원희鄭元禧였다. 정용은 이조참판이라는 고위직까지 지냈으나 젊어서 요절하였는데, 그가 나고 죽은 연대는 알 수 없다. 허균이 어렸을 때 정백련을 만난 적이 있는데, 그는 허균에게 "병중에 귀신을 만나 절구를 지을 수 있었다"고 말했다 한다. 그의 시 중에서 가장 주목되는 작품이 있다. 봄날의 새벽을 그린 '춘효春曉'이다.

술 마시고 봄 잠에서 깬 뒤에 보니
꽃잎이 날아들어 주렴 앞을 가린다
인생 그 얼마나 살 수 있을 것이랴
비 내리는 하늘을 슬프게 바라본다

酒滴春眠後
花飛簾掩前

人生能幾許
悵望雨中天

봄밤, 늦도록 마신 술에 잠이 들었다가 날이 밝을 무렵 깨어서 내다본 뜨락. 꽃보라가 우수수 쏟아지며 주렴을 가린다. 시쳇말로 '슬프도록 아름답다' 하듯이 아름다움을 한껏 고조시킨 뒤, 거기에 슬픔을 끌어다 대어 애상과 비애를 극적으로 표현하였다. 언제부터 시작되었는지 봄비가 내리는데, 봄이 한창이어서 지는 꽃을 보며 나의 삶도 얼마 남지 않았으리라고 한 대목에서 그의 죽음을 예상할 수 있다. 주렴 앞에 무수한 꽃잎이 날고 있는 모습을 보고 작자는 인생무상을 외치며 비 내리는 하늘을 바라보면서 몹시 슬퍼한다. 깊은 슬픔을 넘어 병적인 비애감 같은 것마저 느껴진다. 그 당시 이 시를 본 사람들은 정용이 요절할 것을 알았다고 한다. 그렇지만 허균은 『성수시화』에서 이 시를 "그 소리가 맑고 그윽하여 인간의 말이 아니다."고 평가하였다.

이에 비해 같은 제목인데도 중국 시인 맹호연孟浩然의 춘효春曉(봄날 새벽)라는 시에서는 정용이 표현한 비애나 인생에 대한 슬픔 같은 것은 전혀 없다. 오히려 새 생명이 돋고

흥취가 절로 나는 봄과 갖가지 꽃들에 대한 호기심을 발동시키고 있다.

> 봄잠에 빠져 새벽도 몰랐다네
> 곳곳에서 들려오는 새 소리
> 밤새 비바람 소리 들렸으니
> 꽃은 얼마나 졌을까?
>
> 春眠不覺曉
> 處處聞啼鳥
> 夜來風雨聲
> 花落知多少

역시 봄철 어느 날의 새벽을 읊은 시인데, 맹호연의 이 작품에는 작위적인 구석이 하나도 없다. 그 표현이 아주 자연스럽다. 비바람 불고 난 뒤의 봄날 아침에 흔히 볼 수 있는 정경을 그냥 있는 그대로 표현하였을 뿐, 억지로 꾸미거나 과장된 수식어를 달지 않았다. '간밤에 비바람이 몰아쳤으니 꽃이 아주 많이 졌겠지'라고 생각하고 있으면서 그에 빗대어 억지로 애상적 분위기를 이끌어내려 하거나 구차한 설명을 달지도 않았다. 그 뒤의 느낌은 이 시를 읽는 이 각자의 몫으로 남겨놓았다. 다만 '꽃은 얼마나 피었을까(花開知多少)'라고 했더라면 그의 일생은 더욱 풍요롭고 순탄했을 것이다.

조선 효종 때의 문인 임경任璟은 앞에서 소개한 정용의 시를 두고 『현호쇄담玄湖瑣談』에서 "당나라 사람 시에 '봄날 새벽잠에 빠졌는데 곳곳에서 들려오는 새소리'라 하였는데, 그 뜻이 진실하고 표현이 자연스럽다. 시란 마땅히 이래야 한다."(唐人詩 春眠不覺曉 處處聞啼鳥 趣眞而語得自成韻格 詩當如是矣)고 평가하였다. 임경 역시 맹호연의 시 '춘효'에 대하여 많은 수식어를 동원하여 억지로 꾸미려 하거나 작위적인 냄새가 없다고 보았다. 자연현상을 있는 그대로, 보고 느낀 대로 표현한 것이니 이런 시작법은 아마도 두보杜甫의 춘야희우春夜喜雨(봄밤에 내리는 반가운 비)라는 시와 비슷한 방식으로 이해할 수 있을 것 같다.

좋은 비가 때를 알아서
봄을 맞아 내리고 있네
바람 따라 몰래 밤에 들어
소리 없이 만물을 적시네

好雨知時節
當春乃發生
隨風潛入夜
潤物細無聲

들길은 온통 구름 덮여 깜깜해
강위 배에는 홀로 불빛만 밝아
새벽 붉게 젖은 곳을 바라보니
금관성에는 겹겹이 꽃이 피었네

野徑雲俱黑
江船火獨明
曉看紅濕處
花重錦官城

중국 성도(成都)의 금관성 주위로 겹겹이 꽃이 핀 정경과 함께 차분한 가운데 봄의 변화를 묘사하였다. 말하자면 조용한 봄의 움직임으로 은근히 흥분시키는 기법이다.

자신의 죽음을 미리 알린 시로서 조기종趙己宗의 작품을 빼놓을 수 없겠다. 조선 세조 시대(1466년) 시골의 한 젊은 서생 조기종이 서울에 올라와 공부를 하고 있었다. 어느 날 꿈에 어떤 빈집에 들어가 보니 넓고 조용하였다. 마당에는 대추꽃이 새로 피어서 마치 초여름 같았다. 뜰에는 막 풀이 돋아나고 동풍이 솔솔 불어왔다. 그때 함께 공부하던 친구들이 시 한 수를 짓기를 청하자 이런 시를 지었다.

나무 위에 대추 꽃 가득 피었고
빈집은 사람도 없어 적막하여라
봄바람 불어 그치지 않는데
만 리에 봄풀 새로 많이 돋았네

樹上棘滿開
空家寂無人
春風吹不盡
萬里草多新

이 시를 지은 다음 날 조기종은 죽었다고 한다. 이 이야기는 남효온이 지은 『추강랭화秋江冷話』에도 똑같이 실려 있다. 아마도 '사람 없는 빈집이 적막하다'는 구절이 흉조를 알린 것으로 이해할 수 있겠다.

정지승鄭之升의 자는 신愼이다. 나중에는 총주당叢柱堂이라는 호를 사용하였다. 시인 정렴鄭磏의 조카인데, 정지승은 일찍부터 시로써 자못 이름이 알려졌다. 그의 숙부 고옥古玉 정작鄭碏이 정지승의 재주가 뛰어나다며 시편 일부를 들어 칭찬하였다.

새가 봄에 우는 것은 뜻이 있는데
꽃을 지게 하는 비는 무정하여라
鳥啼春有意
花落雨無情

정작은 이 구절이 신선의 말 같다고 하였다. 그러나 허균은 『성수시화』에서 이렇게 말하였다.

"내가 본 바로는 위의 구절은 아이들이 외우는 연구聯句로 생각되는데 정작이 이 시를 들어 말한 것은 알 수 없다."

정지승의 숙부 정작이 위 시편 중 신선의 말이라고 평가한 것은 '새가 봄에 우는 데는 뜻이 있다'고 한 구절이다. 그것은 '새가 우니 꽃이 핀다'는 것과 비교할 수 있는 표현이다. 『성수시화』에서는 이 구절이 크게 평가받은 사실을 다음과 같이 덧붙이고 있다.

"일찍이 들은 바로는 백호 임제가 정지승의 절구 한 수를 외우면서 이것은 근세의 뛰어난 작품으로 이에 미칠 수 없다고 하였는데, 과연 그렇다고 할 만하다."

다음은 정지승의 대표작 중 하나인 상춘傷春이라는 시이다.

풀은 왕손의 한에 스며들고
꽃은 두견새의 근심을 더한다
물가에 사람은 보이지 않고
바람에 거룻배가 움직인다

草入王孫恨
花添杜宇愁
汀洲人不見
風動木蘭舟

4행 20자의 비교적 간단한 글자 조합이건만, 글에 심은 뜻과 상징성은 평범하지 않다. 이수광은 『지봉류설芝峰類說』(1614년)에서 이 시를 당나라 시인들의 작품과 혼동하게 된다면서 집중하여 보면 감칠맛이 난다고 평가하였다. 최경창 등 여러 사람에게 이 시를 보이니 모두 판별을 할 수 없었다고 하였다. 『제호시화』에서는 임제가 이 시를 읊으면서 '이에 미칠 만한 작품은 없다. 근세의 절창이다'라고 평가하였음을 소개하였다.

정지승은 서울 사람으로 젊었을 때 세상에서 그 재주를 인정받지 못하였다. 그래서 용담龍潭 만첩산萬疊山에 들어가 초당을 짓고 그 이름을 총주叢柱라 하고는 거기서 살다 삶을 마쳤다. 정지승은 어려서 장가도 들기 전에 사랑하는 기생이 있었다. 부모가 공부에 방해될까 봐 그 기생을 만나지 못하게 갓과 신발을 빼앗고 방에 가두었다. 이때 그의 친구가 기생의 편지를 전해 주었다. 정지승이 시로 답했다.

배꽃 필 때 비바람에 겹문을 닫았는데
파랑새가 물고 온 편지에는 눈물 자욱
한 번 죽더라도 어찌 이런 이별 잊을까

저승에 가더라도 애끓는 혼이 되리라

梨花風雨掩重門
青鳥飛來見淚痕
一死何能忘此別
九原猶作斷腸魂

첫 행에서 배꽃 피는 봄날 겹문이 닫힌 채 방에 갇힌 자신의 신세를 표현하였다. 또 파랑새가 물고 온 편지에서 여인의 눈물 자욱을 보면서 둘 사이의 강제 이별로 죽어서도 편치 않으리라는 심경을 전한 것이다. 이 편지를 받은 기생의 마음은 어땠을까?

그런데 어느 해 봄인가, 정지승이 평안도 덕천으로 가다가 지금의 동두천 소요산에 이르렀다. 정지승은 거기서 묘향산에 갔다가 돌아오는 중을 만나 이런 시를 썼다.

그대가 서쪽에서 오고 나 또한 서쪽에서 오니
봄바람이 나뭇가지에 불어 길이 오르락내리락
장차 어느 해 달 밝은 밤 소요산 절에서
동쪽 숲에서 우는 두견새 소리 함께 들어볼까

爾自西來我亦西
春風一枝路高低
何年明月逍遙寺
共聽東林杜宇啼

물론 이 시에는 정지승이 요절할 기미는 보이지 않는다. 다만 소요산 산사에서 달 밝은 봄밤에 두견새 소리가 어떨 것인지를 각자 나름대로 생각하게끔 그 여지를 열어주고 있다. 그 표현과 미적 경지에 감탄한 나머지 유몽인은 『어우야담』에서 이렇게 말했다.

"애석하구나! 그 사람이여. 이와 같은 재주로 한 가지 명예도 이루지 못하고 일찍 죽었으니."

시참과 관련된 이야기들은 매우 많다. 그중 한 가지 사례가 더 있다.

선조~인조 시대를 살았던 홍명구洪命耉(1596~1637)가 어릴 적에 '꽃이 지니 천지가 다 붉다'[花落天地紅]라는 구절을 지었다. 학곡鶴谷 홍서봉洪瑞鳳(1572~1645)의 어머니이자 유몽인의 누이 유씨가 탄식하며 "이 아이가 반드시 귀하게 되겠지만 요절할 것 같구나. 만약 '꽃이 피니 천지가 다 붉다'[花發天地紅]로 썼더라면 행복과 관록이 무궁무진했을 텐데 떨어질 落(락) 자를 써서 '진다'고 하였으므로 복을 오래도록 누릴 기상이 없으니 아깝다."고 하였다 한다. 그 후로, 홍명구는 42세의 나이에 죽었다. 1637년 병자호란 때 평양감사로 있다가 청나라 군대에 맞서 싸우기 위해 절도사 유림과 함께 철원 금화로 군대를 데리고 내려왔다. 남한산성으로 향하다가 청나라 군대에게 패하여 전사하였다. 그의 앞날을 시 한 구절로써 알았던 홍서봉의 어머니 유씨는 홍명구의 종조모였다.

시참의 한 예로 이항복李恒福(1556~1618)에 관련된 이야기가 있다. 이항복은 광해군 때 재상 벼슬을 그만두고 동대문 밖에 살았다. 높은 벼슬에 있었던 그가 어이하여 벼슬을 내놓은 뒤에 도성 밖에서 살았는지는 알 수 없다. 1617년(광해군 9년) 겨울 인목대비仁穆大妃(1584~1632)를 폐하여 서인으로 만들자는 의논이 정해지자 이항복은 강개한 마음이 북받쳐 음식을 먹지 못하였다. 홀연 그때 큰 천둥과 번개가 쳐서 집이 흔들리자 이항복은 말하였다.

"인목대비를 폐출하자는 의논을 (하늘도) 경계하는 것이다."

그 후 얼마 지나지 않아 왕명 출납을 맡아보던 중추부中樞府의 낭관郎官(조선 시대 당하관)이 인목대비 폐출 문제에 대한 대신들의 의견서를 걷으러 찾아왔다. 이항복은 마침 병중이어서 부축을 받고 일어나 붓을 잡고 의견을 써나갔다. 이를 본 사람들이 모두 눈물을 흘렸다. 인목대비 폐출을 반대하는 내용이었다.

얼마 있다가 그의 인목대비 폐비 반대 의견이 알려지자 사헌부司憲府·사간원司諫院·홍문관弘文館 삼사三司에서 이항복을 변방에 유배 보낼 것을 요구했다. 결국 광해군 10년(1618) 정월 함경도 북청으로 유배를 가게 되었다.

그 당시 한양에서 북으로 양주-포천-철원-평강-철령을 넘어 북관北關으로 가는 길은 전라도 유배길 만큼이나 험했다. 소식을 듣고는 이항복의 친구가 술병을 들고 찾아와 동대문 밖 교외에서 전송하였다. 그때 이항복이 입으로 불러 준 7언 절구 한 수가 전한다. 도성을 떠나던 날 그가 읊은 시이다.

구름 낀 날 쓸쓸하여 낮인데도 어둡구나

북풍이 먼 길 가는 나그네의 옷에 부네
요동성 성곽은 옛날과 다름없건만
다만 정령위처럼 가서 돌아오지 못할까 두렵네

白日陰陰晝晦微
朔風吹裂遠征衣
遼東城郭應依舊
只恐令威去不歸

중국의 거란족 역사서인 『요사遼史』에 "정령위丁令威가 신선술을 배운 뒤, 학으로 변해 요동(현재의 요양遼陽) 성문에 내려앉았는데 소년이 활을 쏘려 하자 날아 올라가 공중을 배회하면서 '집 떠난 지 천 년 만에 정령위가 새로 변하여 이제 찾아왔건만, 성곽은 여전한데 사람은 모두 다르구나'라고 말하고는 사라졌다."고 하였다. 요동성과 정령위는 바로 이 내용에서 빌려온 것이다.

그가 떠날 때 동대문 밖에서 전송한 사람들 가운데 김류金瑬(1571~1648)라는 인물이 있었다. 젊어서 백사 이항복에게 배웠는데, 이항복이 김류의 손을 이끌고 주막집에 들어가 베개를 나란히 하고 자면서 김류에게 말했다.

"나는 살 날이 얼마 없어 세상이 바뀌는 날을 보지 못할 것이니 자네는 마땅히 노력하기 바라네."

그렇게 떠난 이항복은 그 자신이 남긴 말 대로 유배지에서 돌아오지 못한 몸이 되었다. 『수촌만록水村漫錄』에 의하면 유배지에 도착한 5월, 그곳에서 이항복은 죽었다고 한다. 그때의 일을 신흠은 『상촌집』(제60권) 청창연담에 이렇게 적어 두었다.

"백사白沙 이상국李相國(이항복)이 무오년(광해군 10, 1618년) 봄에 인목대비를 폐위한 일을 간하자 참형에 처하라는 상소가 하루에도 서너 번씩 올라갔다. 그때 대사헌 이영李覮과 대사간 윤인尹訒 등이 절해고도에 위리안치圍籬安置시키라고 청하자 광해군이 멀리 유배 보내도록 하여 처음에 관서로 귀양 보냈다. 이에 다시 하수인들을 사주해서 변방 요새에 보내도록 청하여 함경도 6진六鎭으로 옮겼다가 또 백두산 인근 삼수三水로 옮겼는데, 임금이 특별히 북청北靑으로 옮기게 하였다. ……. 이를 듣고 모두 눈물을 흘렸다. 이때 영상인 기자헌奇自獻 및 정홍익鄭弘翼이 함께 바른말을 하다가 모두 북쪽 변경으로 유배되어 동시에 떠나갔다."

스물세 살에 요절한 천재 시인 이영극李榮極이란 이가 있었다. 그가 언젠가 스님에게 써준 시라고 전한다.

산 입구엔 구름 몇 조각, 풀은 무성하여라
풀향기 밤안개 따라 물 건너 서편으로 가네
취하여 노래 불러 밝은 달과 화답하니
강가의 꽃들은 다 지고 소쩍새만 우네
踈雲山口草萋萋
夜逐香烟渡水西
醉後高歌答明月
江花落盡子規啼

시인은 여기서 자규子規라고 하였으나 이것을 접동새(두견새)로 볼 것이 아니라 소쩍새로 해석하였다. 두견새보다는 소쩍새가 이 시의 소리를 좀 더 야무지게 받쳐줄 것이기에. 그러나 시를 논하는 이들은 마지막 행에서 '강가의 꽃이 다 지고 나서 소쩍새만 울어대네'라고 한 표현이 쓸쓸하고 어두워서 크게 영달할 기상도 아니며 수명도 길지 않을 것'으로 내다보았을 것이다.

이제염오, 한 송이 꽃이 된 군자

사람들은 모란을 꽃중의 왕이라 해서 화왕花王이란 말로 칭송하지만, 그것은 물 가운데 피는 연꽃을 제외해놓고 한 말일 것이다.

연꽃이 우리의 생활 속에 들어와 문화에 편입된 것은 언제부터일까? 가장 잘 알려진 것은 석가모니의 탄생과 관련된 이야기일 것이다. 대략 2500여 년 전, 연꽃이 불교의 상징으로 자리 잡기 시작한 것이다. 물론 인도에서는 그 이전부터 사랑받은 꽃이라고 한다. 그렇지만 우리나라에서는 4~5세기 고구려 석실고분 벽화에 연꽃이 등장하는 것으로 보아 이 땅에 불교가 들어온 시기부터 연꽃이 고귀한 꽃으로 인식된 것 같다. 불교와 연꽃의 관계는 아주 특별하다. 그것은 연꽃의 상징성 때문이다. 진흙밭에서 자라도 진흙과 흙탕물에 물들지 않고, 고고한 자태를 뽐내기 때문이다. 쉽게 말해서 연꽃은 '개천에서 나는 용' 쯤으로 인식되어 있었다.

그래서 사람들은 청수부용淸水芙蓉이라 하여 '맑은 물에 핀 연꽃'을 바라보며 연꽃과 같은 삶을 살기를 바랐다. 비록 진흙 속에서 사는 것이지만 진흙에 물들지 않고, 더러움 속에서도 깨끗하고 고결한 멋과 향기를 갖고 있어 예로부터 연꽃은 '그 어떤 더러움과 찌든 때로부터 벗어나는 것'을 의미하였다. 그것을 이제염오離諸染汚라고 하였으니 세상의 더러움이나 잘못에 물들지 않는 깨끗한 마음과 고결한 정신을 상징하는 꽃이었다. 그래서 진흙밭 물 맑은 곳에 핀 연꽃을 인품이 뛰어난 인물로 보았던 것이다. 한 마디로 연꽃은 군자를 대신하는 것이었다. 말하자면 연군자蓮君子이다. 그래서 연꽃을 일러 화중군자花中君子(꽃 가운데 군자)라는 말이 있을 정도다. 일찍이 주돈이周敦頤(1017~1073)는 연꽃을 매우 사랑하여 『애련설愛蓮說』을 지었다.

"물과 육지에 나는 꽃 가운데 사랑할 만한 것이 매우 많다. 진晋 나라의 도연명陶淵明은 유독 국화를 사랑했고, 이씨李氏의 당唐 나라 이래로는 세상 사람들이 모란을 아주 좋아했다. 진흙에서 나왔지만 더러움에 물들지 않고, 맑은 물에 씻겼으나 요염하지 않고, 속은 비었고 밖은 곧으며, 덩굴은 뻗지 않고 가지를 치지 아니하며, 향기는 멀수록 더욱 맑고, 꽃꽂하고 깨끗이 서 있어 멀리서 바라볼 수는 있으나 함부로 가지고 놀 수 없는 연꽃을 나는 사랑한다. 내가 말하노니 국화는 꽃 중에 속세를 피해 사는 자이오, 모란은 꽃 중에 부귀한 자이며, 연꽃은 꽃 중에 군자다운 것이라고 할 수 있다. 아! 국화를 사랑하는 이는 도연명 이후로 들어본 일이 드물고, 연꽃을 사랑하는 이는 나와 함께 할 자가 몇 사람인가? 모란을 사랑하는 이는 마땅히 많을 것이다."(水陸草木之花 可愛者甚蕃 晉陶淵明 獨愛菊 自李唐來 世人甚愛牡丹 予獨愛蓮之出淤泥而不染 濯淸漣而不妖 中通外直 不蔓不枝 香遠益淸 亭亭淨植 可遠觀而不可褻翫焉 予謂菊 花之隱逸者也 牡丹花之富貴者也 蓮花之君子者也 噫! 菊之愛 陶後鮮有聞 蓮之愛 同予者何人 牡丹之愛 宜乎衆矣!)

염계濂溪는 주돈이의 호이자 그가 살았던 물가. 중국 북송의 유학자인 주돈이가 염계 물가에 살았으므로 그를 염계 선생이라 하였다. 염계 주돈이의 설명에 따르면 사군자에 연이 추가되어야 할 것 같다. 이것을 다시 요약하면 이런 내용이 될 것이다.

"내가 오직 연을 사랑하는 것은 진흙에서 났으나 물들지 않고, 맑은 물결에 씻어도 요염하지 않으며 속이 뚫려 있고 밖이 곧으며 덩굴지지 않고 가지가 없어서이다. 향기가 멀수록

더욱 맑으며, 깨끗하게 우뚝 서 있는 기품은 멀리서 바라볼 만하다.… 연을 꽃 가운데 군자라고 한다.”

주돈이와 그의 애련설에 영향을 받아서 조선의 왕가에서도 연꽃을 사랑하였다. 그래서 조선 숙종 때(1692)에는 창덕궁 후원에 애련지愛蓮池를 파고, 그 한 모퉁이에 애련정을 세웠다. 불가에서는 일찍이 석가모니가 연꽃을 따 들고 미소를 지어 그 제자 가섭迦葉에게 마음을 전했다는 염화시중拈華示衆(꽃을 따서 중생에게 보여주다)의 미소라는 말이 회자되었다. 이심전심以心傳心의 세계를 말한 것인데, 이와 같이 유교와 불교에서는 연꽃을 고결한 대상으로 숭상하였다. 그래서 부처가 앉아 있는 좌대를 연화좌라고 하고, 부처를 위해 치장하는 꽃도 연꽃을 제일로 치며, 석가탄신일에 켜는 등불도 연꽃 모양의 등이어서 연등, 연등행사라고 한다. 이런 것들은 유가와 불가에서 연꽃을 고결한 대상으로 숭상하였음을 알려주는 이야기이다.

한편 민간에서는 연꽃이 행복을 상징하기도 하였다. 그래서 유가에서는 물론이거니와 민화에 등장하는 연꽃은 무병장수와 행복을 의미하는 상징물이었다. 이로부터 사람들은 장수를 기원하는 구절들을 주문처럼 외우기도 하고, 그림에 써넣거나 낙관으로 새겨서 연꽃이나 연 그림에 찍기도 하였다.

"千歲游荷葉上"(천세유하엽상)

荷葉(하엽)은 연잎이다. 위 구절은 '천년이 되도록 연잎 위에서 노닐다'는 뜻이니 과거 평균수명이 54~55세 정도였던 조선 시대 사람들이 장수와 행복을 얼마나 갈망했는지를 알 수 있다. 사람마다 연꽃을 사랑하다 보니 옛사람들은 연꽃을 시에 불러들였고, 연꽃과 관련한 시도 꽤 많이 남아 있다. 물론 연꽃을 대상으로 한 현대 시도 제법 많이 있다. 오랜 옛날부터 지금의 사람들에게까지 연꽃은 기품 있는 고귀한 꽃으로 인식되어 있다. 신석정(1907~1974)의 시 '연꽃이었다'와 정호승 시인의 '연꽃 구경'부터 보고 가야겠다. 먼저 신석정의 '연꽃이었다'.

그 사람은
물 위에 떠 있는 연꽃이었다

내가 사는 이 세상에는

그런 사람 하나 있다

눈빛 맑아

호수처럼 푸르고 고요해서

그 속을 들여다보고 있으면

아침나절 연잎 위

이슬방울 굵게 맺혔다가

물 위로 굴러 떨어지듯 나는

때때로 자맥질하거나

수시로 부서지곤 했다

그럴 때마다

네 삶의 궤도는 억겁을 돌아

물결처럼 출렁거린다

수없이, 수도 없이

그저 그런 내가

그 깊고도 깊은 물 속을

얼만큼 더 바라볼 수 있을는지

그 생각만으로도 아리다

그 하나만으로도 아프다

정호승의 연꽃 구경은 분위기가 조금 다르다.

연꽃이 피면
달도 별도 새도 연꽃 구경을 왔다가
그만 자기들도 연꽃이 되어
활짝 피어나는데
유독 연꽃 구경을 온 사람들만이
연꽃이 되지 못하고
비빔밥을 먹거나 담배를 피우거나
받아야 할 돈 생각을 한다
연꽃처럼 살아보자고
아무리 사는 게 더럽더라도
연꽃 같은 마음으로 살아보자고
죽고 사는 게 연꽃 같은 것이라고
해마다 벼르고 별러
부지런히 연꽃 구경을 온 사람들인데도
끝내 연꽃이 되지 못하고
오히려 연꽃들이 사람 구경을 한다
해가 질 때쯤이면

연꽃들이 오히려

사람이 되어보기도 한다

가장 더러운 사람이 되어보기도 한다

연은 강하고 생명력이 질기다. 경남 함안 성산산성에서는 고려 말의 연씨가 발견되었다. 700여 년 전의 연자蓮子(연 씨앗)가 발아하여 홍색 꽃잎을 피웠는데, 그것을 고려의 '아라홍련'이라고 부르고 있다. 가야 시대 함안에 있었던 안라국安羅國을 아라가야라고 불렀던 데서 '아라'라는 이름을 따왔다. 다른 나라에서는 2~3천 년 전의 연씨를 발아시킨 사례도 있고, 그보다 오래된 연씨를 싹틔운 사례도 외국에는 있다니 그 생명력이 놀랍고, 과연 장수의 꽃임을 알겠다.

연꽃과 관련하여 고려 충선왕忠宣王을 빼놓고 그냥 지나갈 수 없을 것 같다. 충선왕이 원나라에 가서 있을 때 어떤 아름다운 여인을 좋아하였다. 우리나라로 돌아오게 되자 충선왕은 그 여인에게 연꽃 한 송이를 꺾어다 주었다. 이별을 대신하여 마음을 전하자 그 여인 시로써 사례하여 노래하였다.

보내주신 연꽃 조각이

처음 왔을 때는 붉었는데

가지에서 떨어진 지 며칠 되자

파리하게 여위어 사람 같아요

贈送蓮花片

初來的的紅

辭枝今幾日

憔悴與人同

『소화시평』에서 홍만종은 충선왕과 그 여인에 대한 이야기를 소개하였다. 그런데 성현도 『용재총화』에서 이 시를 자세히 다루고, '그 말이 아름답고 맛이 있다'고 평가하였다. 충선왕보다 조금 늦게 태어난 고려의 문인 정몽주가 연꽃을 노래한 '강남 노래'[江南曲강남곡]가 있다.

강남의 아가씨 꽃을 머리에 꽂고

웃으며 친구 불러 꽃 핀 물가에서 노네

온종일 뱃놀이하다 날 저물어 돌아오니

원앙새 쌍쌍이 날며 시름은 한이 없네

江南女兒花插頭
笑呼伴侶遊芳洲
蕩槳歸來日欲暮
鴛鴦雙飛無限愁

『포은집』에 실려 있는 시로, 포은 정몽주가 마음에 그린 강남은 아마도 제비가 날아온다는 저 중국 땅 따뜻한 양자강 이남을 말한 듯하다.

정몽주의 죽음은 비극적이었다. 정몽주는 애초 조준趙浚, 정도전 등 이성계 일파를 죽이라고 청하였다. 이에 이성계의 배다른 동생인 이화李和, 이성계의 사위 이제李濟, 조영규 등을 대궐에 보내어 변론하게 하였다. 그러나 이방원의 주도로 곧 이화, 이제, 조영규, 이두란李豆蘭, 조영무, 고려高呂, 이부李敷 등을 시켜서 길에서 철퇴로 정몽주를 쳐 죽였다. 처음에 철퇴로 내리쳤으나 정몽주는 설맞은 채로 그들을 꾸짖으면서 말을 채찍질하여 달아났다. 조영규가 뒤쫓아가서 말머리를 치니 말이 넘어졌다. 정몽주가 땅에 떨어졌다가 일어나서 급히 달아나니 고려가 추격하여 죽였다. 이방원이 이성계에게 정몽주를 죽였다고 알리자 이성계는 "너희들이 마음대로 대신을 죽였으니 사람들이 어찌 내가 모르는 일이라 하겠는가. 네가 감히 이런 짓을 하였으니 내가 약이라도 먹고 죽어버리고 싶다."고 노발대발하였다.

한편 낙동강 동편, 경상좌도의 조선 시대 학풍을 이끈 이로 퇴계 이황이 있었다면 경상우도엔 남명南冥 조식曺植(1501~1572)이 있었다. 남명 조식의 '연꽃을 읊다'[詠蓮영련]는 연꽃을 해바라기와 비교하고 있다. 남명은 중앙의 정치무대에서 그다지 많이 활동하지는 않았다. 그럼에도 그의 명성은 조정에 널리 알려져 있었다. 후에 남명 조식이 산청에 은거하여 살았듯이 그의 문하생 중에도 대개 산림을 자처한 이들이 많았다. '산림'은 글자 그대로 山林(산림)에 묻혀 사는 선비를 이르던 말. 남명의 '연꽃을 읊다'는 작품은 임금 주변에서 아첨하는 무리들을 해바라기로 표현한 점이 특이하다. 산림에 은거하는 이들에게 해바라기는 천박한 부류로 보였다. 반면 연꽃은 곧 자신들을 대신하는 것이었다. 속세와 거리를 두고, 산림에 은거하는 자신들을 고사高士로 여겼다. 그리하여 속된 말로 생업에 찌들어 허덕이는 속인들과 애써 구분하면서 인간 세상과 동떨어진 삶을 사는 듯 보였지만, 그렇다고 그들이 현실에 대한 미련을 결코 손에서 놓지는 않았다.

곁눈으로 흘끔흘끔 인간 세상을 넘겨다보며 뱃속에 욕심을 감추고 탐욕이 없노라 입으로만 외친 이들도 더러 있었다.

주돈이가 '연꽃은 꽃 중에서 군자다운 꽃이라고 할 수 있다'고 말한 뒤로, 조선의 유학자들은 모두 주돈이를 따라 연꽃을 으뜸에 꼽았으며, 연꽃을 주제로 한 시를 많이 읊었다. 남명 조식의 '연꽃을 읊다'이다.

늘씬한 꽃봉오리 푸른 잎 연못에 가득
덕스러운 이 향기 누가 피우는가
보게나, 말 없이 뻘속에 있어도
햇빛 따르는 해바라기는 아냐

조선 시대 후기 노계 박인로(1561~1642)의 시에도 '연꽃'이란 작품이 있다. 다만 그의 시 제목은 '부용芙蓉'으로 되어 있다.

옛날 염계濂溪에 피던 꽃 한 가지
지금은 옮겨서 도천道川의 꽃이 되었지
옥빛에 맑은 향기 예전과 같으니

문득 선생의 연꽃 사랑 생각한다네

千古濂溪一種花
如今移作道川花
清香玉色渾依舊
却憶先生愛此花

박인로 역시 이 시를 쓰면서 염계 주돈이의 '애련설'을 떠올렸다. 염계 선생이 연꽃을 얼마나 사랑했는지, 그가 연꽃을 사랑한 일을 떠올리며 시를 쓴 것이다. 조선 시대의 유학자와 문인들은 연 하나를 다루면서도 제 스스로 독창적인 생각을 펼치지 못하였다. 모두가 주돈이의 유학과 애련설에 사로잡혀 있었다. 오로지 주돈이의 노예라도 된 듯, 주돈이의 생각에 묶여 있었기에 연꽃 하나를 두고도 모두 똑같은 이야기만을 하였다.

다음으로, 성간의 '연꽃을 읊다'[詠蓮영련]는 작품은 서울 동부 연희방燕喜坊에 있는 흥덕사興德寺에서 이승소, 하응천, 최세원 등과 함께 노닐며 지은 것이라 한다. 성간은 이 시에서 봄철의 꽃 가운데 대표적인 것으로 매화를 꼽고, 여름꽃으로 연꽃을 으뜸으로 치면서 그 기품을 신선 같은 자태에 비겼다.

몇 떨기 연꽃이 연못 위에 피었는데
맑은 자태 홀로 절 담장 모퉁이를 차지했네
바람이 가만히 불어 엷은 향기를 불어주고
아침 비는 그 양을 헤아려서 오락가락 하는데
아련한 봉오리 안개에 싸여 수줍어 피지 못하고
신선 같은 자태 햇빛에 취해 웃음 처음 들리는 듯
수많은 매화가 와서 서로 질투하게 하지 말게
용릉에 사는 무숙의 가슴이 수심에 잠기리니

數朶蓮花池上開
清標獨占寺墻隈
天風暗淡吹香過
朝雨商量借休來
霞萼被煙羞未罷
仙姿酣日笑初回
莫數霜女來相妬
愁殺春陵茂叔懷

매화를 원문에 상녀霜女라고 하였다. 이것은 매화의 별칭이다. 서릿발처럼 차가운 여인이란 뜻이겠는데, 그 본뜻은 흰옷 입은 여인이겠지만 다가오는 뉘앙스는 아주 차갑다. 미녀라도 느낌에 따라 여러 부류가 있다. 화려하고 황홀한 느낌의 미인이 있는가 하면, 단아한 느낌을 주는 미녀가 있다. 얼굴이며 몸매의 윤곽선이 가늘고 고운 이가 있는가 하면, 말 한 마디 몸짓 하나라도 따사로운 미인이 있다. 그런가 하면 아주 잘 생겼으면서 바라만 보아도 몸이 얼어붙을 만큼 차가운 느낌을 안기는 미녀가 있다. 나 개인적으로는 젊은 날엔 그런 미인을 꽤 좋아했다. 그러나 나이가 들면서는 차가운 미인은 싫고, 화려한 미인도 싫다. 차가운 것들은 주변에 모이는 사람을 쫓는 반면, 화려한 미인은 썩은 고기에 모이는 파리떼처럼 온갖 잡것이 다 몰려드니 다 싫다. 우아하고 온화한 미인이 좋았다.

한편 무숙茂叔은 주돈이가 성년 이전에 사용한 이름이다. 용릉舂陵은 주돈이가 살던 곳인데, 지금의 중국 호남성湖南省 영원현寧遠縣이다.

박인로가 염계 선생 주돈이를 생각하며 '부용芙蓉'이란 시를 썼듯이 양사언도 '물가의 난간에서 연꽃을 감상하며'[水

檻賞蓮수함상련]라는 시에서 비가 갠 날의 달밤에 연꽃을 바라보면서 주돈이를 그리워하였다.

옛사람은 그리워도 볼 수 없고
아끼던 이 연꽃만을 남겼기에
홀로 저녁 풍광을 마주하고서
비 갠 뒤의 달빛을 생각하였네

古人思不見
遺愛是蓮花
獨對光風夕
恭惟霽月華

'옛사람을 그리워해도 볼 수가 없고 아끼던 연꽃만 남았다'고 한 것으로 보아 양사언(1517~1584)이 그리워한 이는 염계 선생 주돈이였다. 자신이 바라보는 연꽃과 달빛은 주돈이가 보던 것이었다.

양사언에게는 양사준이란 동생이 있었다. 그 어머니는 평민 출신이었다. 강원도 안변을 외가로 둔 양사언은 평생에 유람을 몹시 즐겼다. 말 한필에 동자 하나를 거느리고 멀리 함경도와 백두산까지 올랐다고 한다.

양사언의 연꽃 시로서 또 한 편의 '연꽃'[蓮연]이 더 있다. 이 시 역시 연꽃을 사랑한 옛 성인들을 떠올려본 것이다. 물론 주돈이의 친구였던 문인들을 바라보기를 연꽃 보듯 하였을 것이다. 그렇지만 '향기를 쥐고 나그네 혼을 부르려 한다'는 표현은 쉬 잡히지 않는 향기를 눈에 보여주듯, 손으로 마치 잡아서 냄새를 맡듯이 잘 그려내고 있다.

못가에 연꽃 뿌리 너댓 포기 빌려다가
집 뒤에 심어두고 원추리 보듯 하려네
친한 벗과 옛 철인哲人들을 그리워하며
향기를 쥐고 나그네 혼을 부를까 해서

願借池蓮四五根
擬看堂背去憂萱
寧惠淨友懷前哲
欲把馨香喚客魂

여기서 양사언이 말한 철인哲人이나 성인은 북송 시대의 염계 선생 주돈이를 비롯하여 이름난 유학자로서 연꽃을 사랑한 사람들을 가리킨다.

다음의 '연蓮'이라는 양사언의 시 또한 염계 선생의 애련설 중에서 몇 군데를 인용한 듯한 느낌을 준다.

붉은 옷 푸른 일산 본래의 정신으로
진흙에서 나왔으나 티끌에 물들지 않아
세상에서 그 누가 나처럼 연을 사랑할까
뛰어난 인품 있는 사람을 대한 듯하네
紅衣翠蓋自精神
挺出淤泥不染塵
世間深愛誰同我
如對光風霽月人

전통적으로 '연=군자'라는 의식에서 연꽃을 뛰어난 인품을 가진 사람으로 보고 있는 것이다. 연꽃 한 가지를 바라보고 쓴 시에서도 사람들마다 이와 같이 생각이 똑같아야 하는가? 도대체 그들은 왜 좀 더 다른 생각을 펴지 못한 것일까?

연꽃에 관한 시로 신흠에게는 채련곡採蓮曲과 강남롱江南弄 등이 있다. '채련곡은 연을 따는 노래'인데 두 편으로 구성되어 있다.

동쪽 집의 소녀가 버선도 신지 않고
서리같이 하얀 발로 시냇가를 걸어가네
시냇머리서 노 흔드는 어느 집 낭자가
연꽃을 꺾어주며 웃고 서로 얘기하다가
어디론가 배를 타고 함께 떠나더니
별포에서 원앙 한 쌍으로 갑자기 나타나네

東鄰女兒脚不韈
兩足如霜踏溪渚
溪頭蕩槳誰家郎
手折荷花笑相語
移舡同去不知處
別浦驚起元央侶

다음은 악부체(고악부)로서의 한시인 채련곡採蓮曲이다.

미인이 하얀 손으로 연꽃을 따니
꽃도 붉은 빰 같고 빰도 꽃 같은데

중류에서 노 흔들며 오가를 부른다

오가를 불러라

석양은 나직한데

물결이 아득하여

돌아갈 길 희미하구나

美人素手採蓮華

花如紅頰頰如花

中流蕩槳唱吳歌

唱吳歌

落日低

波渺渺

歸老迷

장수와 부귀를 상징하는 꽃이기에 조선 시대 대갓집에는 마당 한켠에 으레 못을 파고 연꽃을 심어 여름에는 그 꽃을 감상하였다. 연꽃과 관련하여 경기도 양주에서 학곡 홍서봉과 홍섬 사이의 일화가 있다. 지금의 경기도 양주시 남면 상수리에 대대로 살았던 홍서봉은 어린 시절 마을의 재상 홍섬 집에서 놀면서 다투어 연꽃을 꺾었다. 홍섬이 크게 화를 내며 쫓아오자 아이들이 모두 달아났는데, 홍서봉만은 꼼짝을 하지 않았다. 그래서 '네가 만약 시를 짓는다면 매를 때리지 않겠다'고 약속했다. 홍섬이 가을 추(秋) 자를 운으로 부르자 홍서봉은 이내 한 구절을 읊었다.

"상공 댁의 연못가 누각은 쌀쌀하기가 가을 같아요(相公池閣冷如秋)

그러자 이번에는 遊(유) 자를 불렀다. 어린 홍서봉은 거침없이 지었다.

어린아이는 친구들을 불러 달빛 아래 노니네(童子招朋月下遊)

앞에 쓴 구절은 연꽃 좀 꺾었다고 그리 쌀쌀맞게 대할 게 뭐 있느냐는 것이고, 그 다음은 달빛 아래 친구들을 불러 함께 놀다가 연꽃을 꺾은 걸 가지고 뭘 그리 어른답지 못하게 닦달하느냐는 항변이었던 셈이다.

홍섬이 깜짝 놀라서 어려운 글자로 시험해 보려고 소 우

(牛) 자를 부르자 즉시 이렇게 지었다.

태평 시절의 큰 일이 무엇인지 아시는가?

그저 연꽃에 관해 묻고 소에 대해서는 묻지 마세요.

昇平大業知何事

但問蓮花不問牛

홍섬이 드디어 "아, 이 아이가 틀림없이 훗날 내 자리에 앉겠구나"라고 했는데, 과연 홍서봉은 그의 예언대로 되었다.

상촌 신흠에게는 연꽃에 관한 시로서 '자야가子夜歌'라는 게 더 있다. 자야子夜는 중국 진晉 나라 때 아름다운 여자의 이름인데, 그 여인이 이 악곡을 맨 처음 지었다고 전한다. 자야가의 두 번째 작품이다.

젊어서 서호 물가에 살았는데

서호 십리가 온통 연밭이었지

꽃이 열매 맺는 걸 보려 함일 뿐

애당초 연꽃은 따지 않았다네

少居西湖上
西湖十里荷
貪看花結字
本不採蓮花

근세로 내려와 송설당松雪堂(1855~1939) 최씨의 시 가운데 '여름날 동산을 읊다'[夏日園中雜詠하일원중잡영]는 시가 있다. 여기서 송설당은 느티나무·버드나무·오동나무·소나무·오얏나무·대추나무를 비롯하여 제비·해오라비·갈매기·꾀꼬리·닭 등에 대해서도 읊고 있다. 또 최송설당의 시 중에 '못의 연꽃'[池荷지하]이란 시도 있다.

짙고 환한 모습 예쁘게 웃는 얼굴
큰 잎새 펼쳐 올려 구슬 소반 떠받쳤네
해 저문 난간에서 수심 겨워하는 뜻은
이 가을바람 흰 이슬 추위에 어찌하리
濃華低笑豔姬顔
大葉高擎碧玉盤

憑欄日暮悠悠意
奈此秋風白露寒

먼저 첫 행의 **濃華低笑豔姬顔**(농화저소염희안)은 짙고 화려하되 몸을 낮추어 웃는 모습이 마치 예쁜 여인의 얼굴 같음을 말한 것이다. 즉, 연꽃의 화려하고도 요염한 모양을 담뿍 웃음 머금은 미인의 얼굴에 빗대었다. 그리고 2행의 **大葉高擎碧玉盤**(대엽고경벽옥반)이라고 한 구절의 뜻은 "큰 잎새는 푸른 옥으로 만든 소반을 높이 들어 올린 것 같다"는 것으로, 줄기 위로 푸른 연잎이 높다랗게 솟은 모습을 있는 그대로 그린 것이다. 마지막 행에서는 연꽃과 연잎 모두 가을바람에 찬 이슬을 맞으면 어찌할까 하는 걱정을 내보임으로써, 초가을 연못의 연꽃을 바라보며 금세 연꽃이 시들어버릴 것을 염려하였다.

다음은 연꽃에 관한 허난설헌(1563~1589)의 연작시 '규원閨怨' 중 첫 연이다. 달 뜬 누각에서 내다본 풍경으로 시가 시작된다. 밖은 찬 서리 내리는 저녁. 갈대밭에 기러기가 내려앉는다. 청승맞게 시인은 거문고를 뜯고 있다. 임을 기다린다는 뜻이다. 연못에 연꽃이 지고 있는 모습을 그리면서 임에 대한 그리움을 고조시켰다. 그러나 연꽃은 찬 서리 내릴 때까지 피어 있지 않고, 그 전에 이미 저버리니 실제 계절과는 맞지 않는다. 특히 藕(우)는 연 줄기를, 荷(하)는 연잎을 가리키므로 연잎이 가을바람 흰 이슬에 시드는 때라면 양력 10월 중하순 이후라야 한다. 양력으로 10월 20일경이면 연잎이 시들고 11월이면 그 줄기만 남는다. 기러기 날아오는 계절은 11월이다.

달뜬 누각 가을 깊고 옥병풍 허전한데
서리 친 갈밭엔 저녁 기러기가 깃드네
거문고 뜯어 보아도 임은 오지 않고
연꽃만 들판 연못에 힘없이 떨어지네

月樓秋盡玉屛空
霜打蘆州下暮鴻
瑤瑟一彈人不見
藕花零落野塘中

연꽃이 지는 시기는 양력으로 치면 대개 8월 이후다. 연꽃이 질 무렵, 이 땅에 기러기가 날아오는 일은 들어보지 못하였다. 시인은 분명히 **藕花**(우화, =연꽃)라고 하였으니 연꽃이 연못 가운데 시들어서 지는 것을 묘사하였다. 밤새 내리는 서리에 연꽃이 지는 모습은 허난설헌의 '야야곡**夜夜曲**'에서도 똑같이 나타난다.

쓰르라미 슬피 울고 바람은 솔솔 부는데
연꽃 향 바래고 물에 비친 달은 높이 떠
아름다운 여인은 금가위를 손에 들고
밤새 등불 돋우며 길 떠난 임 옷을 짓네
蟪蛄切切風騷騷
芙蓉香褪水輪高
佳人手把金鏟刀
挑燈永夜縫征袍

푸른 바다 물결이 구슬 바다 넘으니
푸른 난새는 오직 난새에 의지하네
스물일곱 꽃다운 한 떨기 연꽃
붉은빛 바래서 달밤에 서리 맞네
碧海浸瓊海

青鸞倚彩鸞
芙蓉三九朶
紅墮月霜寒

허난설헌許蘭雪軒(1563~1589)은 남편과의 금슬이 별로 좋지 않았다. 부부생활이 원만하지 않았던 때문인지 남편을 원망하는 작품도 남겼다. 그러면서도 남편을 그리워하였다. 한마디로 행복한 삶을 살지는 못한 것이다. 더구나 허난설헌은 27세에 요절하였다. 위 시에서는 젊음과 늙음을 형상화했다. 39타三九朶라 하여 겉으로 얼핏 보면 '39 꽃송이'를 말하는 것으로 이해할 수 있다. 그러나 이것은 27개의 꽃송이를 뜻한다. 어떻게 그녀는 스물일곱 꽃다운 나이에 자신이 요절할 것을 미리 알았던 것일까? 허난설헌은 나이 스물일곱이 되던 해(1589년) 음력 3월에 죽었다. 그러니 그해 죽기 전 석 달 사이에 쓴 것이라야 하고, 더구나 시의 내용으로 보면 자신의 죽음을 미리 알고 쓴 것이라야 한다. 바로 이 점에서 허난설헌이 썼다는 시들 가운데 많은 수가 허균에 의해 이루어졌을 것이라는 의심을 할 수밖에 없다.

초당草堂 허엽許曄(1517~1580)은 아들 셋을 두었는데, 둘째

아들이 허봉許篈이고, 막내가 허균이며, 딸이 허난설헌이다. 모두 글을 잘하기로 이름이 있었는데 허균 생전에 이미 허난설헌의 작품이라고 하는 것들 상당수가 허균이 지은 것이라는 소문이 있었다. 이것도 허균의 손을 거쳐 그의 누이 작품으로 남은 게 아닌가 싶다. 허균은 남을 헐뜯는 재주가 뛰어났으나 평생 정도전만큼은 깊이 사모하였다. 정도전을 흠모한 나머지 그를 현인이라고 칭찬하였고, 우리나라 시문을 가려 뽑아 정리할 때면 으레 정도전의 시를 앞머리에 실었다. 이런 것들로 보면 허균은 시문에 대한 재주와 애착은 남달랐던 듯하다. 광해군 때 허균이 처형되고 그 집안은 완전히 망했다. 그 아버지 초당 허엽의 무덤이 서울 용산구 서빙고동에 있었는데, 허균이 처형된 뒤로 밤마다 그의 무덤에서 귀신이 곡하는 소리가 들렸다고 한다. 그래서 손곡 이달이 찾아가 글을 한 수 지어 묘비에 새기고 돌아왔다.

불초가 어쩌다가 자식을 두지 못해

인적 없는 산에 백골만 쓸쓸하네

정령께서는 밤에 곡하는 걸 쉬소서

명당자리도 사람 사는 곳인 것을

마침내 곡소리가 끊기고 묘 앞에 비석 하나가 쓰러져 있었는데, 글씨는 석봉 한호가 쓴 것이었다고 한다.(『청야담수』).

허난설헌의 또 다른 대표작으로 채련곡采蓮曲이 있다. 중국 사람이 그녀의 시집을 사가지고 가서 채련곡을 『이담耳談』이라는 책에 넣어 기록했으므로 그것이 오늘까지 전해지고 있다.

맑은 가을 긴 호수에 푸른 물 흐르는데
연꽃 핀 깊은 곳에 거룻배를 매어두었지
물 건너 임을 만나 연밥을 던졌는데
누가 알까 두려워 한나절 부끄러웠네

秋淨長湖碧玉流
荷花深處繫蘭舟
逢郎隔水投蓮子
畏被人知半日羞

허난설헌은 시적 재능이 출중하였다. 그런데 김성립이 어느 날 강가의 정자에서 글을 읽고 있는데, 아내 허난설헌이 시를 지어 보내었다.

처마 옆에 제비 쌍쌍이 나는데

꽃이 어지럽게 비단옷에 떨어지네

동방洞房에서 한 눈目 가득한 봄을 슬퍼하는 건

강남에 풀이 푸르렀건만 임은 돌아오지 않아서

燕掠斜簷兩兩飛

洛花撩亂撲羅衣

洞房極目傷春意

草綠江南人未歸

하지만 허난설헌의 위 두 작품은 너무 방탕스럽다고 해서 우리나라의 시집에는 싣지 않았다고 한다. 이수광(1563~1629)의 『지봉류설』(芝峰類說, 1614년)이 전한 이야기이다. 꽃이 지는 봄날, 처마 옆으로 쌍쌍이 제비가 나는 것을 보고, 임이 오지 않는다며 임이 없는 봄이 슬프다고 말했을 뿐인데, 그걸 방탕하다고? 그런데도 조선의 유학자들은 허난설헌의 이 채련곡을 두고 사내에 대한 욕정이 일었던 것이라며 시가 매우 음탕하다고 평가한 것이다. 꼭 그렇게만 봐야 했던 것일까?

그런데 이에 비하면 이덕무(1741~1793)의 채련곡采蓮曲은

뭔가 허전한 듯하면서도 담백한 맛이 있다. 연꽃이 피고 지는 것을 말하였을 뿐, 우리네 생활에 보탬이 되는 꽃은 아니라고 하였다. 전통적인 유학자들의 사고에서는 약간 벗어나 있어 그나마 좀 숨통이 트일 것 같다.

> 연꽃이 깨끗하다 해도 먹어서 배부를 수 없고
> 연잎이 푸르다 해도 옷을 지을 수 없어라
> 가지런한 머리와 꼭지로 가장 사랑스러워
> 한 못에서 일시에 피었다 졌다 하는 것일세
>
> 蓮花雖潔不堪飽
> 蓮葉雖青不可縫
> 最愛并頭兼并蒂
> 一時開落一塘中

사랑스러운 모습으로 피고 질 뿐 연잎으로 옷을 지을 수도 없고, 배부르게 먹을 수 있는 것도 아니라고 보았던 것이니, 이런 인식은 아마도 조선 후기 실학과 더불어 실용주의적 의식에서 나온 게 아닐까? 중국 초나라에서는 연 줄기에서 실을 뽑아 초복을 만들어 입었다. 그러나 우리나라에서는 연으로 옷을 지어 입은 사례가 없다. 다만 그 당시 사람들이 연근을 왜 안 먹었는지는 모르겠다. 이덕무가 연으로 옷을 지을 수도 없고, 먹지도 않는 것이어서 우리 생활에 실질적인 도움이 되는 꽃은 아니라고 말한 것을 보면 그때까지 조선인들은 연근을 먹지 않았음을 알 수 있다. 이덕무의 연꽃에 관한 또 다른 시로서 '영지를 보다'[鑑影池감영지][1]라는 작품이 있는데, 이것 또한 눈에 보이는 대상을 그렸으면서 시인의 감상과 정서는 배제되었다.

연꽃에는 푸른 새가 훨훨 날고
마름 줄기엔 붉은 고기 빨리 움직이네
유리의 무더기에 비추어 보니
고기비늘 새 날개가 박아놓은 도장 같네

蓮房綠鳥飜
荇帶紅魚迅
映發璃瓈堆
鱗翎一榻印

1) 『청장관전서』 권 11, 「아정유고」 3

황해도 해주에 있었다는 부용당芙蓉堂에는 빼어난 시 한 편을 새긴 시판詩版이 걸려 있었다. '연꽃집'이라는 의미를 가진 정자 이름인데, 여기에 걸려 있던 시는 정현鄭礥이라는 사람이 지은 것이었다. 정현의 문명文名과 함께 운치 있는 시라 하여 세상에 가장 널리 알려져 있었다. 그런데 임진왜란 때 왜구가 그 시판을 떼어가 버렸다. 부용당 시판에 쓰여 있는 칠언절구 한 편. 부용당은 사라지고 없지만, 그 시만은 기록에 남아 전해온다. 시의 제목 역시 부용당이다.

연꽃 향기에 달빛 밝아 고요한 밤
누가 또 옥퉁소까지 불어주는가
열두 난간 기댄 채 단잠에 들었는데
벽성의 가을 회포만 아득하여라

荷香月色可淸宵
更有何人吹玉簫
十二曲欄無夢寐
碧城秋思正迢迢

벽성碧城은 본래 우리나라 어딘가에 있던 지명이 아니다.

벽성12곡난간碧城十二曲欄干이라는 당나라 시에서 따온 것이다. 그런데 사람들은 이 벽성을 해주의 옛 이름으로 잘못 알고 있다고 이덕무는 지적하고, 이 시가 걸린 뒤로 『해주읍지』를 편찬하면서 그것을 『벽성지碧城志』라고 하였다고 설명하였다. "임진왜란이 끝난 뒤에 호종공신들의 공로를 따져 보상할 때 오치운吳致雲이 말고삐를 잡았던 공로가 있다 하여 벽성군이라는 벼슬이 주어졌다. 이 시를 쓴 정현은 북창北窓 정렴鄭磏(1506~1549)의 동생이다. 허목의 「미수기언」에도 그에 대한 대략의 이야기가 실려 있다.

석주 권필이 임진왜란 직후인 1599년 한여름에 쓴 연꽃 시가 있다. 이 시에는 "기해년(1599, 선조 32년) 윤4월 14일에 석주(石洲)가 썼다"고 하여 정확한 날짜까지 제시해 놓았다.

연꽃이여

연꽃이여

잎은 크고

꽃은 고와라

푸른 물 무릅쓰고

맑은 물결에 씻기어

향기엔 새벽이슬 모이고

색채엔 아침 안개가 어렸어라

네가 움직이는 곳엔 물고기 놀겠지

네가 고요할 때면 해오라기 자겠구나

옥 술잔에 드는 서늘한 기운이 몹시 사랑스럽고

화사한 자리에 비치는 그 빛이 다시금 어여뻐라

바람이 푸른 일산 뒤집으니 기울었다 다시 바로 서고

빗물이 밝은 구슬을 쏟으니 부서졌다 도로 둥글어라

주무숙은 너를 군자에 비길 줄 알았고

이적선은 일찍이 천연하다고 말했었지

강가의 비단 치마에 꽃 같은 뺨 따위는 상관하지 않으며

봉우리 위 옥정의 배만큼 큰 뿌리도 아랑곳하지 않는다

내 이것을 가지고 옷을 지어 입고 속진을 떠나서

홀로 푸른 물결 밝은 달을 벗하여 마음껏 노닐리라

葉大

花娟

冒綠水

濯清漣

香凝曉露

彩匽朝煙
動處覺魚戱
靜時宜鷺眠
最愛凉侵玉斝
更憐色照華筵
風飜翠蓋欹還整
雨瀉明珠淬却圓
周茂叔解比於君子
李謫仙曾語其天然
不關江上羅裙花似頰
遮莫峯頭玉井藕如船
吾將製爲裳衣離塵去俗
獨與滄波明月恣意周旋

옛사람들은 달과 친숙한 삶을 살았다. 달은 밤마다 만나는 친구였고, 대화 상대였으며 멀리 떨어진 사람을 그리는 거울이기도 하였다. 그래서 일찍이 중국에서는 "명월이 얼마 동안 있게 될지 술잔 잡고 맑은 하늘에 물어보리라(明月幾何時把酒問靑天)"는 말까지 나왔다.

송나라 주돈이周敦頤(1017~1073)는 그 자신이 지은 애련설愛蓮說에서 말했다. "국화는 꽃 중의 은자이고 모란은 꽃 중에서 부귀한 자이며 연꽃은 꽃 중의 군자"라고. 이적선은 이백(李白, 701~762)을 가리킨다. '강가의 비단 치마에 꽃 같은 뺨'은 연밥을 따는 고운 여인을 의미한다. 당나라 왕발王勃의 채련곡採蓮曲에 "비단 치마, 옥 같은 팔뚝으로 가벼이 노를 젓는다."(羅裙玉腕輕搖櫓)고 하였고, "꽃의 붉기가 여인의 뺨보다 더하다."(花紅强似頰)고도 하였으며 "호탕한 강가의 바람을 만났고, 배회하는 강가의 달과 마주쳤다"(正逢浩蕩江上風 又値徘徊江上月)고 하였다. 그리고 '봉우리 위 옥정의 연뿌리 배만큼 크다'고 한 것은 당나라 시인 한유韓愈의 고의古意라는 시에 "태화산 봉우리 위 옥정의 연은 꽃이 피면 너비가 열 길이오, 뿌리는 배만큼 크다네."(太華峯頭玉井蓮 開花十丈藕如船)라고 한 대목에서 따온 글귀다.

마지막으로, '연으로 옷을 지어 입고 속진을 떠난다'는 구절에서 연잎으로 만든 옷은 은자隱者를 말한다. 굴원의 『이소離騷』에 "나아갔으나 이미 들어가지 못하고 허물만 입었으니 물러나 다시 나의 초복을 손질하리. 연잎을 마름질해 저고리를 만들고 부용을 모아서 치마를 만드노라."(進不入以

離尤兮 退將復脩吾初服 製芰荷以爲衣兮 集芙蓉以爲裳)고 하였다. 연잎 줄기로 만든 저고리와 부용 치마를 초복初服이라고 하였는데, 이것은 벼슬에 나가기 전에 입었던 옷을 이른다. 연으로 만든 옷, 베옷이나 모시옷은 모두 풀로 만든 것이니 처음 관직에 나가기 전에 입었던 옷[初服]은 초복草服(풀옷이라는 의미)이라고 보면 된다.

권필은 이런 생각을 갖고 있었다.

> "식물 중에 가지와 잎이 사랑스러운 것이 둘이니 소나무와 대나무이고 꽃이 좋은 것이 둘이니 매화와 국화이고 꽃과 잎이 모두 좋은 것이 하나이니 연꽃이다. 내가 평소에 이 다섯 가지를 매우 좋아하였다. 우연히 이백李白의 시를 떠올리고는 다섯 편을 지은 것이다. 이 시편들에서 각각의 아름다운 운치를 대략 서술하고 아울러 나 자신의 뜻을 가탁하였을 뿐, 감히 형색을 묘사하여 기이한 구절을 만들지는 않았다."

연꽃과 연잎을 좋아한 권필에게 연꽃 시가 더 있다. '유거만흥幽居漫興'이다.

못 언덕은 겨우 사람 다닐 만하고
산 그림자는 두 못에 나뉘어 잠겨 있다.
푸른 연잎 작아서 물을 덮지 못하니
때로 어린 물고기 부들 갈대 사이로 보여

池岸纔容人往還
兩池分蘸一邊山
靑荷葉小不掩水
時見魚兒蒲葦間

사람이 겨우 오갈 수 있는 폭이 좁은 길이 하나 있고, 그 좌우에 아담한 연못이 있다. 청산이 연못에 폭삭 빠져 있고, 연 잎사귀가 연못 한 켠에 펼쳐져 있다. 그 사이에는 부들과 갈대밭이 있다. 어린 물고기들이 부들밭과 갈대 사이로 오가는 게 보인다. 여름날 연못이 있는 산속 깊은 어느 곳의 조용하고 그윽한 풍경을 그린 시이다. 그곳에 깃들고 싶은 마음이었을 것이다. 한 마디로 인적 없고 그윽한 곳에서 실컷 즐기며 사는 삶이다.

그러면 정약용이 바라본 연꽃은 어떤 모습이었을까? 봄꽃들이 다투어 피었다가 다 진 뒤로, 물에 핀 연꽃 향기는 한바탕 시원스레 소낙비 내린 뒤에 맡아보는 상큼한 여름철 내음 같은 것이었다.

진흙 속에서 나온 연꽃잎이
동그란 주먹처럼 파랗게 떠있네
다른 꽃들 다투어 핀 뒤에야
나를 보고 방긋 웃어주겠지

荷葉泥中出
浮青曲似拳
待他花競綻
相對笑嫣然

정약용은 어느 날 시든 연을 바라보며 시 한 편을 읊었다. 시의 제목은 '시들은 연잎'이라는 뜻의 패하敗荷이다.

들 밖에 새로 다가온 가을빛이
쓸쓸하게 시든 연잎 위에 있네
예쁜 꽃은 이미 지고 말았지만
이 아픈 마음 어찌해야 하나

하늘 떠받친 꽃대 아직 있고
달 잠긴 물결 그대로 있는데
그 누가 작은 악기를 가져와
날 위해 슬픈 노래 들려줄까

野外新秋色
蕭然上敗荷
已收芳艶了
奈此苦心何
尙有擎天柄
猶餘蘸月波
誰將小絃管
爲我度悲歌

예쁜 꽃은 오래전에 져서 기억도 없다. 잎도 이미 시들었다. 하얀 가을빛이 시든 연잎 위로 바스락바스락 내려앉고 있다. 이윽고 날이 저물어 달이 산마루 위로 오르고 일렁이는 물에는 달이 잠겨 있다. 꽃이 피고 지는 가운데 왔다가 금세 가는 세월의 무상함이 응어리로 맺혀 슬픔이 되었다. 그러나 시인 정약용은 그 슬픔을 자신의 슬픔이라 말하지 않았다. 날 위해 누군가 슬픈 노래를 들려주길 바라고 있다. 자신의 마음은 한껏 벌써 슬픔으로 빠져들었지만, 슬픔의 깊이를 남의 일인 양 지긋이 누르고 있는 것이다.

신흠의 『상촌집』에는 대동강 평양을 찾았던 문인들과 그들의 연꽃시에 관하여 이런 내용이 있다.

"우리나라 서경(평양)은 풍광과 누각의 경치가 빼어나고 미녀와 풍류를 즐길 수 있어 끊임없이 중국에 가는 사신들이 이곳에 이르면 갈 길을 잊은 채 오래도록 여기에 머물며 즐기기 일쑤였고, 거의 정신을 잃고서 완전히 빠져버리는 경우도 있었다. 선조 13년(1580) 연간에 최경창이 대동찰방大同察訪이 되고 서익徐益이 평양서윤平壤庶尹이 되었는데 이들은 모두가 시인이었다. 이 두 사람이 운을 따서 채련곡採蓮曲을 지었는데 최경창의 채련곡은 이렇다."

길고 긴 강 언덕에 수양버들 늘어지고
조각배 저 멀리 들려오는 마름 따는 노래
붉은 꽃잎 모두 지고 가을바람 살랑살랑
해 저물녘 텅 빈 강에 일어나는 저녁물결

水岸悠悠楊柳多
小船遙唱採菱歌
紅衣落盡西風起
日暮空江生夕波

서익이 바라본 서경의 연꽃은 어떤 모습이었을까? 그가 지은 채련곡에는 치마폭 한가득 연밥을 따는 아낙네들이 서로 노래 부르고, 바람에 호수 물결이 일렁이는 한가로운 정경이 펼쳐진다.

연밥 따는 남쪽 호수의 아낙들 많아
새벽부터 단장하고 서로 노래 부르네
치마 가득 찰 때까지 배도 꼼짝 안하고
이따끔씩 멀리서 부서지는 바람 물결
南湖士女採蓮多
曉日靚粧相應歌
不到盈裳不回棹
有時遙渚阻風波

이것을 두고 나중에 고경명高敬命(1533~1592)과 이달李達이 평양에 들렀을 때 다시 시를 지었는데 고경명은 이렇게 읊었다.

뱃전에 부딪히는 맑은 물결 복숭아꽃
연꽃 속에 일렁이며 뱃노래 소리 울려 퍼진다
취해 기댄 미인 생각 아마 잊지 못할 텐데
산들바람 펄럭이며 휘장에 물결이 이네

桃花晴浪席邊多
搖蕩蓮舟送棹歌
醉倚紅粧應不忘
小風輕颺幙生波

'채련곡'이라는 똑같은 제목의 시이지만 이달의 채련곡은 약간 느낌이 다르다.

들쭉날쭉 연잎 속에는 연밥도 많아라
연잎 사이로 들려오는 여인들의 노래 소리
돌아올 땐 물목에서 짝과 약속 지키려고

고생스레 배 저어 물을 거슬러 올라가네

蓮葉參差蓮子多

蓮花相間女郎歌

來時約伴橫塘浦

辛苦移舟逆上波

이들 네 수는 모두 우수한 작품이지만 이것을 논하는 사람들은 '그중에서도 이달의 작품이 가장 훌륭하다'고 평가하였다.(『상촌집』)

개성 동문 밖에 있었다는 천수사에도 연못이 있었다. 그 연못에 있는 연꽃을 보고 일찍이 고려의 시인 이색이 읊은 시가 있다. '천수사 못의 연꽃을 읊다'이다.

희미한 달 뜬 저녁연기 낀 아침이어든

성 남쪽 먼 길을 꺼리지 않고 다니노니

절로 내 인생은 마치 백로와 같거니와

공자에게 큰 바람 있었음을 어찌 알랴

依依月夕與煙朝

不憚城南道路遙
自是吾生如白鷺
豈知公子有飄風

이색은 연꽃을 마치 그림 그리듯이 그려내고 있다. 시를 다 읽고 나면 호수와 연꽃, 하늘, 석양, 가을바람, 들오리, 버드나무, 부들 등 작자의 의도대로 배치된 아름다운 그림 한 편을 되살려낼 수 있다.

드넓은 호수 작디작은 연꽃
하늘은 맑고 들오리 교태 한창
석양은 여러 빛깔을 그리고 있다
가을바람에 일렁이는 버들과 부들
水闊荷華小
天晴野鴨驕
夕陽無定色
秋柳動蒲蒲

본래 가을의 정경을 그린 시인데, 그중에서 두 번째 작품인 위 시는 넓은 호숫가에 선 버드나무와 부들 밭 앞으로 연밭이 펼쳐져 있다. 다시 그 너머로 들오리가 헤엄치는 전원 풍경이 해지는 저녁을 배경으로 등장한다. 이따금씩 바람 불어 버드나무와 부들 숲이 몸을 뒤집으며 속삭이는 양력 7~8월의 정경을 그린 한 편의 그림이라 하겠다.

이것과 흡사한 박제가의 작품이 있다. '연못 위에서'라는 뜻의 '지상池上'이라는 시이다.

섬돌을 덮은 향기로운 풀에는 이미 가을 향기
나무를 두드리는 회오리바람 저녁을 서늘케 해
붉은 연뿌리 가득한 연못 가에 앉아 있다 보니
흰 구름 속 외로운 새가 나는 먼 산 끝이 없네

覆階芳草已秋香
撲樹回風送夕凉
紅藕一池人坐處
白雲孤鳥遠山長

가을날 저수지가에 나가 앉아서 바라본 하늘. 그리고 산과 주변 경관이다. 시인은 가을 경치를 마치 그림을 그리듯 풀어나가고 있다. 마치 자기가 보고 있는 경치를 모르는 이들에게 중계를 하듯이 묘사하여 전달한다. 중인 출신의 시인 영재泠齋 유득공柳得恭은 '몽답정夢踏亭'이란 시에서 연꽃이 지는 계절, 호수 어디서나 흔히 볼 수 있는 풍경을 쉽게도 그려내었다.

연잎은 웃자라서 기우뚱하여
연꽃이 지는 곳에 하늘을 본다
잔바람도 연못에 불지 않는데
연밥은 어느 새 다 져버렸구나
연잎 속엔 무슨 새가 날아와서
거꾸로 매달려 마주 우는구나

荷葉高時傾
荷花落處仰
微風不滿塘
荷珠已跳盪
幽鳥入荷裏
倒掛斜相向

유득공은 자신이 평생 사람에게 정을 주고, 그 정으로 얽혀 무척이나 힘든 삶을 살았다면서 꽃을 좋아하게 된 까닭을 '꽃은 그저 내가 좋아하는 것이어서 정을 주지만, 꽃이 내게 정을 품지 않아서'라고 말한 적이 있다. 꽃에 대한 사람의 정은 그저 짝사랑일 뿐, 꽃은 오히려 냉정하다는 것이다. 맞는 말일 것이다. 꽃이야말로 사람들의 사랑을 받으면서 정녕 사람에게는 무정하기만 하다. 그저 잎을 피워 향기를 피우다가도 때가 되면 미련 없이 떠나버리니 정에 얽매이지 않는 매정한 모습으로 비쳐질 수밖에 없다.

한편 꿈속에서 오왕吳王 부차夫差와 당나라 여류시인들이 읊조렸다고 전해오는 시를 원찬元撰이라는 사람이 『수훤록樹萱錄』에 기록해놓았는데, 『수훤록』에는 연꽃을 노래한 이백李白의 시가 있다.

부용꽃 맺힌 이슬 붉은 가지 휘게 하고
산새도 가을이 슬퍼 꽃밭에서 울어대네
그리운 임 한 번 가서 아직 안 오는데
들보에 깃든 제비 세 차례나 돌아왔네

芙蓉露冷紅壓枝

幽禽感秋花畔啼
玉人一去未回馬
樑間燕子三見歸

이 시를 중국 초나라 굴원屈原의 「이소楚辭」에 나오는 구절과 대비시켜 음미해볼 만하다.

(중략)
마름과 연잎으로 저고리를 짓고
부용을 따 모아서 치마를 짓네
나를 알아주지 않으면 그만이지
나는 정녕 그 꽃다운 믿음 지키리
製芰荷以爲衣兮
集芙蓉以爲裳
不吾知其亦已兮
苟余情其信芳
(하략)

중국 시인 맹호연孟浩然의 '여름날 남쪽 정자에서 신대를 그리며'[夏日南亭懷辛大하일남정회신대]라는 시도 연과 연꽃에 관한 것이다. 그는 이 시에서 연을 바라보다 밤늦게 잠들었는데, 옛날의 성인과 친구를 꿈에서 그리워하는 모습을 그렸다.

연잎에 바람 불어 향기를 보내오고
댓잎 이슬 방울지며 들리는 맑은 소리
이 정경 느끼며 옛사람이 그리워
한밤 내내 꿈속에서조차 생각한다네

荷風送香氣
竹露滴清響
感此懷故人
中宵勞夢想

뜬금없이 연을 바라보다 잠든 사이 옛날의 성인들을 꿈꾸었을까?

맹호연이 그들을 그리워한 데는 그럴만한 이유가 있었을 것이다. 혹시 그가 살았던 당나라 시대 이전에 연꽃을 사랑하며 초야에 묻혀 산 이들이 아니었을까? 바로 중국 초나라의 굴원屈原(B.C.343~B.C.278)을 가리키는 것이었다.

고려 후기 곽예郭預(1232~1286)라는 시인은 비가 내리는 날이면 매번 용화원龍化院의 연못을 찾아가 연꽃 감상에 빠졌다. 그때 쓴 시가 '상련賞蓮'이다. 이것은 '연꽃을 구경하다'는 의미이다. 곽예는 청주 사람. 고려 고종~충렬왕 때 중앙정계에 나아갔다. 그때 지은 시 한 편이 『소화시평』에 전한다.

연꽃 보러 세 번이나 삼지를 찾았는데
푸른 잎새에 붉은 꽃은 이전과 같아라
오직 꽃을 보는 옥당의 나그네만 있어
그 모습 어제와 같건만 실 같은 귀밑머리

賞蓮三度到三池
翠蓋紅粧似舊時
唯有看花玉堂客
風情不感鬢如絲

용화원에 있는 연못이니 용화지龍化池이겠는데, 실제 이름은 삼지三池였다. 그가 한림원翰林院에 재직하던 시절에 지은 시이므로 자신을 '옥당의 나그네'라는 뜻으로 옥당객玉

堂客이라 하였다.

참고로, 마지막 행의 풍정風情은 풍류의 감정을 이른 것이니 풍경을 대하고 느끼는 마음이다. 곽예는 이 시에서 드디어 연꽃을 좋아한 이들이 어떻다는 표현에서 벗어난 모습을 보인다. 연꽃을 보러 부지런히 연못을 오가는 모습과 며칠새에 머리칼이 희게 바뀐 자신의 모습을 강조하고 있다.

월사 이정귀李廷龜의 시 중에도 연꽃을 노래한 시가 있다. 하당야월(荷塘夜月)이다. '달밤 연못의 연'을 노래한 것이다.

연못 물에 실바람이 살랑살랑 불고
맑은 향기 퍼져오니 서늘한 밤이 좋아
하늘님이 달그림자까지 빌려주시니
높이 솟은 잎과 화려한 꽃이 빛나네

池面輕風細細吹
清香偏與夜冷宜
天公更借氷水影
高葉繁花光陸離

달빛이 은은한 밤, 실바람이 불고 있다. 연꽃 향기가 바람을 타고 밀려온다. 마치 동영상을 보는 듯한 착각에 빠지게 하는 묘사이다.

구한 말의 문인이자 우국지사였던 창강滄江 김택영金澤榮(1850~1927)은 대동강에서의 이별을 그린 시를 남겼다. 패강별곡浿江別曲이다. 그 가운데 패강별곡2이다.

임의 마음 떠나가는 물결 같아 두려워
대동강 강물은 쓸데없이 많아서
기쁘게 배 태워 보내고 뱃노래 부르네
울음 그친 붉은 연꽃 같은 두 뺨엔
이제 강물에 보탤 눈물 남아 있겠나?

只怕郎心似去波
大同江水水空多
長送歡舟唱棹歌
啼盡紅蓮花兩頰
祗今無淚可添波

그가 마지막 행에서 '이제는 대동강 물결에 보탤 수 있는 눈물이 없다'고 하였다. 이별의 눈물을 말함인데, 이것은 저 유명한 정지상의 송인送人이라는 시의 3행과 4행 "대동강물은 언제나 다 마르리, 해마다 푸른 물결에 이별 눈물 보태는 것을(大同江水何時盡 別淚年年添綠波)"이라는 구절을 떠올렸기에 나온 표현이다. 물론, 그가 처한 구한말의 위태로운 나라를 걱정하는 마음에 많은 눈물을 흘렸다는 중의적 표현이기도 하리라.

한말의 우국지사 창강 김택영에게는 이 외에도 연꽃에 관한 시가 더 있다. 대표적인 것이 정중즉사(庭中卽事). '뜨락 가운데서 즉석에서 읊다'는 의미를 가진 시이다.

작은 연못에 연뿌리 꺾여 어지러이 누웠으니
신선의 향기 꿈 하나에 아득해졌으니 슬퍼라
저녁 무렵에 서풍은 정한 곳 없이 지나며
담장에 불어 조용한 꽃망울 터트리게 하네

盆池折藕漫橫斜
惆悵仙香一夢賒
向晩西風無着處
就墻吹綻等閑花

여기서 연꽃 향기를 김택영은 선향(仙香)으로 표현하였다. 연꽃이 신선이나 선녀仙女의 모습으로 다가왔기에 그 향을 선향이라고 믿게 되었을 것이다.

한편 조선 순조~철종 시대를 살았던 서헌순徐憲淳(1801~1868)의 '우연히 읊다'[偶詠우영]는 여름날 산속 초당과 연못에 가득한 연잎을 배경으로 한 시이다. 시인은 창가에 누워 책을 읽다 잠이 들었다. 방 한쪽에는 차를 달이는 돌화로가 있고, 주렴 밖에는 가랑비가 내리고 있다.

산가의 창에서 온종일 책을 안고 잠드니
돌솥엔 차 달이는 연기가 남아 있구나
주렴 밖에는 홀연 가랑비 내리는 소리
연못에 가득한 연잎은 푸르고 푸르다

山窓盡日抱書眠
石鼎猶留煮茗烟
簾外忽聽微雨響
滿塘荷葉碧田田

이 시 역시 특별한 제목 대신 '우연히 읊다'고 하여 그냥

별 생각 없이 던져놓은 것처럼 꾸몄다. 아마 늘상 하던 대로 자신이 한 일을 그냥 읊었다는 의미일 것이다. 산창山窓이라 하였으니 산속에 지은 초당의 창문을 말함이 틀림없다. 그 창을 대하고 책을 읽다가 그만 책을 안은 채로 잠이 들었다. 온종일 잠을 잤다고는 하지만 기실은 얼마 되지 않는다. 돌화로에 차를 달이던 불이 남아 있는 것으로 미루어 얼마를 잤을지 대략 가늠할 수 있다. 깨어보니 창 너머 주렴 밖에는 보슬비가 내리고 있다. 부스스 일어나 내다보니 초당 앞 연못을 채운 푸른 연잎들. 연잎 위엔 빗물이 모여 알알이 은방울 되어 구르고.

책을 읽다 잠이 든 사람은 누구일까? 물론 시인 자신이다. 그러나 화자는 그 인물과 애써 거리를 두고 있다. 시인은 그저 자신이 본 바를 사실대로 그리듯이 적고 있어서 그것을 읽으면 그냥 그림이 된다. 그리하여 책을 읽고 있는 사람은 시인이 아니라 이 시를 읽는 나 자신이 된다. 타자적 화법과 교묘한 구도로써 우리를 홀리는 것이다.

이런 종류의 연꽃 시는 의외로 많다. 중국의 백거이白居易(772~846)도 연못을 가진 초당에서 살았다. 연꽃을 바라볼 수 있도록 연못을 향해 창문을 낸 집이다. 그래서 시의 제목이 지창(池窓, 연못 창)인데, 연꽃이 지고 오가는 사람 없는 한적한 초당에서 거문고를 뜯는 자신의 모습을 그린 듯하다.

연못에는 해지며 연꽃이 이울고
창밖 가을 대숲 풍경이 깊어간다
이제 다시는 함께 할 이 없으니
오직 거문고 하나만을 마주하네

池晩蓮芳謝
窓秋竹意深
更無人作伴
唯對一張琴

한없이 들떠 있던 여름을 보내면서 주변이 차분하게 가라앉은 풍경을 읊은 시인데, 어디 하나 깎아낼 글자가 없어 담백한 맛이 있다.

그러나 이런 종류의 연꽃 시와는 정녕 차원이 다른 시 한 편이 있다. 조선 명종~광해군 시대를 살았던 심희수에 관련된 이야기이다. 심희수沈喜壽(1548~1622)는 '이름 그대로' 당시로서는 꽤 장수하였다. 그의 호는 일송一松. 그 역시 조선 중기의 훌륭한 문인이자 중앙 정계에서 이름을 알린 이였다. 그의 인생 말년인 광해군 10년(1618) 2월 오리대감 이원익李元翼이 영의정이 되었고 이항복은 좌의정, 심희수가 우의정이 되었다. 심희수는 나이 70세에 가장 높이 영달하였다. 『소화시평』에는 그가 강원도 양양 청간정을 가서 보고 지었다는 시가 전한다.

청간정 앞에 내리던 가랑비 걷히고 나자
황혼녘 해당화[2] 핀 해변, 취하여 말에 오르네
모래 우는 소리 잠시 그치고 눈을 떠보니
몸은 어느새 양양 백 척 높은 누대에 있네

清澗亭前細雨收
斜陽馱醉海棠洲
沙鳴乍止方開眼
身在襄陽百尺樓

마지막 행의 백척루百尺樓는 백 척이나 되는 높다란 곳에

2) 서유구의 『임원십육지』 예원지에는 해당(海棠)을 일명 해홍(海紅)이라고 한다고 소개하였다.

있는 누각인 간성의 만경대萬景臺를 가리킨다.

이런 시를 쓴 심희수는 젖먹이 때 아버지를 여의고 틴에이저(Teenager) 시절에 몹시 방황하였다. 그런 그의 인생에 새로운 전기가 된 것이 17세 때 기생 일타홍一朶紅과의 만남이었다. 둘의 첫 만남은 대갓집 연회장에서였다. 일타홍은 심희수를 만나자마자 사랑에 빠졌다. 일타홍이 심희수를 만나게 된 과정부터 그녀가 죽기까지의 과정을 『대동기문』이 간략하게 정리해놓았으므로 그것을 참고하기로 한다.

선조 3년(1570) 진사과에 합격하였고, 3년 뒤인 선조 5년(1572)에 문과에 합격하였다. 어려서 아버지를 여의어 공부할 기회를 잃고 방탕한 짓만 일삼으니 사람들이 모두들 미친놈이라고 손가락질했다. 하루는 권세가 재상 댁의 잔치에 가서 기생과 악공 틈에 끼어 있으면서 사람들이 침을 뱉고 욕을 하는데도 화를 내지 않고, 두들겨 패서 쫓아도 가지 않았다. 기생 가운데 일타홍이란 여인이 금산에서 이제 갓 서울로 왔는데, 생김새며 가무가 당대 으뜸이었다. 심희수가 그 용모에 마음이 끌려 바로 곁에 바짝 붙어 앉아 있었다. 하지만 일타홍은 괴롭거나 싫은 얼굴을 하지 않고 은근한 눈빛으로 그가 하는 짓을 살피다가 화장실에 가는 척 일어서더니 손짓으로 심희수를 불렀다. 심희수가 일어나 따라오자 일타홍은 귓속말로 집이 어디냐고 물었다. 희수가 자기 집을 소상히 알려주자 일타홍은 '먼저 집에 가 계시면 제가 바로 뒤따라 갈 터이니 기다려 주세요'라고 속삭였다. 심희수는 일이 너무 잘 되어가는 것이 신이 나서 먼저 집에 돌아와서 기다리고 있었다. 저녁 때가 되기도 전에 약속한 대로 일타홍이 나타났다.

심희수가 기뻐 어쩔 줄을 몰라 하자 일타홍은 '마땅히 들어가 대부인을 뵈어야겠다' 하고는 바로 집으로 들어가더니 계단 아래서 절을 올렸다.

"저는 금산에서 새로 온 기생입니다. 오늘 아무개 재상 댁 잔치에서 우연히 귀댁 도련님을 보고는 큰 귀인의 기상을 가진 분인 줄 알았습니다. 그러나 그 호쾌한 마음을 지금 억제하지 않으면 장차 사람 구실을 못할 지경에 이를 것 같습니다. 제가 오늘부터 도련님을 위해 가무와 화류계花柳界 일에 발을 끊고 함께 책을 읽고 열심히 해서 성공하시도록 하겠습니다. 제가 혹여 정욕 때문에 이런 말씀을 드린다면 왜 하필 가난한

과부댁의 미치광이 같은 분을 택했겠습니까?"

그 말에 심희수의 어머니가 어렵게 말을 꺼냈다.

"우리 아이가 아버지를 일찍 여의고 공부를 하지 않고 방탕하게 놀기만 해도 이 늙은 몸이 말리지를 못했네. 무슨 좋은 바람이 불었기에 자네 같은 어여쁜 미인이 와서 성공하게 하겠다 하니 그 뜻이 너무 갸륵하네. 그러나 우리 집이 본디 빈한해서 조석을 잇기도 어려운데 호사스런 생활에 익은 몸이 그런 생활을 견뎌내겠는가?"

"그런 일 같으면 아무 염려 마십시오."

일타홍이 그날부터 기생 친구들과 연락을 끊고 심씨 집에 몸을 숨기고는 희수더러 이웃 글방에 가서 공부하게 하였다가 돌아오면 책상머리에 앉아 아침저녁으로 타이르면서 조금이라도 게으름을 피우면 발끈 성을 내며 돌아가겠노라고 을러대었다. 심희수는 그저 일타홍이 가버릴까 그것이 겁이 나서 더욱 열심히 공부하여 문리가 통했고 마침내 큰 선비가 되었다.

일타홍이 또한 대부인을 지극히 효성스럽게 모시고 비복을 은애로써 부리니 온 집안이 화목해졌다. 희수가 일타홍을 너무 사랑한 나머지 장가를 들지 않으려 하자 하루는 일타홍이 희수를 호되게 꾸짖고 또 대부인께도 알렸다.

"도련님은 명문가의 자제로 앞길이 창창한데 어찌 한 천한 기생 때문에 인륜대사를 폐하고 양반 가문을 망칠 수 있겠습니까?"

대부인이 일타홍의 말을 따라 장가들게 하니 일타홍은 예절을 각별히 지켜 부인을 대부인과 다름없이 섬겼다. 몇 년 뒤 심희수는 과거에 급제하여 독서당을 거쳐 이조 정랑 벼슬에 올랐다. 하루는 일타홍이 옷매무새를 가다듬더니 이렇게 부탁하였다.

"저의 일편단심은 오로지 나리의 성공을 위한 것이어서 십여 년 동안 다른 생각을 하지 못했으니 부모가 고향에 계신데도 안부 여쭐 겨를도 없었습니다. 나리께서 이제 높은 벼슬에 계시니 저를 위해서 금산 고을 원님 자리를 얻으셔서 생전에 부모를 뵐 수 있게 해주신다면 지극한 한이 풀리겠습니다."

심희수는 아주 쉬운 일이라 하고는 즉시 상소를 하여 외직을 청했는데, 과연 금산군수로 나가게 되었다. 일타홍을 데리고 부임하자 사흘 뒤에 일타홍은 관아에서 술과 안주를 성대하게 마련하여 그 본가로 갔다. 부모를 뵙고 절을 올린 후 친척들을 모아놓고 더할 수 없이 성대한 잔치를 사흘 동안이나 베풀었다. 그리고는 그 부모더러 '관아는 개인 집과는 다르니 절대로 왕래해선 안 됩니다'라고 이른 뒤 절을 올리고 돌아갔다.

한 해 남짓 지난 어느날 일타홍이 사람을 시켜 심희수를 내실로 들어오게 하였다. 새 옷을 입고 새 자리를 깔더니 슬픈 얼굴로 말했다.

"오늘은 나리와 영영 이별하는 날입니다. 나리께서는 천 번 만 번 몸을 보중하셔서 부귀와 장수를 누리시고 저 따위는 마음에 두지 마소서. 바라옵건대 제 시신은 나리 댁 선영 아래 묻어주소서."

말을 마치고 시 한 수를 써놓고는 이내 세상을 떴다. 죽기 전에 일타홍이 쓴 시이다.

맑고 맑은 초승달 아주 밝기도 해라
한 조각 금색 달빛 만고에 맑아서
무한한 세상 오늘 밤 함께 바라보니
백 년 근심과 즐거움 몇 사람의 정일까?

靜靜新月最分明
一片金光萬古淸
無限世間今夜望
百年憂樂幾人情

심희수는 '내가 외직으로 나온 것은 오로지 일타홍을 위함이었는데 이젠 다 끝나버렸으니 무엇 하러 나 홀로 여기 머물겠는가' 하고는 글을 올려 자리를 바꿔주기를 요청했다. 드디어 심희수는 일타홍의 시신을 수레에 싣고 자신의 고향인 경기도 고양高陽으로 돌아왔다. 일타홍의 시신을 운구하는 길에 금강을 지나고 있었다. 바람이 불고 가을비가 부슬부슬 내렸다. 보이는 것은 모두 슬픈 생각뿐이었다. 거기서 심희수는 시 한 편을 썼다. 그것을 만장시輓章詩라고 하는데, 이 시로써 그가 얼마나 일타홍을 사랑했는지, 그 애절한 마음의 깊이를 가늠해볼 수 있다.

한 떨기 연꽃이 상여에 실려 있어라!
향기로운 혼은 어딜 가려 주저하는가
금강의 가을비가 붉은 명정을 적시니
이건 아름다운 이와의 이별 눈물인가

一朶芙蓉載輀車
香魂何處去躊躇
錦江秋雨丹旌濕
疑是佳人別淚餘

본래 청송심씨는 조선 초기 세종 시절부터 왕가와 혼인으로 맺어지기 시작하여 벌족을 이루었던 가문으로, 심희수는 명종明宗의 왕후인 인순왕후仁順王后 심씨의 친정 6촌동생이다. 심희수는 귀양 와 있던 이모부 노수신盧守愼(1515~1590)에게서 글을 배웠고, 마침내 25세에 대과(문과) 과거시험에 합격하였다.

일타홍은 현재 고양시 덕양구 원흥동에 심희수와 나란히 묻혀 있다. 심희수의 무덤 좌우에 부인과 일타홍이 함께 묻힌 것이다. 일타홍一朶紅은 '한 떨기 붉은 꽃'이라는 뜻. 심희수에게 일타홍은 한 송이 붉은 연꽃이었다. 연꽃을 군자라 하였듯이 그에게는 일타홍이 남자 못지않은 기개와 의리를 가진 군자였다. 연꽃에 기탁한 뜻이 더 있었는데, 하필이면 그것이 '장수'였으니 심희수는 일타홍의 단명을 한탄하였음인가.

'인간의 말을 이해하는 꽃'이라 하여 해어화解語花라 부르면서 천민 계층으로 조선 사회에서 가장 천하디천하게 여기던 기생이었지만 아버지로부터 제대로 된 가르침을 받은 적이 없고, 아버지의 얼굴도 모르며 따뜻한 부정父情을 받아본 적도 없는 자신을 올바른 길로 인도하여 출세와 부귀, 복록을 누리게 하였으니 일타홍은 심희수에게 크나큰 사랑을 가르치고, 행복을 준 여인이었다. 조선의 여느 유학자와 마찬가지로 유학을 익힌 심희수였으나 자신을 바르게 이끌어준 여인에게 의리와 보은의 길을 버리지 않았으니 심희수의 인품 또한 넉넉하였음을 알 수 있다.

일타홍으로서는 별 따기보다 어려운 신분 상승이었다. 아마도 일타홍을 '조선판 신데렐라'라고 해도 될 터이다. 일타홍을 향한 애련의 감정을 쏟아놓은 이 시를 보면서 연꽃이라 하면 늘상 주돈이를 생각하고, 틀에 박힌 듯이 쓴 시들과는 차원이 다르는 생각을 갖게 된다. 그나마 답답했던 가슴이 조금은 풀리는 듯하다.

심희수와 일타홍의 사랑 이야기는 많은 이들에게 주는 감동이 있다. 아무리 미천한 신분이라 하더라도 그 뜻과 행실이 고귀하다면 빈부의 차이나 신분의 높고 낮음에 관계없이 얼마든지 높이 쓰일 수 있는 것이다. 모든 게 마음에 있고, 마음이 시키는 일이 인간사인 까닭에 사람의 일을 일러 '일체유심조(一切唯心造)'라 하지 않는가.

위대한 시인들의 사랑과 꽃과 시 ❸

내 운명 어떻게 바꿀까?

지은이 | 서동인

펴낸이 | 최병식

펴낸날 | 2025년 1월 20일

펴낸곳 | 주류성출판사

주소 | 서울특별시 서초구 강남대로 435 주류성빌딩 15층

전화 | 02-3481-1024(대표전화)　팩스 | 02-3482-0656

홈페이지 | www.juluesung.co.kr

값 21,000원

ISBN 978-89-6246-550-1 04810

978-89-6246-547-1 04810(세트)